30 E POUCOS ANOS E
UMA MÁQUINA DO TEMPO

30 E POUCOS ANOS E UMA MÁQUINA DO TEMPO

Mo Daviau

Tradução de Edmundo Barreiros

FÁBRICA231

Título original
EVERY ANXIOUS WAVE

Esta é uma obra de ficção. Todos os personagens, organizações e acontecimentos retratados nesta obra são produtos da imaginação da autora ou foram usados de forma fictícia.

Copyright © 2016 by Monique Daviau

Todos os direitos reservados.

FÁBRICA231
O selo de entretenimento da Editora Rocco Ltda.

Direitos para a língua portuguesa reservados
com exclusividade para o Brasil à
EDITORA ROCCO LTDA.
Av. Presidente Wilson, 231 – 8º andar
20030-021 – Rio de Janeiro – RJ
Tel.: (21) 3525-2000 – Fax: (21) 3525-2001
rocco@rocco.com.br
www.rocco.com.br

Printed in Brazil/Impresso no Brasil

preparação de originais
ISABELA SAMPAIO

CIP-Brasil. Catalogação na fonte.
Sindicato Nacional dos Editores de Livros, RJ.

D271t   Daviau, Mo
30 e poucos anos e uma máquina do tempo/Mo Daviau; tradução de Edmundo Barreiros. – 1ª ed. – Rio de Janeiro: Fábrica231, 2017.

Tradução de: Every anxious wave.
ISBN 978-85-68432-94-5 (brochura)
ISBN 978-85-68432-97-6 (e-book)

1. Romance norte-americano. 2. Ficção norte-americana. I. Barreiros, Edmundo. II. Título: Trinta e poucos anos e uma máquina do tempo.

16-36677   CDD–813
                                            CDU–821.111(73)-3

Para meu pai,
George Daviau
(1910-1992),
que, por nossa diferença de idade,
fez de mim uma viajante no tempo

I'm so glad I waited for this.
Every nervous moment worth it.
Every anxious wave rode through
To find me lying safe with you.

> – Sebadoh, "Kath"

I

CERCA DE UM ANO ANTES do início das viagens no tempo, antes de perder Wayne e encontrar Lena, Wayne DeMint entrou em meu bar pela primeira vez. Ele descobriu que eu era o guitarrista do Axis e fixou sua bunda vestida de cáqui ao banco do bar. Noite após noite, cerveja após cerveja, ele compartilhava comigo e com qualquer pessoa que aparecesse o conteúdo de seus sonhos: gatinhos chorando, ejaculações na face, piratas de dentes quebrados com baionetas ensanguentadas, sua mãe morta cortada em pedacinhos. Quando chegava a hora de fechar, ele sempre queria ficar, como uma criança que não quer desligar a TV e ir para a cama.

– Eu passo o esfregão! – oferecia ele, por isso, na maioria das noites eu ficava sentado com Wayne enquanto ele espalhava água do balde pelo meu chão de madeira. Nós ligávamos a *jukebox* e conversávamos sobre bandas, amor verdadeiro, fracasso e o passado. Principalmente o passado.

Um bar não é uma instituição de saúde mental, mas nunca tive um cachorro na infância, e por isso eu escutava Wayne. O Wayne Saudável e do Meio-Oeste, cientista da computação, ele que tinha o sorriso mais simpático e dava as gorjetas mais generosas no bar.

Wayne e eu compartilhávamos daquela aflição comum que assola homens solteiros com perspectivas limitadas e tendências autodestrutivas: víamos nosso passado com tamanho amor e sensação de perda que todo dia à frente era uma facada nas entranhas. Nossos vinte anos tinham sido cheios de rock e coragem. O futuro nos deixou mais velhos, mas nossa sabedoria era duvidosa. Wayne e eu evitávamos a dor do amanhã com álcool e velhas bandas de rock. Pavement na *jukebox*, o brilho avermelhado divino dos letreiros de néon e frases que começavam com "Lembra quando...".

O NEGÓCIO DAS VIAGENS no tempo tinha começado por acidente.

Em uma tarde estúpida um mês atrás, eu não conseguia encontrar um de meus estimados coturnos que havia comprado em uma loja de excedentes militares em Boston por dezesseis dólares em 1991, quando eu tinha vinte e um anos. Os cadarços vermelhos que eu pusera neles, devido a vagas tendências anarquistas, ainda estavam intactos, e apesar de o tempo ter desgastado toda a sola, aqueles coturnos eram ao mesmo tempo confortáveis e reconfortantes. Eles representavam as melhores partes da minha vida, e perder um deles era mais do que eu podia suportar em uma tarde de domingo, quinze minutos antes de precisar abrir meu bar. Enquanto rastejava pelo chão do closet, eu me vi caindo de pé por um buraco no chão. Caindo e com frio. Achei que era de misturar Bourbon com remédio para resfriado, mas aí aterrissei com um baque seco em um piso de madeira familiar. Eu tinha aterrissado na Empty Bottle, uma casa de rock perto do meu bar. A pilha de *Chicago Readers* junto à porta trazia uma capa de meses atrás. Uma olhada pela janela revelou árvores desfolhadas e carros salpicados de neve.

Quando a banda subiu ao palco, percebi que eu estivera naquele show três meses antes, em fevereiro. Um grupo de adolescentes sem talento que tocava *covers* de músicas de Liz Phair como se elas não significassem nada começou a afinar suas guitarras, parecendo para todo mundo os babacas presunçosos que meus amigos e eu éramos no início dos anos 1990.

A grande surpresa dessa experiência, o que me deixa com o cu apertado e faz gritar por minha mãe, aconteceu quando eu me vi debruçado sobre o bar, entornando uma lata de Pabst Blue Ribbon, encarando a banda com olhos de desprezo calcinante. O sangue me subiu ao rosto. Pela primeira vez na vida, pude realmente me ver. Inteiro. Vi em que pessoa inútil, amarga e patética Karl Bender havia se transformado. Mesmo na maturidade dos quarenta, ainda não havia dominado a arte de me barbear; tinha duas costeletas grossas no rosto como um adolescente. Será que Meredith, a mulher com quem estive ligado pela maior parte dos meus vinte anos, sabia no que eu me transformaria quando me largou feito um saco de lixo em 1996? Assumi a expressão mais enfezada que podia: os dentes manchados, a marra, todo o pacote do cara feio. Tenho tendência à autodepreciação, mas nunca havia me odiado com tanta energia e desgosto quanto me odiei ali, parado na Empty Bottle. Queria gritar com o Karl do passado e quebrar meu próprio queixo. Nós merecíamos.

– Ei, Karl – disse eu. – Karl? E aí, Bender, como vai?

Nada.

Eu me dei um tapinha no ombro. O homem à minha frente, eu mesmo, o Karl do passado, não respondeu.

Tentei socar meu outro no estômago, mas não senti nada. Nem na mão nem na barriga. Tentei outra vez. Nenhuma sensação, nenhuma reação. Quando eu era criança, queria entrar na televisão. Essa era a aparência e a sensação do passado. Eu podia ver as cores, sentir o cheiro levemente adocicado do uísque com cigarros, e assistir a fãs de música mais novos e bonitos que eu tomarem o espaço da pista com a confiança de reis. Eu não podia, porém, dar uma porrada em mim mesmo.

Nem conseguia tirar aquelas botas, que eu amara tanto e agora havia perdido, dos pés do meu velho eu.

Você não pode se agarrar ao passado, cuzão, pensei enquanto pressionava a base das mãos sobre os olhos porque não queria ser o babaca chorando ao som de uma banda de merda.

O toque do meu celular me puxou de volta para o presente. Fui sugado de volta para o closet em meu quarto, como se meu corpo fosse um cubo de gelo chupado por um canudo. Estava de bruços no chão de madeira, meu rosto em um amontoado de bolinhas de poeira. Minha cabeça latejava e eu tremia de frio, embora estivesse quente e ensolarado, meu apartamento não tivesse ar-condicionado e eu fosse preguiçoso demais para comprar um ventilador.

Eu contei a Wayne. Ele era a única pessoa em minha vida a quem eu podia confiar a informação sobre a viabilidade de viagens no tempo.

– Você foi escolhido! – exclamou ele, os olhos azuis brilhando tanto dentro do conforto escuro do meu bar que meu primeiro instinto foi enxotá-lo, antes que ele arruinasse o que eu havia cultivado durante anos: um buraco mal iluminado para arrependidos, pessoas envelhecidas e solitários beberem.

Ele foi para casa, para seus quinze computadores, e programou o código do software, um sistema de navegação utilizando dobras no tempo que canaliza as trações direcionais do buraco de minhoca e permite que você escolha onde e quando quer aterrissar. Dois laptops, três geradores e uma série de fios agora ocupam a escrivaninha ao lado do meu closet. Na tela do laptop há um mapa do Google Maps com um grid superposto. Você digita as coordenadas de onde quer ir, fisicamente. Um fichário preto cheio de folhas plastificadas, inspirado nos encontrados nos melhores bares de caraoquê da nação, oferece uma lista conveniente de bandas, espaços e lugares dentre os quais você pode escolher. (O fichário foi minha contribuição não científica de geek musical para o negócio. Viajantes conhecedores/fãs de música vão perceber uma tendência forte na direção de certos lugares indie, como meu amado T.T.'s em Cambridge ou o Cat's Cradle em Carrboro, Carolina do Norte.) Se insistir, você pode fazer sua própria pesquisa na história das apresentações de sua banda favorita que nós personalizamos a calibragem dos controles apenas para você.

Se fosse pressionado a explicar sua compreensão científica de nosso portal para o passado, Wayne descreveria a teoria de Carl Sagan do *wormhole*, buraco de minhoca: que é totalmente possível viajar do ponto A ao ponto B por um plano C invisível.

– Tecnicamente, porém, isso só funciona para ir ao futuro – diria Wayne. Sobre o fato de por acaso o ponto A ser o closet do meu apartamento no último andar de um prédio estreito de tijolos em Wicker Park, Chicago, que também abrigava uma loja vagabunda de comida chinesa para viagem chamada Ming's Panda, Wayne disse:

– Bom, Karl, você simplesmente desejou isso com força o suficiente. – Essa é outra teoria de Wayne, a teoria do desejo. Por meio do meu próprio desejo profundo, e por causa daquela palavra horrível chamada *arrependimento*, o universo me escolheu para ser o guardião de um portal para o passado.

Regra número um da casa: o buraco de minhoca só devia ser usado para ir a shows de rock do passado. Isso mantinha a experiência pura e livre da tentação de obter uma vida melhor. Além disso, por que precisaríamos de música se nossa vida fosse exatamente como gostaríamos que fosse?

Outras regras da casa: nada de trazer suvenires. Não falar com ninguém no passado. Não tocar em nada. Não beber nem usar drogas. Não fotografar. Não gravar áudio. Não ficar no passado por mais tempo que a duração do show. Não sair do local do show. Sei que você gostaria de ver os carros antigos e as roupas fora de moda e a data na primeira página do jornal na própria pilha de jornais, mas *não*.

Regras da casa.

Contei a três velhos amigos que gostam de música sobre o portal e os instruí a manterem aquilo na encolha. Não queria qualquer pessoa entrando da rua e vindo aqui para experimentar esse milagre. Minha ética do indie rock, resquício dos anos 1990, ditava que mantivéssemos as coisas pequenas e especiais. Minha banda, a Axis, era parte de uma cena indie que atraía garotos limpos e artísticos que tinham boas notas, não caras que se pareciam comigo – um pugilista com cara de buldogue, braços todos tatuados e um nariz quebrado e mal consertado. Meus ombros eram largos demais para ficarem bem em um cardigã (os fãs do Axis sempre me confundiam com o segurança), mas a delicadeza fofa e o modelo de negócios com restrição de público na porta dos clubes tinham penetrado em meu subconsciente, então o buraco de minhoca foi mantido em segredo e exclusivo, como era a antiga gravadora indie do Axis, a Frederica Records.

Eu alertava meus clientes de que, enquanto estivessem no túnel, seu corpo fazia uma curva de 180 graus para o plano invisível – um solavanco semelhante aos espasmos de uma montanha-russa de madeira. A maioria dos passageiros acha que vai botar os bofes para fora.

Aí você aterrissa, com um baque surdo. E dói. Mas não por muito tempo.

PELO MENOS TRINTA amigos de amigos interessados me ligaram ou passaram no bar para fazer uma série de perguntas que sempre começavam com "Isso é uma piada, certo?" e terminavam com "Se estiver de sacanagem comigo, vou acabar com você". Clientes do meu buraco de minhoca me pagavam centenas, às vezes milhares de dólares para fazer uma viagem pelo passado de suas recordações. Eu explicava a eles como voltar ao presente: você digitava um código em seu celular, que revertia a tração direcional do buraco de minhoca e o sugava de volta para casa. Wayne imprimiu cartõezinhos com instruções para o regresso, só por segurança.

Ei, aventureiro do tempo!
Quando o show terminar, VOCÊ TEM QUE VOLTAR PARA CASA!!!

INSTRUÇÕES

1. Abrir o aplicativo.
2. Selecionar RETURN.
3. A DATA, HORA e LOCALIZAÇÃO de seu retorno devem aparecer automaticamente (exemplo: 1/6/2012 19:30, data e hora atuais, esquina de Western com Milwaukee, CHICAGO, Illinois, EUA)*
4. Aperte o botão vermelho! ZUM! Você vai voltar rapidamente para casa!

* Não tente alterar suas coordenadas de retorno! Tentativas de alterar o programa resultarão em multa de US$ 1.000 e o banimento perpétuo.

Tudo o que eu tinha de fazer era perguntar: "Se você pudesse voltar no tempo e ver qualquer banda tocar, qual escolheria?" É um ótimo início de conversa, um jeito bem decente de puxar papo em um bar, algo que um homem mais ambicioso que eu poderia guardar no bolso para festas cheias de estranhas bonitas. (Especialmente se isso é perguntado de uma maneira relacionada a construir uma ponte entre as ilhas solitárias da idade e do arrependimento.)

Eles voltavam com frio e abalados. Eu dava a eles o que queriam, mas achavam que não poderiam ter. A maioria me abraçava. Alguns me davam uma joelhada no saco; outros ameaçavam fazer isso. Todos eles – cada um deles – voltaram com o rosto molhado de lágrimas. Quando eu retorno do passado, sento sozinho com um caderno e escrevo as letras das músicas que acabara de ouvir ao vivo. Letras de música são um tipo especial de poesia que toca direto em sua essência e o ajuda a sentir algo além de tristeza e fracasso. Letras de música me lembravam que eu talvez tivesse a sorte de me apaixonar novamente, um dia. Letras de música são a Bíblia para caras como eu e Wayne.

O que não conto aos clientes das viagens no tempo é que a experiência é um tanto curta. O tempo passa mais depressa no passado. Uma hora é um minuto. Um minuto é um microssegundo. Talvez você visse o show inteiro, talvez não, mas ele terminaria antes que a primeira lágrima que você derramasse chegasse ao queixo. A experiência abala sua alma apenas um pouco mais que ver vídeos de shows no YouTube. A música é estranhamente mais suave – em um show do Megadeth de arrebentar os tímpanos, eu me esforçava para ouvir qualquer coisa além do baixo. A viagem é fria. Fria pra caramba. E você não pode trazer suvenires.

A tristeza que você sente quando volta se abate profundamente em seu estômago. Ela pressiona a cabeça e o coração. Se reajustar à realidade do presente dói demais; é uma dor embotada e vergonhosa que se prolonga. O mundo parece diferente. Seus olhos mudam. Seu coração muda. Aquelas mesmas paredes sem graça que você estava olhando fixamente no presente ficam sinistras em sua uniformidade. Você é deixado com o horror de si mesmo. Não sou o único que chorou como criança após a reentrada.

Não posso ajudá-lo com isso.

SHOWS DE ROCK que voltei no tempo para ver:

    Galaxie 500, 1990, Boston
    Unrest, 1993, Arlington, Virgínia
    Stereolab, 1998, Chicago

Altamont (com tempo demais passado observando uma garrafa antiga de Pepsi caída na terra ao lado de uma pilha de cobertores que se retorciam)
The Traveling Wilburys, Nova York, 1990
The Cure, 1989, show em estádio em Nova Jersey
Elvis Costello, 1991, Nova York (fui a esse três vezes).
Miaow/Durutti Column, The Haçienda, Manchester
The Magnetic Fields, primeiro show 69 Love Songs, Knitting Factory, 1999

Shows que Wayne voltou no tempo para ver:

The Rat Pack, ao vivo no Sands, 1963
They Might Be Giants em um porão em Nova York, 1986
O primeiro show dos Sex Pistols, 1976 (como visto no filme *A festa nunca termina*)
Bruce Springsteen no Stone Pony, 1975
Uncle Dumpster (a banda de garagem de Wayne no colégio), Sheboygan, Wisconsin, 1991
Um músico de rua em Madison de quem Wayne se lembrava dos tempos de faculdade, 1995

Shows de rock que amigos/clientes parecem gostar e me fazem julgá-los com rigor – tipo, nós temos acesso a viagens no tempo e você quer ver *o quê?*:

Woodstock (a merda mais enfeitada da história do rock americano)
Turnê Steel Wheels dos Rolling Stones
Woodstock 1994
O Axis

Escolhas populares das quais amigos/ clientes parecem gostar, cujo apelo eu compreendo totalmente:

Beat Happening e Black Flag no Olympia, Washington, 1984
The Smiths, Londres, 1985
Show de Halloween de Frank Zappa, 1977
The Johnny Cash Show, Johnny se apresentando com Glen Campbell (Wichita Lineman), 1969
The Last Waltz, São Francisco, 1976
Rolling Stones no Reino Unido, 1967-69
REM em Athens, 1980-83

Sou um cara tranquilo. Moro em três lugares: meu bar, meu apartamento e o restaurante mediterrâneo barato na esquina que me mantém bem alimentado com minha porção diária de húmus e *shawarma* de frango. Mas Wayne tinha carro, milhares no banco e um vazio no coração, por isso fazia coisas loucas como trocar o pneu sobressalente de sua picape por um escorpião de estimação no estacionamento de um cassino em Wisconsin, porque talvez o escorpião o amasse, e ele sabia que o pneu não o amaria. Eu disse a ele que nenhuma parte do cérebro de um escorpião era capaz de amar nada, muito menos o humano de mão suada que o estava segurando a nove bilhões de pés de escorpião do chão, mas ele provavelmente estava certo em relação ao pneu. Wayne me disse que eu não tinha o direito de falar por pneus *nem* escorpiões.

Wayne me contava o que tinha visto em suas viagens: a música, o ar branco e pesado de fumaça de cigarro, como os homens costumavam usar bonés de beisebol de maneiras terríveis, e a forma como uma vez nossa geração abusou de camisetas com tinta fluorescente. Atraindo as atenções enquanto a *jukebox* berrava alguma velha faixa dos Melvins que eu pusera ali para garantir que apenas pessoas exatamente como eu entrassem no bar, Wayne se derretia no pequeno menino Wayne, obediente e ávido por um *shot* de tequila e por tornar a repetir para mim e todo mundo no bar sua lista especial de coisas que o deixavam feliz: bolo de limão. Dirigir até a Flórida em sua picape. Limpar sujeira debaixo das unhas. Sementes de girassol. Cachorros bassês. Calibrar pneus. Perto da hora de fechar, Wayne voltava a algum nível de normalidade, mas na noite seguinte era o mesmo circo emocional.

Não estou dizendo que eu vasculhava as profundezas de sua psique, nem que aquele era o limite de nossas interações. Eu apenas me permitia atuar como seu terapeuta informal, um risco ocupacional. Mas também éramos amigos. Depois que disse a ele que não tinha mais permissão de passar o esfregão, Wayne desenhava monstros em seu caderno enquanto eu tentava cortejar as garotas sob o letreiro avermelhado de luz néon da Pabst, com minha inteligência brilhante e dentes retos. Eu tinha recebido um dinheiro de um acordo extrajudicial em uma disputa de direitos autorais com o velho empresário da minha banda, que tinha nos enganado. O que fiz com aquele dinheiro? Botei aparelho nos dentes aos trinta e quatro anos. Wayne gostava de saltar do outro lado do bar para fazer essa observação às mulheres. Ele dizia que isso me fazia parecer responsável.

NOSSAS FREQUENTES VIAGENS no tempo para ver shows de rock só aceleraram o mergulho de Wayne na loucura. Enquanto eu estava no escritório negociando um pedido on-line de copos de cerveja, recebi uma ligação de Wayne. A saudação normal de Wayne ao telefone faz um gerente de vendas falador da concessionária Chevrolet local parecer sedado, por isso não registrei imediatamente que o cara que tagarelava indistintamente do outro lado da chamada era meu amigo. Eu o convidei para ir ao meu apartamento. Estava claro que ele precisava conversar. Wayne chegou vestindo seu casaco acolchoado de inverno azul, embora fosse maio; ele segurava nas mãos trêmulas um vinho Mad Dog em um saco de papel. Aparentemente, a gerência em seu emprego o ameaçara de demissão.

Wayne largou a mochila e empurrou para o chão a montanha de roupa lavada para dobrar em meu sofá para poder deitar. Ele me disse que pelas dez noites anteriores tinha sonhado que a metade inferior de seu corpo tinha sido substituída por uma serra circular, e que todo mundo que ele tentava tocar era cortado em pedaços. Ele falou sobre como era um fracasso, como tinha trinta e seis e na verdade nunca havia se apaixonado, como tudo que fazia era trabalhar, dar toda sua vida a uma empresa que o tratava feito lixo, e para quê? Um salário? Segurança? Ele era o cara mais inseguro que conhecia.

– Sou um idiota, Karl.

– Por que está de casaco? Tire isso. – O casaco dele estava com o zíper fechado até o queixo, como uma criança de jardim de infância prestes a sair para brincar na neve. – É verão.

– Não aja como se eu não soubesse em qual estação estamos, Karl.

– O que você quer, cara? Por que as lágrimas? As coisas estão boas agora. Mandei seis pessoas para Woodstock, e cobrei mil dólares de cada.

Wayne cobriu o rosto com as mãos e afastou os olhos.

– O que você sabe? Você tem um bar maneiro. As pessoas de fato falam com você. Você era do Axis.

Sacudi a cabeça.

– Por favor, pare de falar desse jeito. Sou um cara ultrapassado de uma banda da qual doze pessoas gostavam em 1999.

Wayne se sentou e descobriu o rosto, como se tivesse tido uma revelação instantânea.

— Tenho pensado sobre minha alma. Não em um sentido cristão, mas em um sentido... de alma. Onde ela está e o que andei fazendo para usá-la. Minha alma, sabe, significando aquela, tipo, essência interior de bondade e caridade. Ou seja lá o que for.

— Parece que você está enfrentando seus demônios. Totalmente normal.

Wayne passou a mão pelo nariz.

— Eu sou estranho.

Eu estava inclinado a concordar. Todo mundo é estranho a seu jeito. Wayne usava casaco de inverno no verão; eu gostava de comer colheradas de maionese salpicadas com sal condimentado Lawry's parado pelado em frente à porta da geladeira. O truque era não assustar os outros.

— Wayne, tire esse casaco. Ele está me deixando nervoso.

Wayne levantou ainda mais a gola em torno da cabeça, de modo que apenas seus olhos apareciam. Ele tinha a expressão de uma pessoa possuída. Rezei para que não estivesse carregando uma arma. Parte de mim queria lhe dar uma porrada por me aborrecer, mas eu devia a ele por todo o trabalho duro que fizera no buraco de minhoca. Ergui sua mão pálida com unhas perfeitamente quadradas.

— Eu quero ser um super-herói – ganiu ele.

— Está bem. Vista sua capa e voe.

Wayne puxou a mão para trás.

— Está debochando de mim?

— Não. Não mesmo. Eu quis mesmo dizer vista sua capa e voe. Vá viver seus sonhos. Você merece muita felicidade, parceiro, e não quero mais te ver deprimido. – Eu soava como minha mãe, que morreu quando eu tinha vinte e três. Ela era mestre nas palavras de incentivo. Eu não conseguia controlar a saudade que sentia dela sempre que tentava convencer Wayne a sair de sua lendária beira do abismo.

– Ir viver meus sonhos?
– Deixe que esses babacas corporativos demitam você, Wayne. Caia fora. Temos bastante dinheiro vindo do buraco de minhoca.
– Não quero fazer isso, Karl – disse ele com uma voz mais equilibrada.
– Por que não?
– Eu só vou arrumar outro emprego depois disso, e tudo vai ficar na mesma. A mesma escravidão corporativa. O mesmo futuro desinteressante. Exceto que a única diferença é que posso voltar no tempo e ver aquele show do Echo and the Bunnymen que perdi quando tinha quinze anos porque o Echo nunca tocou em Sheboygan.
– Não se você mudá-lo. Não se você fizer a escolha de mudá--lo, Wayne.
– Não se eu mudá-lo. Não se eu mudá-lo. – Wayne sentou, enfiou os nós dos dedos nos olhos e recolocou os óculos. – Andei pensando. Quero experimentar uma coisa. – Wayne saltou do sofá e me empurrou ao passar por mim e entrar no meu quarto, por cima de pilhas de roupa suja que eu separara em escuras e claras, mas até então tinha evitado arrastar até o porão. – Quero mudar uma coisa. Quero mudar muitas coisas, mas essa em especial, Karl. Acredito que chegou a hora de usar o buraco de minhoca com objetivos heroicos.
Eu sabia que não ia gostar daquilo.
Ele ergueu os olhos para mim.
– Oito de dezembro de 1980. Central Park West. Eu vou.
– John Lennon?
Wayne concordou com um movimento da cabeça.
– Vou ser um super-herói de verdade.
– Você não pode mudar o passado – repeti pela quinquagésima milésima vez. Meu maldito mantra. – Você não pode. Fisicamente não pode mudar o passado.

Wayne se debruçou sobre minha escrivaninha, martelando o teclado com os dedos indicadores. Eu não sabia exatamente do que ele era capaz com o programa que escrevera. Ele podia mudar o sistema completamente, e eu não saberia o que ele tinha feito nem como consertar.

– E se eu apenas tentasse?

– De jeito nenhum, cara. Ninguém tem permissão para ser um justiceiro viajante do tempo em meu turno de guarda – disse eu, embora não achasse que ele estivesse ouvindo. Wayne tinha aquele dom de hiperfoco de gente de computador, de bloquear o resto do mundo sem preocupações nem desculpas. Eu era seu amigo, seu *bartender*, o cara que lhe dava apoio e falava coisas legais quando ele precisava ouvi-las, mas a expressão de determinação que colonizara seu rosto doce e infantil dizia tudo o que eu precisava saber sobre o quanto ele ia levar a sério a sabedoria de Karl Bender.

– Eu posso fazer isso. Posso fazer alguma coisa para atrasar Chapman. Ou matá-lo. Ou ao menos fazer algo. Algo para mantê-lo afastado de John. Eu posso tentar, não posso? – Wayne estava com um sorriso maníaco e tinha parado de fazer contato visual comigo.

– Você não pode receber uma bala por John Lennon. E nem realmente mexer com Chapman. O passado é apenas para leitura. Você sabe disso.

– Posso contornar isso.

– O quê?

– Eu fiquei com uma garota no show do REM. Em 1981. Meu Deus, ela deve estar na casa dos cinquenta, agora. – Ele se recompôs e disse: – Você pode tocar pessoas. Conversar com elas. Chutar uma lata de lixo. Você só precisa passar da primeira camada.

– Não, você não pode! – gritei. – Ou eu não posso. Como você pode tocar pessoas no passado e eu, não?

— O ponto de saída é naquela outra dimensão onde você não pode interagir. Você só precisa penetrar nessa camada. Achei que você quisesse a camada para que não ter um ingresso para o show não fosse problema.

— Como faço isso, então? Tocar coisas?

— Vou lhe dizer quando eu voltar. Olha, minha alma me chama para corrigir erros do passado. Vou começar com Lennon. Seu assassinato foi extremamente devastador para muita gente. Pelo menos se eu for bem-sucedido, a música dos anos 1980 não vai ser nem metade tão ruim.

— O que é uma camada, Wayne? — Wayne olhou fixamente para os sapatos, a boca fechada em desafio. — Wayne? — Ele permaneceu em silêncio. — Wayne, me responda.

Wayne sacudiu a cabeça.

— Esqueça que eu disse qualquer coisa.

— Não! — gritei. — O que é uma camada?

Ele me lançou um olhar ardente e, em seguida, como se estivesse se preparando para viajar, voltou para a sala, pegou a mochila e passou os braços pelas alças. Senti a essência de nosso relacionamento — Wayne precisando de mim — se rasgar como um prendedor de sapatos de velcro.

— Vá se foder, Bender.

Caminhei até Wayne, que se encolheu quando me aproximei.

— Ah, pare com isso. Não vou machucar você.

— Talvez vá — disse ele. Wayne voltou correndo para meu quarto e se jogou na cama. Eu segui atrás dele.

— Wayne, sério, cara. Por que John Lennon? O que isso vai resolver?

— Lennon era um grande pacifista. Ele é, tipo, ele é... ele é o único cara que realmente podia, sabe... extrair felicidade e amor dos nossos corações. E ele tinha uma grande parceria artística com a mulher que amava. Ele deu muito aos seus fãs. Ao mundo.

Quis dar tapinhas em sua cabeça de forma maternal, mas também queria lhe dar uma porrada e dizer que parasse com aquilo. Eu nunca tivera um amigo como Wayne antes, alguém simpático, doce, superinteligente e em quem eu podia confiar completamente, mas que às vezes era o equivalente de trinta e seis anos de um bebê birrento.

– Esse é meu buraco de minhoca, também, droga. Só porque fica no seu apartamento isso não quer dizer que não seja meu. – As mãos de Wayne tremiam, embora estivessem cerradas em punhos, mas seus olhos estavam em algum modo louco de hiperfoco. Se tentasse convencê-lo do contrário, ele teria me neutralizado. Não com força física, mas com intenção. Acho que ele simplesmente queria muito, aquilo.

Um aglomerado de cabos coloridos estava ancorado ao chão com fita adesiva, saindo do piso de madeira para os dois laptops apoiados em minha velha escrivaninha de madeira. Ele rolou para fora da cama, engatinhou até meu armário, pegou um punhado daqueles cabos e me olhou direto nos olhos.

– Eu vou para 1980. Eu vou, e você vai me mandar, ou vou arrancar esses cabos e destruir esses computadores, depois vou para casa arrebentar a cabeça na parede. Estou falando sério.

Fiz um movimento em sua direção.

– Não, Karl. – Ele puxou o amontoado de cabos. – Vai ser do meu jeito.

– Por que, em vez de mexer com a droga do buraco de minhoca, você não passa a dedicar a vida a espalhar a paz e o amor, não faz um disco de canções pacifistas, ou o que quer que John Lennon teria feito?

Os fios permaneciam firmes na mão de Wayne. Ele usava uma mochila cheia de suprimentos: lanterna, garrafa d'água, barras de granola, celular extra e, o mais importante, um carregador de celular que funcionava a energia solar, já que voltar para o presente esgota muito sua bateria.

Ele fungou algumas vezes e me olhou direto nos olhos.

– Não.

Avaliei minhas opções. Podia pular em cima dele, mas não queria machucar o cara. Além do mais, ele levaria aqueles cabos com ele, todo o negócio ia acabar, e eu ficaria para sempre sem a droga que eram as viagens no tempo. Eu ainda não estava disposto a abrir mão da onda especial e sexy que era uma viagem de volta.

– Wayne, você interagiu com pessoas no passado? Wayne? Preciso saber. Preciso que você me diga o que é uma camada, parceiro. Preciso que você me diga que pode realmente mexer com o passado. Você pode?

Wayne me mostrou o dedo médio, depois pegou o celular no bolso do casaco acolchoado e o apontou para mim.

– Central Park, 8 de dezembro de 1980 – disse ele, com um leve tremor na voz. Seu rosto estava vermelho e afogueado. – Faça isso. Faça isso ou vou destruir essa coisa e nunca mais ponho os pés no seu bar.

– Por que Lennon?

O queixo de Wayne caiu e, como se fosse mau hálito, fui atingido por uma nuvem de decepção de Wayne comigo.

– Droga, Karl – disse ele, afastando os olhos. – Se você tem de continuar perguntando, você, tipo, não é o cara que eu achava que fosse.

Sentei ao computador e olhei fixamente para a interface do buraco de minhoca que Wayne havia criado. Ela parecia com Pong. No campo de PONTO DE ENTRADA CRONOLÓGICO, digitei 08 DEZ 1980, e entrei rua 72 com Central Park West, Manhattan, no campo de PONTO DE ENTRADA GEOGRÁFICO. Digitei lentamente, olhando para Wayne para que ele soubesse que as coisas iam ficar bem feias entre nós, independentemente de ele ser ou não bem-sucedido em salvar John Lennon. Essa merda de justiceiro me deixava com raiva. Certo, digamos que Wayne salve John Lennon, e depois? Estaríamos obrigados a matar Hitler, libertar os escravos, inverter as eleições de 2000, e socar o saco de cerca de 50 milhões de *bullies* em escolas primárias. Prefiro limitar minhas obrigações morais a não transar com mulheres casadas e a doar dinheiro para a Cruz Vermelha. O buraco de minhoca já era atormentado por dilemas morais, e ali estava eu, contra meu instinto, fazendo a vontade da criança.

Wayne enxugou lágrimas do rosto. Ele pulou para cima e para baixo como se fosse seu aniversário.

– Me chame em uma hora, Karlito. Acho que este é um ato de bondade, acho mesmo. Todos os seus discos, aí, eles vão pegar fogo.

Eu observei. Apertei o botão. E em um instante, Wayne atravessou o chão.

Trinta minutos depois, minha coleção de discos permanecia intacta.

Vinte minutos depois disso, uma mensagem de texto de Wayne surgiu em meu telefone: *ISSO ESTÁ ERRADO. ONDE ESTOU? NÃO HÁ NADA ALÉM DE ÁRVORES E NEVE.*

Então: *NÃO HÁ PRÉDIOS NEM CARROS. ISTO NÃO É NOVA YORK.*

Depois: *VERIFIQUE O COMPUTADOR!*

Eu gosto de admitir quando estrago tudo. Acho que identificar os próprios defeitos é uma característica admirável. Certa vez, em uma turnê, em Providence, eu me esqueci de botar nosso amplificador novinho na van depois de um show. Estávamos em New Haven quando eu me dei conta do que tinha feito. Milo, o vocalista que adiantara o dinheiro para o amplificador, respondeu com um gancho de esquerda no meu rosto. Ele, então, tentou quebrar meu pescoço como um graveto depois que corremos de volta para

Providence, só para descobrir que alguém tinha roubado o amplificador.

Olhei para a tela do computador: PONTO DE ENTRADA CRONOLÓGICO: 08 DEZ 980.

Merda.

Eu tinha esquecido o número um. Tinha mandado meu amigo mil e trinta anos para o passado. Por um momento, tudo o que senti foi admiração por o sistema desenvolvido por Wayne poder ser tão exato.

Novecentos e oitenta. Mais de quinhentos anos antes de o primeiro barco de colonos holandeses desembarcar na ilha de Mannahatta. Não há registro na história americana para o ano de 980. Ainda se passariam mais cem anos antes da chegada dos vikings em Newfoundland.

Aí lembrei uma coisa. Disquei o número de Wayne, na esperança de que isso o trouxesse de volta ao presente, sabendo que não iria. A reentrada exige uma fonte de energia elétrica. Ele precisaria estar em um lugar com muitos campos eletromagnéticos, como uma casa de rock com luzes e amplificadores e letreiros de cerveja em néon. Sem campos eletromagnéticos, a reentrada era impossível. Era uma falha que Wayne estava trabalhando para eliminar, mas levava tempo para desenvolver a ciência e a segurança enquanto, aparentemente, salvar a vida de John Lennon trinta anos depois do fato simplesmente não podia ter esperado mais um segundo.

Eu enviei uma mensagem de texto para ele. *MANDEI VOCÊ PARA O ANO 980.*

Minutos depois, a resposta: *VOCÊ ESTÁ BRINCANDO?*

Digitei o código de reversão. O código de erro. Nada. Tentei outra vez. Fiz uma oração. Chorei, soquei a mesa até os nós de meus dedos ficarem roxos.

CANCELEI MEU COMPROMISSO com meu auxiliar no bar, Clyde, e seus amigos de vinte e poucos anos que queriam ver o Nirvana tocar no Olympia em 1991. Eu fui para o bar. Eu me servi uma dose de uísque sem gelo. Limpei o banheiro feminino. Troquei um barril vazio. Fiquei de papo com um cara chamado Keith que queria saber onde podia conseguir sementes para seu alimentador de pássaros.

Minha mãe morreu de câncer quando eu era um idiota de merda de vinte e três anos que vomitava ódio, e lembro-me com muita clareza de ficar sentado pela residência da família Bender em West Hartford, depois que os médicos mandaram a mim e minha irmã para casa porque o sofrimento de minha mãe tinha terminado, vendo Brooke deitar de rosto para baixo no sofá em seu uniforme de enfermeira rosa-bebê, e de lhe perguntar repetidas vezes se ela ainda estava respirando, pensando em como tanto de minha vida dependia de os pulmões de minha irmã inalarem ar, porque sem ela nunca mais haveria ninguém permanentemente responsável por se importar o mínimo comigo. Wayne se preocupava comigo como Brooke se preocupava nos dias depois da morte de nossa mãe, de um modo carente, mas terno, e motivado por perder um pai antes de termos idade suficiente para entender simplesmente como a partida precoce de nossa mãe deixaria a mim e a Brooke desolados e feridos no momento mais difícil de nossas vidas adultas.

Uma vez, sugeri juntar Wayne com Brooke, agora uma instrumentadora cirúrgica em Orlando. Os dois são almas boas e um pouco tensos, e Brooke tinha sido azarada no amor ao ponto de um ex ir preso por fraude postal e outro ex ter desaparecido com a mulher de seu padrinho nos AA um mês antes do casamento na Disney, já pago. Wayne achou que a Flórida era longe demais para um relacionamento. Brooke disse que qualquer homem que passava tempo em meu bar provavelmente era um vagabundo alcoólatra, portanto material de casamento inadequado. Eu disse a Brooke que Wayne tinha uma saboneteira da Pequena Sereia no banheiro. Ela recusou mesmo assim. Isso feriu meus sentimentos.

Devido à dobra do tempo e espaço, satélites de celular estão no céu mesmo no ano 980, por isso, sim, o telefone de Wayne funcionava, desde que tivesse bateria.

EI, SEU MERDA, escreveu ele em mensagem de texto. *AQUI É INVERNO E NÃO HÁ PRÉDIOS. MEU SACO ESTÁ CONGELANDO E É SUA CULPA.*

E: *SORTE SUA EU TER SIDO ESCOTEIRO! CONSTRUÍ PARA MIM UMA CABANA DE TERRA E GALHOS, E PELO MENOS TENHO MEU CASACO.*

E: *ACHO QUE SIMPLESMENTE VOU INVENTAR A ELETRICIDADE, SEM PROBLEMA. AH, CERTO, NÃO TEM MATERIAL CONDUTOR.*

E: *GUAXINIM! É O QUE TEM PARA O JANTAR!*

E finalmente: *VOCÊ É BURRO DEMAIS PARA CONSERTAR ISSO SOZINHO. VÁ PROCURAR UM ASTROFÍSICO.*

2

COMO VOCÊ FAZ para encontrar um astrofísico? Você encomenda um na internet.

Meu bar se chama The Dictator's Club, e apesar do clima animado e do maravilhoso chope de um dólar especial de quarta-feira, ele não atraía a comunidade astrofísica de Chicago. Eu não estava mesmo na vizinhança certa para isso. Não conhecia pessoas da ciência, exceto por Wayne – só um advogado, um quiroprático, dois técnicos dentários e um cara que tinha uma loja bem assustadora só de répteis de estimação. Nenhum com conhecimento acadêmico do *continuum* espaçotemporal.

Quando um cara normal liga para o Departamento de Física da Universidade de Chicago e pergunta com quem deveria falar sobre a viabilidade de viagens no tempo, admitindo não ter credenciais acadêmicas e exigindo ser levado a sério, desligam na cara dele.

Todos os alunos de Ph.D. em astrofísica na Northwestern estavam retratados no site do departamento em fotos mal iluminadas tiradas na tradição artística do departamento de veículos motorizados. Não havia jeito de aquele bando de caras extremamente sérios, fora de moda e de barbas malfeitas acreditar em mim quando eu lhes explicasse minha situação, e se eles acreditassem, iriam roubar minha operação e mandar me matar.

O site mostrava duas alunas de Ph.D. de astrofísica: uma mulher da China com um coque negro bem preso de diretora escolar que olhava desinteressadamente para a câmera, uma expressão que indicava que ela nunca tinha ouvido falar no Fugazi. E aí, essa garota: uma alma gêmea; uma mulher jovem e séria que tinha mechas de Manic Panic azul em seu cabelo, fora isso, negro, a única que apareceu no dia das fotografias com óculos de Buddy Holly e camiseta dos Melvins, dando para a câmera um esgar ácido perfeito de Courtney Love. *Lena R. Geduldig, BS, Física, Universidade de Montana, 2002. Áreas de conhecimento: cosmologia, teoria das cordas.* Você podia dizer que ela era tão feroz quanto inteligente, e que ela não estava acima de morder você caso a ocasião exigisse. Gostei dessa garota e soube que ela fazia parte de minha grande família cósmica, alguém que eu teria em meu bar toda noite, alguém que eu tentaria proteger das dores e dos sofrimentos dos giros contínuos em torno do sol.

A página indicava seu horário de trabalho. Esperei até quarta-feira, das dez da manhã ao meio-dia, para fazer minha ligação.

– Aqui é Lena Geduldig. – Sua voz era profunda, levemente rouca.

– Oi. Meu nome é Karl Bender, eu, uhm... – Eu devia ter preparado um discurso. Minha voz vacilou, como se eu estivesse com medo da Cientista Punk.

– Você é um dos meus alunos?

– Não. Só um cara comum. É só que... tenho um problema que exige um astrofísico.

– Você está preocupado que um asteroide destrua a América do Norte? Porque não há nada com que se preocupar, pelo menos não até 2029.

– Não. Eu sou *bartender* e músico, mas preciso de ajuda de um físico. Você poderia me encontrar para um drinque para conversarmos sobre isso? Não me sinto confortável falando sobre o assunto pelo telefone. É um problema sério, e estou disposto a pagar você por seu tempo.

Comecei a entrar em pânico. Estava depositando confiança em uma pessoa porque ela usava uma camiseta dos Melvins, porque seu cabelo era azul e porque parecia o tipo de garota que gostaria de uma viagem de volta no tempo para ver uma banda. Ela era uma cientista de verdade, que podia realisticamente assumir meu buraco de minhoca, ou destruí-lo, ou me entregar à agência de polícia científica, mesmo que pudesse ser afeita a alguma política punk de "fodam-se os tiras", coisa de que eu não podia ter certeza a partir apenas de uma foto.

Ela ficou em silêncio por um tempo.

– Isso parece sinistro. Você disse que é *bartender*?

– Não quero parecer sinistro. Só preciso de ajuda, e você parece, com base em sua foto no site da Northwestern...

– Você quer conversar comigo com base naquela foto de merda?

– Eu gosto da foto.

– Por quê? Eu estou horrível.

– Não está nada horrível. Você parece a única pessoa com personalidade em seu departamento.

– Uau. Personalidade. Obrigada por perceber, cara. Ninguém me faz um elogio desses há um bom tempo.

– Absolutamente. E você obviamente tem ótimo gosto para música.

– Meu Deus. A camiseta dos Melvins? Certo. Física e bandas. As únicas duas coisas sobre as quais os homens querem conversar comigo.

– É, desculpe... Uhm... Você me encontra no meu bar? A bebida é por minha conta.

– Você não vai me fazer sua pergunta pelo telefone? Tenho que arrastar o rabo até um canto desconhecido de Chicago para encontrar um homem estranho que encontrou minha foto de física com cara de punk má no site da Northwestern? Como isso não é nebuloso?

– Juro que não é nebuloso. Desculpe se parece assim. Eu iria a Evanston para me encontrar com você, mas preciso trabalhar toda noite esta semana, e isso é urgente. Se você vier aqui e eu ou o meu bar assustarmos você, pago seu táxi de volta para casa. – Então acrescentei: – O Dictator's Club. Bucktown.

– Você é dono do Dictator's Club?

– Você conhece.

– Ah... é, mais ou menos. – Sua afirmação permaneceu sem reação por alguns segundos a mais. Achei que ela não tinha uma boa impressão do meu bar.

– Linha Azul, certo? – perguntou ela, e me senti leve e vagamente aliviado. – Acho que posso estar lá por volta das seis.

– Linha Azul, direção oeste. Obrigado, Lena. Estou ansioso para trabalhar com você.

– Eu ando com spray de pimenta – disse ela, depois desligou.

Lena Geduldig já estava acampada em uma de minhas mesas por uma hora antes de eu chegar no Dick para encontrar com ela. Abaixo do néon da Old Style e da pintura em veludo do Elvis Costello que minha amiga Susannah fez para meu aniversário de trinta e oito anos, estava sentada a garota do site do Departamento de Física da Northwestern. Dois copos grandes de cerveja vazios, um laptop, uma pilha de livros e papéis, e atrás disso, o rosto abatido da garota mais inteligente que eu já tive o prazer de encomendar pela internet. Lena Geduldig parecia ter aprendido a cobrir seu grande cérebro com uma quantidade considerável de adereços urbanos: cabelo com mechas magenta presos em marias-chiquinhas que se projetavam da parte de trás de sua cabeça, meias três-quartos verde e branca e uma camiseta preta do Hüsker Dü com a gola cortada, revelando os arabescos vermelhos e pretos de uma tatuagem indecifrável desenhada entre a clavícula e os seios fartos. Lena era uma garota farta, com um volume na barriga que se apertava contra a mesa e panturrilhas rechonchudas abaixo de onde terminava sua saia de caveira e ossos cruzados com aparência de feita em casa. Seus olhos castanho-escuros estavam escondidos por trás de seus óculos de Buddy Holly, e embora ela tivesse cerca de trinta anos, ainda usava esmalte preto e anotava coisas nas costas da mão em cores de caneta diferentes. Lena Geduldig, candidata a Ph.D. em astrofísica, ergueu os olhos do laptop e disse meu nome.

– É, esse sou eu.

– Esse é seu nome de verdade? – perguntou ela.

Estou acostumado com fêmeas da espécie sorrindo para mim ao me conhecerem, escoladas como são em usar a sedução como meio de ganhar aprovação, mas Lena Geduldig não fez nada disso. Ela manteve o cenho franzido. O quanto Lena se importava: zero por cento.

Lena escarneceu.

– Achei que talvez fosse um pseudônimo. Como se você estivesse escondendo alguma coisa. Parece perfeito demais. Tipo, se eu fosse escrever um romance sobre um cara que pudesse viajar no tempo, eu nunca o chamaria de Karl Bender*. É muito como Carl Sagan e o robô de *Futurama*.

– É meu nome verdadeiro. – Normalmente tenho vontade de bater em pessoas que gostam de fazer trocadilhos com meu nome. Mas Lena Geduldig, com suas meias listradas e marias-chiquinhas, completa com cabelo picotado, era provavelmente uma daquelas garotas que brincam de ser duronas só para encobrir o fato de que estão prestes a chorar.

---

* Aquele que dobra, aquele que se dobra. Também gíria para pessoa que passa longos períodos intoxicada e, na Grã-Bretanha, para homossexual. (N. do T.)

– Deixe-me fazer uma pergunta, Karl: você deixa adolescentes beberem em seu bar? Você tem o que parece ser uma menor de idade sentada ali perto da *jukebox*. – Lena apontou para uma garota com um rabo de cavalo comprido e preto, usando um jaleco branco feito de um material branco parecido com papel, como fibra sintética Tyvek. A garota estava mexendo com algo em seu pulso.

– Isso é estranho – disse eu, e quando estava prestes a ir até lá falar com a garota jovem demais para estar no bar, ela olhou para mim e gritou:

– Desculpe! – E desapareceu.

– Ela simplesmente desapareceu? Mas que droga? – perguntei.

– Isso foi estranho – disse Lena.

– Não deixo adolescentes beberem aqui.

– Seu bar é estranho. Por que você o mantém tão escuro? – questionou Lena, e isso me deixou meio magoado. O Dictator's Club rejeita iluminação abjeta. Ele é iluminado apenas com o brilho alaranjado de vários néons de cerveja e as placas de saída regulamentares. As paredes do banheiro são um poema retorcido de slogans sexuais rabiscados com canetas sempre bêbadas. A *jukebox* tem a curadoria deste seu criado, apresentando Iggy, Bruce, um pouco de Elvis (Costello, não o outro), Melvins, Siouxsie, Pixies, Kate Bush. Kate Bush dos anos 1980. The Cure no inverno, Sebadoh no outono, Unrest na primavera, Replacements se quero fazer as garotas chorarem. Wilco, só porque isso é Chicago, e The Clash, só porque não sou um fracasso completo na vida. Meu bar não era estranho de jeito nenhum. Meu bar era um templo. Disse isso a Lena, e ela fez uma expressão irritada de escárnio pelo nariz.

– Por falar nisso, seu *bartender*? Clyde? Ele ama você. Ele falou o tempo todo sobre como você é maneiro. Ele também me contou que você tocou no Axis? Tinha ouvido um boato de que um cara do Axis era dono de um bar em Chicago, e acho que isso significa que é verdade. Eu amava o Axis. Tinha todos os discos. *Dreams of Complicated Sorrow. Look, Mom, I Found a Ditch.* E *Big, Bigger Love*? Eu viajei de Missoula, em Montana, até Portland para ver vocês tocarem esse álbum na íntegra. Milo Kildare. Merda. *Big, Bigger Love* é completamente genial. "Pin Cushion" era meu hino pessoal nos meus vinte e poucos anos.

– Eu ouço isso muito – disse a ela.

Admito que contratei Clyde porque em seu formulário de inscrição ele escreveu: "Eu amo de verdade o Axis. Não estou puxando saco, só dizendo." Clyde me disse que tocava minha velha banda em seu programa de rádio universitária, anos depois que o decadente vocalista Milo Kildare e eu penduramos nossos instrumentos e vendemos a van para um grupo parecido que não tinha se desgastado como uma borracha de lápis ao longo de anos de exaustão, cachês não pagos e discussões triviais tarde da noite sobre se Milo devia ter permissão de pendurar um varal na van para secar suas meias e cuecas depois de lavá-las na pia do banheiro em uma parada na estrada, ou se Milo tinha o direito de me forçar a depilar o peito (porque ele achava que os tufos de pelo que se projetavam para cima da gola de minha camisa o "distraíam"). Deve ser mencionado aqui que Milo usava lenço no pescoço e jeans intencionalmente curto, e tinha uma tatuagem preta de um ralador de queijo no pulso, que ele esfregava em meu rosto sempre que eu dizia algo que ele não queria escutar. (*"Estou ralando seu rosto, Bendo!"*) Clyde devia ter por volta de treze anos quando Milo e eu nos separamos: eu fui para a paz fria e úmida de Chicago e o Dictator's Club; Milo para Portland, Oregon, onde desenvolve websites e trata a criação dos filhos como apenas mais uma coisa que não é divertida sem plateia. Sua mulher, Jodie, me manda por e-mail fotos dos pequenos Edgar e Viola correndo pelas fantasias de babado estilo steampunk que ela e Milo criam e vendem no mercado dos produtores locais. Eu não falo com Milo desde a última vez que ele passou por Chicago em turnê com o projeto agora falecido de freak-folk japonês, o que foi cinco anos atrás. Liguei para dizer a ele que não ia conseguir ir ao show. Nosso diálogo foi exatamente assim:

KARL: *Oi, Milo, é o Karl.*
MILO: *Você vem ao meu show, esta noite?*
KARL: *Desculpe, cara, não consegui encontrar ninguém para me cobrir no bar hoje, mas se quiser passar aqui para beber depois, eu ia adorar ver você.*
MILO: *[Pausa longa] Se Deus aparecesse na sua frente e tocasse seu rosto, você ia o quê, dizer que precisava trabalhar? [Desliga]*

Lena cantou a letra de Milo em voz alta, batucando na mesa o *riff* de guitarra da introdução.

– This is the start of a revolution! I'm the pin and you're my cushion! Soft hips soft lips beneath my fingertips! Round like I found you. Round like I want you. Round how I love you. Don't let them teach you, just let me reach you, don't let them teach you, so much to love. This is the start of a revolution, shake that belly proud...*

Claro que ela era fã do Milo. Toda garota feminista que foi à faculdade nos anos 1990 amava o Milo. Aquelas garotas que sacudiam a barriga com orgulho na direção dele quando se misturava à plateia durante uma de suas performances eram nossa base principal de fãs durante os últimos anos.

---

* Isto é o começo de uma revolução! Sou o alfinete, você minha alfineteira! Quadris macios lábios macios sob meus dedos! Com curvas como encontrei você. Com curvas como quero você. Com curvas como amo você. Não deixe que lhe ensinem, só se abra para o que tenho a dizer, não deixe que lhe ensinem, tanto para amar. Este é o início de uma revolução, sacuda a barriga com orgulho... (N. do T.)

– Essa era toda do Milo. Não tive nada a ver com ela.

– Milo esfregou tanto a virilha no microfone naquele show que aposto que seu pau estava sempre esfolado. Além disso, tenho certeza de que ele dormiu com toda garota *plus size* no Oeste dos Estados Unidos. Aposto que você tem algumas histórias.

Tentei não parecer decepcionado por minha astrofísica querer ficar nostálgica em relação ao pau esfolado de Milo Kildare. Milo tinha muitas fãs, e todas elas tinham estrutura óssea avantajada, eram educadas, de estilo "alternativo", morenas, escreviam longos discursos feministas na internet sobre coisas que as irritavam e pareciam prestes a lhe dar uma porrada ou a irromper em lágrimas, ou os dois.

– Posso pegar outra bebida para você?

– Claro. Essa era Goose Island alguma coisa. Clyde escolheu. Ele disse que era por conta da casa.

– Se me ajudar, pode beber de graça no meu bar pelo resto da vida.

Lena bateu e fechou o laptop. Ele tinha um adesivo amarelo da Teen-Beat Records colado na frente.

– O que você precisa do maravilhoso mundo da astrofísica? Asteroides? Buracos negros? Teoria das cordas? Eu sou uma garota da teoria das cordas, o que é mais matemática que qualquer coisa. Não sou, na verdade, uma física tipo NASA. Só escrevo fórmulas que o chefe de meu projeto de pesquisa manda repetir porque são horríveis.

Respirei fundo e debrucei sobre a mesa, baixando a voz para dividir meu segredo.

– Você acredita na possibilidade de viagens no tempo?

Lena deu uma expressão de escárnio.

– Não. Foi mal. Não é possível. Mas obrigada pela cerveja.

– E em buracos de minhoca?

Ela ergueu as sobrancelhas para mim, para se assegurar de que eu tinha entendido a mensagem de que ela me achava um idiota.

– O que tem os buracos de minhoca?

– O que você sabe sobre buracos de minhoca?

– Coisas teóricas. A ponte de Einstein-Rosen?

– Exatamente.

– Meu Deus. Sério? – Ela fez um esgar ácido, como em sua foto. – Deixe-me adivinhar. Você está escrevendo um romance?

– Não, não estou escrevendo um romance. Estou falando sobre um buraco de minhoca de verdade. Um portal para o passado. Uma autoestrada, se preferir, para os shows de rock de antigamente. – Eu me preparei para os impropérios.

– Parece sexy. Sexy em um estilo ficção científica.

– E é.

Lena pegou uma folha de papel na pilha sobre a mesa e começou a rabiscar um diagrama com sua caneta roxa.

– Teoricamente, podemos viajar no tempo. Para o futuro. Não para trás. Isso envolveria se lançar no espaço, sem que seu corpo envelhecesse muito, e aterrissar de volta na Terra no futuro. Teoricamente. Ninguém conseguiu isso de fato. Esta é a fórmula básica, que eu sei que parece um bando de linhas e números, mas aqui está. – Ela girou a folha de papel para me mostrar as linhas e os números, e um desenho que parecia um funil.

– Mas isso não é um buraco de minhoca.

– É um buraco de minhoca teórico e, afinal, buracos de verme são só teoria. Teoricamente, é possível construir um buraco negro de massa negativa e usá-lo para viajar no tempo, mas isso envolve matéria com massa negativa com o poder de curvar o espaço-tempo como uma batata Pringles. Quanto você sabe sobre geometria euclidiana?

– Er... nada?

– Quer dizer, se você pode viajar pelo tempo e depois voltar para o presente, isso basicamente mata a topologia de Schwarzchild, e isso me leva a questionar e repensar as leis da gravidade quântica. Uhmm. Francamente, acho que viajar no tempo para o futuro é estúpido, porque quando você voltar, todos os seus amigos estarão velhos ou mortos, e você vai ter perdido muita coisa. Quer dizer, mesmo que seja uma droga, esta é a sua vida. Talvez a medicina do futuro avance. Mas o meio ambiente vai estar uma merda. Eu ficaria exatamente onde você está.

– Eu tenho um buraco de minhoca – disse eu. – No meu apartamento.

Podia dizer pelo modo como ela ergueu as sobrancelhas para mim que Lena estava acostumada a conversar sobre física com pessoas que considerava abaixo de seu nível de inteligência.

– Meus anos de treinamento científico me dizem que não tem.

– Bem, aí você estaria errada. A ciência não está, tipo, mudando constantemente?

– Não. – Seu tom de voz estava esnobe. – Nem sei por onde começar com isso.

– O que quero dizer é: coisas novas não são comprovadas? A ciência não é uma busca constante da verdade sobre o mundo?

Lena pegou a pilha de papéis na mesa e começou a guardá-los na bolsa, um velho modelo de excedentes do exército coberto com *patches* de bandas.

Ela apontou o indicador ao redor do meu bar e ergueu a voz.

– Tudo ao nosso redor? Você, eu, este bar, Chicago? É temporário. Você não pode apertar o *rewind*, e todos os carros e casas velhos de repente ficam novos, e pessoas mortas voltam à vida. Isso não existe em nenhum lugar do universo. É matéria morta. Está acabada.

– Você não vai gostar disso, mas está errada.

— Não estou, mas tudo bem. Vamos dizer que eu esteja errada. Onde você foi em seu buraco de minhoca?

— 1990.

— Como você sabia que era 1990? Como sabe que realmente, fisicamente, voltou no tempo? — A voz de Lena ficou mais alta e seu rosto mais vermelho. Quase me senti mal por envolvê-la.

— Caí pelo chão do closet do meu quarto e aterrissei em um show no T.T. the Bear's Place em Cambridge, Massachusetts. Soube que era 1990 pelos cartazes na parede. Os carros, também. Quando foi a última vez que você viu um Pinto, um AMC Gremlin e três Subarus bem antigos, angulosos, estacionados ao lado um do outro na rua?

— Então você caiu através do seu chão e foi parar em um estacionamento mágico com alguns carros velhos dos anos 1970. Mais alguma coisa?

— A passagem. Era congelante, com luzes cegantes o tempo inteiro.

— Quanto tempo levou para você chegar ao estacionamento mágico?

— Cerca de um minuto.

— Sabe, tem um ferro-velho no West Side. Você pode vê-lo do trem da Linha Verde. Talvez você estivesse lá. Com certeza há um lugar que ainda existe na Terra onde, sabe, você por acaso esteve.

— Eu não estava em Chicago. Vi o Galaxie 500 fazer um show. Era o T.T. the Bear's Place em Cambridge, Massachusetts, em 1990.

— Eu amo o Galaxie 500. Eles tocaram "Tugboat"?

— Tocaram.

Lena corou. Foi bom vê-la baixar a guarda, um pouco.

— Eu realmente gosto muito do Galaxie 500.

Levantei os polegares para Lena em sinal de afirmação e disse que também amava o Galaxie.

– Está bem, então deixe-me perguntar a você. Apenas hipoteticamente. É um jogo que gosto de fazer com pessoas que acabo de conhecer. Se você pudesse voltar no tempo e ver qualquer banda tocar, qual você escolheria?

– Hipoteticamente quer dizer que eu não vou dar uma volta em seu buraco de minhoca?

– Está bem. Sim. Você de fato pode voltar no tempo e ver qualquer banda que quiser.

Vasculhei minha mente para tentar adivinhar quem Lena gostaria de ver. Ela parecia que ia tirar onda e escolher alguém inesperado, como Merle Haggard ou Tupac Shakur. Ela conhecia o Galaxie 500, embora provavelmente fosse muito pequena para lembrar deles em sua época. Ela usava uma camiseta do Hüsker Dü e tinha um *patch* do Fugazi na bolsa. Sua roupa e seu comportamento sugeriam uma apreciação por Sleater-Kinney e outras bandas de riot grrrls do Noroeste americano, mas que também podia se interessar por coisas mais hardcore, a julgar pela camiseta dos Melvins naquela fotografia no site da Northwestern.

– Thinking Fellers Union Local 282. – Ela nem precisou pensar naquilo, estava explodindo de necessidade de dizer. Thinking Fellers. Estava na ponta da língua.

Por essa eu não esperava.

– Nada de Smiths?

Ela estalou a língua para mim.

– Eu pareço uma garota que dá a mínima para os Smiths?

– Não. Você parece ter vivido uma vida plena e produtiva sem qualquer ajuda do Morrissey.

– E vivi, mesmo.

Thinking Fellers. Uma banda de malucos de São Francisco do início dos anos noventa, citada na mesma frase que a Ed's Redeeming Qualities. Ela claramente tinha sido DJ em uma rádio universitária.

– Você foi DJ de rádio universitária?

– Não.

– Então como conhece os Thinking Fellers?

– Por que você acha que só DJs de rádios universitárias conhecem os Thinking Fellers? – Lena Geduldig era excelente em fazer um velho *bartender* se sentir um idiota completo. Decidi nunca contar a ela que tinha abandonado a faculdade.

– Não acho. – Conversar com Lena dava a sensação de carregar dez caixas de discos dez lances de escada acima. – Bom, sim. Está bem, você ganhou, irmã.

Ela tomou um longo gole do seu copo de cerveja.

– A estação de rádio universitária na cidade no cu de Montana onde cresci costumava tocar os Thinking Fellers. Quando eu era criança, costumava ligar para os DJs de lá e pedir que eles tocassem They Might Be Giants. Um cara, o Mark, estava de saco cheio do TMBG, então me disse para ouvir os Thinking Fellers. Eu gostei deles.

– Entendo.

– Você é um cara tipo rock and roll, nada intelectual e vestido de roupas vintage como o fã padrão do Axis. Braços fechados com tatuagens. Cavanhaque. Eu me lembro de você, mais ou menos. Você tinha cabelo comprido. E claramente tem uma opinião sobre muitas bandas.

– Eu tenho. Mas opiniões são como bundas.

– Cheias de merda?

Fizemos contato visual, e vi nos olhos de Lena uma bondade que não estava ali antes. Ela realmente tinha um centro delicado, como um travesseiro ou um pãozinho de mesa polvilhado de farinha. Gostei de seus olhos, grandes e castanhos, com pedaços de rímel presos na ponta dos cílios. A garota ranzinza estava sorrindo. Para mim.

— Tem certeza de que sua viagem de volta no tempo ao estacionamento mágico não foi um lapso de memória ou sonho? Algo relacionado ao centro de memória de seu cérebro? Drogas psicotrópicas?

— Isso pode surpreender você, mas nunca usei drogas além de maconha. E tenho certeza de que estive realmente lá. Eu me vi. Na multidão. E tinha um cheiro estranho. Como pneus queimando, ou algo assim. Esse é o cheiro do acelerador queimando.

— Você só viaja para shows de rock que já viu?

— Eu fui a Altamont. Eu não era nem nascido.

— Você foi a Altamont?

— Você parece cética.

— Uma boa cientista é sempre cética. Eu sou uma boa cientista. — Ela se levantou e pegou a bolsa. — Quero ver os Thinking Fellers. São Francisco, 1993. Leve-me a seu buraco de minhoca.

EU A LEVEI até meu apartamento, rezando para que não estivesse fedendo quando abri a porta, coisa que estava. Um fedor de odor corporal de Karl Bender com Ming's Panda penetrou em nossas narinas, mas Lena não disse nada. Normalmente eu fazia uma limpeza antes de receber estranhos para andar no buraco de minhoca. Eu me encolhi quando Lena passou por cima de cuecas brancas usadas, os fundilhos amarelados virados para cima.

— Gosto de seu apartamento — disse Lena. — É aconchegante. — Lena apontou para minha estante do chão ao teto de discos de vinil. — Uau.

— Desculpe a bagunça.

— Aposto que você come muito no Ming's Panda.

— Eu evito isso como a peste. Seus latões de lixo fedem, e seus rolinhos primavera podem conter pessoas mortas.

— A lareira funciona?

Olhei para minha lareira, que eu costumava esquecer que estava ali. Ela continha o arranjo de velas de Nuestra Señora de Guadalupe da mercearia mexicana da rua, acesas apenas em ocasiões em que uma mulher está presente e eu tenho a intenção de criar um clima.

– Não. Então, onde em São Francisco você quer que seja seu ponto de entrada? Eu preciso calcular as coordenadas...

– Esquina de Divisadero com Hayes.

– Parece que você já esteve lá antes.

– Muitas vezes, quando estudava em Stanford. Só que não para ver os Thinking Fellers. Eles foram um pouco anteriores ao meu tempo. Eu ia bastante à cidade várias vezes em busca de arte e cultura. Ele agora se chama o Independent. Não o Kennel Club, como era em 1993.

– Deixe-me ver seu celular.

– Meu celular? Por que você precisa do meu celular?

– Você precisa do seu celular para a reentrada. Se tiver um iPhone, posso instalar um aplicativo especial projetado por meu amigo Wayne. Você digita meu número e eu a trago de volta para o presente.

– Eu só tenho este velho. – Ela estendeu um telefone rosa daqueles de abrir. Um dinossauro. A capa estava arranhada, e havia um pingente de plástico da Hello Kitty pendurado na parte de baixo.

– Não sei se esse vai funcionar para isso. Wayne é bem preocupado com aspectos técnicos. Você pode levar um dos meus. – Entreguei a ela meu iPhone. – É só mandar uma mensagem de texto para esse número quando acabar. Segure o telefone em uma das mãos e aperte a outra contra um objeto com carga elétrica (um amplificador, um poste de luz, o secador de mão elétrico no banheiro). O que quer que você consiga encontrar. O buraco de minhoca é frio. Quando chegar, vai ter a sensação de uma queda física tremenda. Mais ou menos como se tivesse caído do teto de um ônibus.

– Certo.

– Mas isso passa bem rápido.

– Certo.

– Não interaja com ninguém. Mesmo que ache que pode se comunicar, não faça isso.

Ela fez uma careta.

– Por que não posso interagir com ninguém? Qual o sentido de viajar no tempo se você não pode conversar com as pessoas?

– É perigoso. Regras da casa, Lena. E com certeza não saia falando com as pessoas que você é do futuro. As pessoas só vão achar que você está chapada.

– Não me importo com o que as pessoas pensam.

– Mas eu me importo, Lena. Sem suvenires. Nada de camisetas. Nada de trazer uma lata velha de refrigerante nem uma revista pelo valor nostálgico. Nada pode voltar com você.

– E se eu chegar lá e estiver nua?

– Você não vai estar nua. Você leu *The Time Traveler's Wife*? Todo mundo que leu esse livro acha que vai aterrissar no passado nu.

– Então minhas roupas viajam, também?

– Sim.

– Como isso é possível?

– Você me diz, dra. Cientista.

TOMEI TODO O CUIDADO para digitar 1993 e não 993 antes de mandar Lena através do buraco de minhoca. Aí dei uma varrida rápida no chão, troquei os lençóis e fiz um monte de pesquisa no Google sobre Lena Geduldig.

Lena R. Geduldig, BS, Física, Universidade de Montana, 2002.

Lena R. Geduldig, Butte High School, reunião da turma de 1996 (ela não compareceu).

Lena Geduldig, chefe, Máfia do Tricô de Evanston.

Foi ao casamento de Steve McCormick e Mariah Wilkes em 11 de abril de 2009, em Berkeley.

E-mail sem ser da Northwestern: l.diggy@hmail.com.

Seu pai parecia ser o dr. David Geduldig, professor de geologia na Montana Tech. Um hippie grisalho com olhos desvairados e grandes óculos que o desfiguravam, o dr. David Geduldig possuía o tipo de barba comprida, emaranhada e grisalha que uma família de ratazanas podia usar como condomínio.

Seu nome do meio: Rose.

Data de nascimento: 13 de dezembro de 1978.

O painel de controle emitiu um bipe. Lena voltou.

Ela saiu se arrastando do closet.

– Posso deitar na sua cama? Preciso descansar.

– Claro.

Lena caiu em minha cama limpa, tirou os óculos e esfregou o rosto com as mãos. Sua respiração estava ofegante; e a cabeça, úmida de suor.

– Isso foi exaustivo.

– Sim.

– E empolgante. – Os dentes de baixo dela eram tortos. – Ah, meu Deus.

– Não tenha pressa. Quando estiver pronta, podemos conversar sobre meu problema e como você pode ajudar.

– Ah, meu Deus. Isso foi incrível! – gritou Lena. Como sou um velho imundo, senti como se estivesse ouvindo a trilha sonora de como seria fazer sexo com ela. Afastei os olhos educadamente, permitindo que ela sentisse o que sentia sem meus olhos invasivos

acompanhando o movimento de seus seios enquanto rolava de um lado para outro na superfície onde frequentemente me masturbo.
— Sim.
— Era mesmo 1993. Os cabelos. E a banda. Bem, a banda foi fraca. Não vou mentir para você. Eles erraram muito em "Narlus Spectre". Mas estar de volta em 1993. Ah, meu Deus, buracos de minhoca realmente existem.
— Por favor, não conte a ninguém em sua escola — disse eu.
— O quê?
— Preciso que você mantenha isso em segredo.
Ela me olhou como se eu tivesse doze cabeças.
— Em segredo? Você está louco? Provar a existência e a funcionalidade da ponte de Einstein-Rosen? Já estou na lista negra do meu orientador. Levar alguma descoberta importante como um portal para o passado iria salvar minha carreira e me render, render a nós, óbvio, uma tonelada de dinheiro.
— Lena, por favor. Por favor, guarde isso para você. Pelo menos por mais algum tempo. Preciso que mantenha o segredo até completarmos a missão para a qual estou prestes a contratar você.
Ela sentou e olhou para mim. Na verdade, olhou através de mim.
— Estou pagando a você por seus serviços e para manter a boca fechada sobre isso para seu pessoal das ciências.
— Isso é loucura. — Foi tudo o que ela disse. — Não acho que você entendeu a gravidade da situação.
— Quer beber alguma coisa? Tenho Coca, água e Bourbon, também, se quiser.
— Água seria ótimo. Não tão incrível quanto a existência de viagens no tempo. Mas, por enquanto, água parece muito bem.
Parecia que Lena não ia deixar minha cama tão cedo. Peguei um copo d'água para ela, que bebeu de um só gole.

Ela me devolveu o copo.

— Posso confiar que você não vai contar sobre isso a seu departamento?

— Me dê um minuto para me recompor — disse ela. Suor se acumulava em torno de suas sobrancelhas. Lena sentou na beira da cama e usou a unha para descascar o esmalte preto já lascado.

— Então, o que você precisa de mim? Em relação a seu buraco de minhoca. Devo alertá-lo de que não sou a estrela mais brilhante na galáxia da física na Northwestern. Na verdade, estou meio ferrada com o departamento.

— Preciso de você para uma missão salva-vidas.

— O que isso quer dizer?

— Meu amigo Wayne. Foi ele que armou todo o software, os cabos e os programas para mandar as pessoas para onde elas querem ir. Nós montamos isso como um negócio. Vendemos viagens no tempo para shows de rock. Estávamos explorando novas formas de entretenimento até que Wayne desapareceu. Tem um cara que adora a patinadora Dorothy Hamill. Então são shows de rock e um eventual evento esportivo. Enfim, uma coisa ruim aconteceu.

Ela se sentou.

— É?

— Eu o mandei para 980. Ele queria impedir o assassinato de John Lennon, e quando digitei toda a informação no computador, esqueci o 1 de 1980. Por isso ele está em 980. E lá não há eletricidade, por isso estamos com dificuldade para trazê-lo de volta ao presente.

— Como você sabe que ele está em 980? — perguntou Lena, se encolhendo em posição fetal.

— Esqueci de digitar o um. Manhattan era apenas uma grande floresta. Ele pode mandar mensagens de texto. Os satélites ainda estão no céu, e as torres ainda funcionam. Não me pergunte como isso acontece. Recebo mensagens de texto de seu número. Ele descreve como era em 980. Apenas árvores e neve.

– Você não pode ter certeza de que é 980.

– Ei, eu levei você para São Francisco em 1993, não levei? Bem a tempo para os Thinking Fellers.

Ela ficou de pé e alisou a saia.

– Bom, eu vou apenas seguir em frente e suspender minha desconfiança e, acho, acreditar em você, embora eu seja uma cientista e não sejamos muito de acreditar em coisas sem provas.

– Bom.

– Não posso perguntar a ninguém do meu departamento sobre isso?

– Correto.

Ela segurou sua reação.

– Se é apenas questão de ter acesso a uma fonte de energia elétrica, você podia mandar um gerador pelo buraco de minhoca até 980 e trazê-lo de volta assim. O problema é que o fim do buraco de minhoca em 980 não vai ser no ponto exato em que seu amigo foi expelido.

– Ok.

– Não há como um buraco de minhoca ser estático. Ele pode se mover centímetros ou metros ou quilômetros. Ele pode desaparecer. Você não pode voltar para trás. Para frente é possível apenas com base em um modelo teórico. A teoria das cordas é apenas uma teoria, afinal de contas. Além disso, você tem mesmo certeza de que ele está em 980? Quer dizer, dentro do *continuum* espaço-tempo, o calendário é bem arbitrário.

Eu assenti.

Ela caiu de volta na cama.

– Eu nunca consegui ver o Elliott Smith – disse ela.

– Ele era ótimo.

– Claro que ele era ótimo.

– Você está pedindo alguma coisa, dra. Lena?

Ela sorriu para mim.

– Não sou uma doutora, e sim. Eu quero ver Elliott.

– É preciso duas horas para resetar o equipamento de computador.

– Você vem comigo? Seria mais divertido ir com alguém, eu acho.

– É, eu podia fazer isso. Quer dizer, fico nervoso ao viajar sem alguém em casa nos controles, mas podemos fazer isso.

Lena me olhou com olhos cheios de expectativa. Eu não sabia dizer se aqueles eram olhos de interesse de natureza sexual, na esperança de que eu lhe desse uma boa trepada, ou se estava sozinha e eu era a primeira pessoa com quem falava em um bom tempo que não era um babaca. Ela parecia precisar de algo de mim.

Eu estava suando – o suor fedorento de estresse que cheira como queijo velho.

Ela apontou para meu braço esquerdo e gritou:

– Ah! Sua tatuagem.

– Qual delas?

– "The moon is a lightbulb breaking."* – Ela tocou o dedo acima do meu cotovelo, onde as palavras serpenteavam em volta da imagem de uma lâmpada quebrada. Ela virou de costas e levantou a camisa. Na parte baixa das costas havia o mesmo verso da mesma canção de Elliott Smith, o mesmo cantor/compositor morto que nós dois obviamente adorávamos o suficiente para ter suas palavras gravadas em nossos corpos.

– Somos iguais.

– Suponho que sim.

---

* Trecho de "St. Ides Heaven", de Elliott Smith. Tradução: A lua é uma lâmpada quebrando. (N. do T.)

– Não é todo dia que você encontra alguém com a mesma tatuagem. Quer dizer, não é como se fossem desenhos idênticos, nem nada. É uma letra de música, não alguma tatuagem idiota que todo mundo tem e acha que está sendo original.
– Só significa que nós dois somos muito legais.

Lena corou e levou a mão ao rosto. Eu me peguei gostando daquela garota, se não de um jeito sexy e romântico, pelo menos de um jeito "aliados neste mundo cruel". Eu me movi para botar minha mão grande e desajeitada em seu ombro e curar suas feridas com a bênção gêmea da viagem no tempo e do rock and roll.

– Então, só para esclarecer. Você vai trabalhar em um plano para resgatar Wayne?

– É, vou colocar isso no topo da minha lista de coisas a fazer. Neste momento, a faculdade está meio... Está, er... – Lena botou a língua para fora. – Tenho que entregar minha tese até o fim de agosto, certo? Então, sem querer entrar em um blá-blá-blá sobre um monte de coisas que você não entende, mas um de meus ditos colegas roubou grande parte da minha pesquisa e está prestes a publicá-la. E eles acreditam nele porque estudou na Caltech e tem um pênis, e eu sou apenas a punk maluca que se formou em uma faculdade estadual então, tipo, os últimos sete anos de pós--graduação estão praticamente indo pelo ralo, para mim. Não posso entregar minha tese porque ela foi roubada, e não posso fazer outra em três meses, então estou com problemas.

– Ei, se você trouxer Wayne de volta até o fim de semana, tenho dois mil dólares para você.

Ela tornou a sentar na cama.

– Vou pensar em alguma coisa. Posso falhar algumas vezes no caminho. É isso o que nós, cientistas, fazemos. Falhamos.

– Faça-me um favor e não falhe.

Ela afastou o olhar e disse:

– Eu falho muito, Karl. Estou só avisando a você.

Lena deu um suspiro, eu suspirei e sentamos na presença um do outro sem falar. Negociei o risco inerente da confiança – entregando àquela estranha as chaves do meu buraco de minhoca. Aos quarenta anos, eu ia honrar a expressão latina que tatuei nos nós dos dedos quando eu era um homem esperançoso de vinte e três, *AMOR FATI*, e amar meu destino. Eu confiaria em que Lena estivesse presente para ajudar.

Ela parecia hesitante em partir.

– Você precisa de dinheiro para o trem, ou algo assim?

Lena sacudiu a cabeça e seguiu na direção da porta.

– Não, eu tenho um cartão mensal.

– Desculpe. Não estou tentando...

– "The moon is a lightbulb breaking" – disse Lena com animação infantil pelas luas e lâmpadas de Elliott Smith, e por isso eu estava grato.

– Nós somos iguais.

3

NA MANHÃ SEGUINTE despertei cedo da minha sonolência, na esperança de encontrar em minha caixa de entrada uma mensagem longa e instrutiva de minha amiga quebradora de lâmpadas, Lena Geduldig, sobre o resgate de Wayne. Em vez disso, encontrei um e-mail do meu senhorio. Eu não me considero sensitivo, mas acredite em mim quando digo que senti esse aviso descer rastejante do alto do pedestal dourado onde seu remetente tinha se situado.

>Caro sr. Bender,
>
>Foi trazido à minha atenção que seu apartamento tem sobrecarregado os disjuntores do prédio em torno de seu apartamento. Reclamações foram registradas por seu vizinho de cima cujo nome não vou citar em respeito à sua privacidade. Também houve reclamações de barulho, especificamente um ruído alto que fere os ouvidos, descrito por esse inquilino como uma motocicleta. Por favor, ligue imediatamente para meu escritório. O senhor deveria ter noção de boa vizinhança. Além disso, pare com o barulho. O senhor foi alertado. Não piore a situação ou vai enfrentar o despejo.
>
>Seu amigo,
>
>Sahlil Gupta
>Seu senhorio
>Gupta Properties
>Servindo Chicago com classe desde 2006

Sahlil Gupta achava que, por recolher um cheque de aluguel de mim uma vez por mês e de vez em quando mandar o primo/encanador incompetente ver meu vaso sanitário quando a descarga não funcionava, nós éramos amigos, portanto ele podia beber a noite inteira de graça no meu bar. Certa noite, um ano atrás, ele jogou o corpo magro e comprido sobre um dos bancos do bar como um suéter velho e sujo, ficou olhando para as mulheres, se meteu na conversa dos outros e reclamou em voz alta que meu bar era longe demais de seu apartamento dúplex de luxo em Lake Shore, pelo qual ele pagou dois vírgula cinco milhões de dólares, e que ele tem apenas trinta anos, pouca idade para possuir tantas propriedades caras. Ele assinava todos os e-mails profissionais com "Seu amigo", como um aluno do terceiro ano primário.

O segundo e-mail, aberto durante o aceno matinal à responsabilidade chamado café da manhã, fez com eu derramasse uma caneca cheia de suco de laranja no colo.

No início, não consegui abri-lo. Ele chegara através de um protocolo de e-mail do qual eu nunca tinha ouvido falar – .vpx--pós-A. Levou algumas tentativas até o e-mail abrir na tela. No corpo do e-mail havia uma foto minha. Eu usava óculos de armação quadrada de design familiar, segurando uma foto do que parecia uma noiva e um noivo posando, cada um com um isqueiro na mão. Os braços do homem eram uma bolha azul e verde de tatuagens, e o meio sorriso/meio expressão carrancuda em seu rosto era o meu.

O e-mail dizia:

Olá do mundo pós-A, babaca. Gosta de água? Você vai amar 2031. Felicitações por conhecer Lena Geduldig. Gosta dela? Ela é a melhor coisa que vai acontecer em sua vida triste e lamentável. Não perca Lena. Este é meu conselho para meu eu mais jovem. Você vai evitar muita solidão e desperdício de tempo se ficar com ela. Faça o que tem que fazer. Assinado, você mesmo aos 61. 22 de março de 2031. P.S.: A carne acabou no pós-A. Vá comer 100 hambúrgueres agora mesmo.

Levantei, corri até o banheiro e descansei o rosto no assento frio da privada, esperando vomitar. Admirei as cracas marrons de sujeira presas à parte de baixo da borda do vaso sanitário por algum tempo, percebendo que não ia vomitar nem ter outro momento de paz na vida, nunca mais. Eu aos sessenta e um era a última pessoa de quem queria notícias, e isso incluía o velho sujo que era meu pai.

"*Ela é a melhor coisa que vai acontecer em sua vida?*" Em 2031, eu ainda ia achar minha vida triste e lamentável? Bem, isso era decepcionante.

Liguei para minha garota em Evanston.

– Já pensou em alguma coisa?

– Karl? – perguntou ela.

– Trabalhando duro, espero? Lena? Já se passou mais outro dia inteiro. Pelo que sei, Wayne pode estar morto.

– Espere aí. Estou na biblioteca. Me dê um minuto. – Ouvi um ruído abafado, como se ela tivesse erguido o telefone ao vento soprando. Depois, voltou à linha. – Você teve notícias de Wayne?

– Tive, e ele está puto. Está sobrevivendo à base de nozes e carne de guaxinim.

– Sabe o que era muito abundante em águas atlânticas mil anos atrás? Enguias. Ele devia comer enguias.

Peguei a escova de privada e esfreguei as cracas.

– Lena, espero que possamos trazer Wayne de volta para o presente o mais cedo possível, por isso...

– Quando posso ver Elliott Smith tocar? Eu nunca o vi tocar quando ele era vivo. Acho que ele nunca tocou em Montana.

— Infelizmente, por enquanto, o buraco de minhoca não está disponível para ir a shows. Até você pensar em alguma coisa, ele só poderá ser usado para resgatar Wayne.

— Precisamos fazer outra viagem para que eu entenda melhor a velocidade e a dilatação relativa do espaço-tempo. Tenho algumas equações matemáticas nas quais estou trabalhando. Eu quero ver Elliott.

— Não. Não vai rolar.

— O quê? — perguntou ela.

— Trabalho primeiro, Elliott depois.

— Olhe, vou ser honesta com você. Não tem como saber se Wayne está no ano 980. Qualquer data que você digite naquele seu sistema é arbitrária. Tenho quase certeza de que o tempo não se movia no mesmo ritmo em 980 como se move hoje. O eixo da Terra mudou muito durante o último milênio, e não há como termos certeza de haver um dia de vinte e quatro horas em 980. Wayne, agora, poderia estar em 981 ou 994 ou 1237.

— Está bem.

Lena expirou alto.

— Em segundo lugar, como mencionei, seu buraco de minhoca pode ter se movido. Pelo que sabemos, não há como fixar uma extremidade de uma ponte de Einstein-Rosen a nenhum ponto fixo. Não sei como você tem mantido seu buraco de minhoca no closet, mas preciso examiná-lo mais, porque na situação atual, ele já está desafiando tudo o que nós, físicos, sabemos sobre tempo e espaço. Não há como verificar se Wayne está na ilha de Manhattan. Ele pode estar na Antártida ou pode estar no fim da rua em Chicago sacaneando você. Podemos prosseguir supondo que ele esteja onde você diz que ele está, mas, repito, não tenho como saber isso com certeza. Então o problema com o qual estou lidando é como aplicar as métricas pelas quais eu entendo essa coisa toda e invertê-las. Sincronizar os relógios vai ser ridiculamente difícil, se não impossível. Mas estou disposta a tentar.

– Obrigado. Faça o que tiver que fazer.

– Preciso de uma viagem e quero ver o Elliott.

– Está bem. Venha às sete. Nós vamos ver o Elliott.

– Nós?

– Bom, sim. Quer sair em uma viagem no tempo comigo? – Eu cerrei o punho e mordi forte os nós dos dedos, percebendo, tarde demais, que tinha acabado de botar a mão que tocara a escova de privada na boca.

– Sair com você? Tipo, sair *sair*? Achei que eu fosse sua empregada.

– Bom, é. Você é minha empregada. Quer dizer, tem algum problema?

– Se tem algum *problema*? – disse ela, com alteração na voz. – Quer dizer, isso não me parece nada profissional. Mas não é como se outras pessoas estivessem derrubando minha porta. Não sei. Vamos ver essa coisa de sair juntos. Sua necessidade de gratificação imediata em relação a trazer Wayne de volta e mais esse convite para um encontro vindo do nada estão me assustando. Vá devagar com isso. Garotas como eu odeiam que lhes digam o que fazer. Até logo. – O telefone ficou mudo.

É assim que se corteja garotas, Rico Suave. Não é de surpreender que eu não tenha uma namorada de verdade desde os anos 1990.

Além disso: aquilo foi um sim?

Limpei meu apartamento com fervor incomum. Lavei lençóis, guardei a roupa limpa, limpei as marcas escurecidas de mijo na borda do vaso sanitário. Escondi meu vidro de antidepressivos em uma gaveta do banheiro e joguei uma caixa fechada de cotonetes sobre essa evidência caso Lena fosse uma bisbilhoteira de banheiro. Eu era um bisbilhoteiro de banheiro. Eu, na verdade, esperava que Lena fosse uma bisbilhoteira de banheiro, também, porque nós teríamos isso em comum, querer saber que remédios controlados estão afetando o cérebro daqueles que amamos, e se eles usam uma boa marca de desodorante.

Além da música, eu temia que ela e eu tivéssemos muito pouco em comum. Música não é suficiente. A decepção é enorme quando você passa uma noite interessado em uma mulher bonita, envolvido em uma discussão acalorada sobre o sucesso do New Order depois do suicídio de Ian Curtis, e aí descobre que não consegue conversar sobre mais nada além de bandas. Bandas! Bandas! Mais bandas! Minha ex-namorada Meredith gostava de country. *Country*. Quanta Emmylou Harris eu ouvi por aquela Meredith McCabe.

Meredith vivera embaixo de uma mesa de bilhar em uma ocupação anarquista em Cambridge. Seus únicos pertences na época em que estivemos juntos (1990 a 1996) eram um saco de dormir, uma escova de dente e um vidro de maionese cheio de bijuterias quebradas que ela esperava consertar e vender numa banquinha na Harvard Square. Meredith me largou em 1996 para morar com uma mulher que conhecera na fila do chuveiro no Michigan Womyn's Music Festival. Nem uma única mulher que valesse a pena se revelou para mim desde então. Meredith permanecera aquela por quem meu coração não se curava. Com ela, minha vida era dourada. Eu tinha músculos.

Estávamos de pé diante do Middle East na Mass Ave quando Meredith me deu um beijo de despedida no rosto. O vento que vinha da baía naquela tarde estava tão frio e cruel quanto Ms. McCabe, e quando entrei cambaleante no estabelecimento mais próximo onde serviam bebida para esquentar o corpo e recuperar alguma compostura, tropecei no pé de um cara e caí de cara no conteúdo de um cinzeiro que alguém derramara, e abri meu dedão do pé direito chutando um buraco na parte de madeira inferior do bar, pelo qual me pediram que pagasse quatrocentos dólares. Como confirmei através de uma viagem no tempo de volta àquele dia de novembro para rever o término do namoro, o clima estava mesmo muito frio e eu realmente chutei um buraco bem grande naquele balcão. Na época, senti que Meredith merecia tal aborrecimento e destruição.

Lena chegou às 18:50. Eu havia colocado uma gravata preta bonita para a ocasião. Vesti meu jeans mais novo – imaculado, no qual nunca tinham sido derramadas cerveja nem água com alvejante de lavar o chão. Enfiei a camisa, que era de tecido Oxford azul-claro comprada em uma loja de verdade há menos de cinco anos, para dentro da calça. Ela estava limpa e sem manchas de suor.

– Olá – disse Lena, sem fôlego devido à escada. Nós nos abraçamos desajeitadamente, ela tentando não tocar meu corpo com os seios. Embora Lena estivesse vestindo uma blusa preta um tanto simples e saia vermelha até o joelho, meus olhos foram atraídos por suas panturrilhas e seus pés: botas Doc Martens roxas surradas e apropriadas para viajar no tempo para os anos 1991. Com tudo isso, ela estava sorrindo. Ela era agradável. Estava ali para ajudar.

– Belas botas – disse eu.

Com grande orgulho, ela ergueu o pé esquerdo para exibi-lo.

– Meu Deus, Karl, você se dá conta do que foi necessário para uma adolescente sem cartão de crédito em Butte, Montana, comprar essas botas em 1995? Antes do comércio eletrônico? Uma garota em Seattle que eu conhecia porque ela fazia um zine chamado *Canadian Penny* as comprou e enviou para mim, e fiz com que meu pai a reembolsasse com um cheque. Um cheque! Claro, todos os caubóis babacas da minha escola acharam que elas eram feias e me chamaram de esquisita. Eu amo essas botas.

– Uma história e tanto, essa.

– É. – Ela deu um suspiro. Ao longo dos anos, aprendi que mulheres que suspiram desse jeito na presença de um homem estão com tesão, e estão tentando fazer com que você saiba disso. Considerei a possibilidade de levar a srta. Lena para a cama depois do retorno de nossa viagem a 1997 para ver Elliott Smith, mas achei que não era uma boa ideia. Lena podia estar com tesão, mas não cabia a mim supor que estivesse com tesão por mim. Uma inspeção posterior de Lena indicou não tesão, mas simples desconfiança. Ela estava de pé na minha cozinha com os braços cruzados à frente, seu cardigã preto e esburacado puxado sobre o peito.

– Quer algo para beber?

– Água, eu acho. Ei, então, você vem junto dessa vez? Tem algum tipo de babaquice de encontro?

Droga, ela era cruel.

– É. Quer dizer, você também devia estar fazendo seus cálculos. Cálculos primeiro, babaquices de encontro depois. – Não sabia dizer se eu estava flertando ou não. Provavelmente não.

– Ei, podemos mostrar a Elliott nossas tatuagens de "St. Ides Heaven"? E implorar a ele que não se mate?

Sacudi a cabeça.

– Nada de falar com Elliott. Você ia me deixar muito puto se fizesse isso.

– Não seria melhor se ele não estivesse morto?

– Foi essa atitude que fez com que Wayne acabasse abandonado em 980.

– Não querer que Elliott se mate é uma atitude?

Eu não queria brigar com Lena, mas também não ia deixar que ela mexesse com Elliott Smith. Aquela era uma empreitada silenciosa, aquela coisa de viagens no tempo, e seu propósito era nostálgico. Gostava de pensar que eu estava mais perto de um traficante de drogas que de um parque de diversões, mas nenhuma dessas duas ocupações atraía qualquer dose de respeito.

– Teve notícias de Wayne? – perguntou Lena.

As mensagens de texto de Wayne iam ficando cada vez mais desarticuladas e ininteligíveis. Estava preocupado que ele estivesse morrendo de fome, ou morrendo de frio, ou que tivesse perdido um dedo, ou que tivesse ficado completamente *loco* da *cabeza*, mas ele teria me contado se algo ruim tivesse acontecido, ou teria parado de escrever se estivesse ferido ou morto.

ENCONTREI GENTE. CONTATO FEITO, NÃO LUTARAM NEM ME MATARAM. MUITO PEQUENOS. MULHERES DE MONOCELHA COM VESTIDOS COLORIDOS, HOMENS MENORES QUE MULHERES, MAIS TÍMIDOS, TAMBÉM. ELES TÊM CACHORROS.

TODA MINHA PELE COÇA. NÃO PARO DE PENSAR NO TUBO DE LOÇÃO EM MINHA PICAPE EM CASA E COMO MATARIA MEU MELHOR AMIGO KARL BENDER QUE NÃO SABE USAR NÚMEROS DIREITO PARA TER UM POUCO DE LOÇÃO.

COMI UM PEIXE. EU DIRIA QUE É DE QUALIDADE DE SUSHI.

ISSO É COMO ESTAR PRESO NA SOLITÁRIA. MEU CÉREBRO DÓI, KARL. NÃO HÁ NINGUÉM COM QUEM CONVERSAR, E ESTOU COM MEDO.

SEI QUE VOCÊ NÃO GOSTA DE PEIXE, MAS ESTE É O MELHOR PEIXE. ELE NEM TEM GOSTO DE PEIXE. TEM GOSTO DE VERDADE E BELEZA.

PEIXE DEMAIS. COMI MUITO PEIXE EMPANADO QUANDO CRIANÇA E AGORA ESTOU ESPANTADO POR A HUMANIDADE CONSEGUIR FRITAR ESSAS MARAVILHAS NATURAIS.

MEIO COMO COMER UM PEDAÇO TRANSLÚCIDO E LEVEMENTE SALGADO DE MARAVILHA.

VÁ SE FODER, SEU PERDEDOR IDIOTA. ACHO QUE DEIXEI MEU FORNO LIGADO. TALVEZ EU APENAS AFIE ESTA VARA E A ENFIE NO CÉREBRO.

VOCÊ NEM PRECISA COZINHAR ESTE PEIXE. BOM DEMAIS.

VOCÊ ALGUMA VEZ DANÇOU PELADO AO LUAR? RESPONDA MESMO ESSA PERGUNTA. SINCERAMENTE. PENSE EM FAZER ISSO ESTA NOITE. DIRIJA ATÉ WISCONSIN E ENCONTRE UMA CAMPINA. E UMA LUA. AQUI, HÁ DUAS LUAS NO CÉU. COMO NÓS PERDEMOS UMA LUA EM MIL ANOS?

ESTOU COM FRIO, MAS TENHO TODO ESSE PEIXE.

Tinha assegurado a Wayne que Lena e eu estávamos trabalhando furiosamente para trazê-lo de volta, que todos sentiam muito a falta dele, e que seu banco vazio no bar era uma lembrança constante de que havia algo errado no Dick. A verdade era que eu sentia falta de Wayne do mesmo modo desesperançado que sentia a falta de Meredith: confuso com o medo da possibilidade de jamais tornar a vê-lo, e tudo por minha culpa. Mas, principalmente, eu estava preocupado com o Eu do Futuro e aquela mensagem sobre Lena e o "mundo pós-A".

Pós-A?

Além disso, como aquilo ia funcionar com Lena, exatamente? Eu não tinha nem certeza se ela gostava de homens. Ela, no entanto, parecia gostar de mim, depois do suspiro e de não querer sair do meu lado quando nosso tempo juntos encontrou seu ponto final natural. Ainda assim, ela era uma garota que exibia todas as suas mágoas como tatuagens recentes, que construía paredes em torno do coração e do corpo, e havia muito abandonara predileções femininas como namorar ou se preocupar com a aparência. Desde que eu declarara nossa saída um encontro, ela não conseguia nem me olhar nos olhos. Ela estava parada acima dos computadores no quarto, digitando as teclas, de olhos vidrados, mudando o peso de um pé para outro. Percebi como as solas de borracha das botas Doc de Lena tinham se tornado finas e desgastadas. Vi o brilho dourado produzido pelo sol quando seus raios iluminaram os pelos de seu braço. Admirei as curvas generosas de seus seios e sua barriga, o arco de suas panturrilhas em sua legging preta rasgada. Toques brutos deixavam uma garota mais bonita. Meredith era toda lábios sangrentos, dentes faltando, e fantasmas nos olhos que meu amor e meus beijos às vezes expulsavam. Quando faziam isso, eu amava e idolatrava Meredith além do que jamais me senti capaz, para o que eu não tinha absolutamente nenhum ponto de referência na vida.

Fui criado por um homem e uma mulher cuja ira marital arrancava o papel da parede em sua insossa casa de dois andares suburbana. Eu temia que minhas relações com mulheres seriam para sempre marcadas por Steve e Melinda Bender e seu casamento fracassado, as traições dele, o estoicismo assustador dela, e ele esvaziando toda a conta bancária conjunta e fugindo para a Flórida enquanto ela jazia morrendo em uma unidade para doentes terminais que fedia a urina e fluidos de limpeza de qualidade medicinal. Eles pertenciam àquela última geração de americanos que viam o divórcio como um fracasso maior do que a infelicidade cotidiana. Por sete meses, do diagnóstico do câncer à morte, eu nunca vi minha mãe mais feliz – com uma camisola de hospital, comigo e minha irmã ao seu lado, sabendo que o marido não estaria para onde quer que ela estivesse indo.

Eu nunca tinha acompanhado alguém em uma viagem no tempo antes. A nostalgia é, e deveria ser, uma empreitada solitária.

– Aonde nós vamos? – perguntou Lena.

– Boston.

– Que tal Portland?

– Boston – repeti.

Ela deu um suspiro.

– Os melhores shows de Elliott foram em Portland.

– Nós vamos a Boston.

– Você não viveu em Boston nos anos 1990?

– No fim dos anos 1990, eu estava em tantas turnês com o Axis que não morava em lugar nenhum.

– É, mas o Axis era uma banda de Boston, mesmo que você não estivesse morando lá. Então vamos visitar seus velhos fantasmas? O antigo você, talvez?

Eu não respondi. Encarei a tela de computador, ou além dela para a pintura esverdeada na parede por trás, programando nossa viagem a Boston, porque eu só estivera em Portland para tocar em shows do Axis, e a cidade não guardava nenhuma nostalgia para mim. Mas Boston, a cidade da faculdade, da juventude, da dor, de Meredith e do T.T.'s, era a tão desejada caixa de brinquedos do meu passado. Eu não queria ir para Portland porque foda-se Portland. Aquele era meu buraco de minhoca, droga. Buá, bebezão. Boston ou nada. Boston ou eu levo minha bola e vou para casa. Para Boston. Vamos, Sox.

– Acho que você viu seu antigo eu – disse Lena. – Os cantos de seus lábios estão curvados para baixo. Você está mentindo. Posso dizer quando uma pessoa está mentindo.

– Não estou mentindo.

Isso tirou o sorriso de seu rosto.

– Você precisa mais de mim que eu de você.

– Que jeito de começar um encontro, Lena.

Ela pegou sua bolsa de carteiro do chão e a passou por cima da cabeça, como se estivesse de saída e eu jamais fosse vê-la outra vez.

– Você é assim tão babaca com todas as mulheres com quem sai, ou só comigo?

– Você escolhe o artista, eu escolho o show. É justo.

Ela olhou para mim com a sobrancelha esquerda erguida.

– Justo? Sério? Eu sou a física, aqui.

– É meu buraco de minhoca. Você nem saberia dele se eu não tivesse entrado em contato com você.

– Você está sendo um cuzão – disse Lena, e parte de mim a amou por não ter medo de dizer isso na minha cara.

Em 29 de abril de 1997, eu estava em uma van de turnê com Milo, Trina e Sam, em um lugar nada perto de Boston, embora eu não consiga me lembrar exatamente onde estávamos naquela noite. Éramos populares em Athens e Chapel Hill, mas a então paixão/agora mulher de Milo, Jodie, vivia em Portland, e por isso fazíamos muitos shows lá, a maioria deles no centro acadêmico escuro e fedendo a mijo do Reed College, embora em determinado momento tenhamos evoluído para casas de shows de verdade. Dito isso, o show de Elliott Smith em Cambridge estaria cheio de velhos amigos, velhos colegas de banda, e provavelmente meu velho *bartender*, Jake Crowley, meu terapeuta improvisado dos tempos de Boston e o homem que foi meu mentor quando comprei o Dictator's Club. Meredith e eu costumávamos conversar sobre pedir a Jake para oficializar nosso casamento. Nós íamos nos casar em seu bar, que se danassem as expectativas familiares, e teríamos bandas tocando a noite inteira enquanto saíssemos até a van para transar sempre que nos entediássemos das conversas com as pessoas. Em vez de presentes, pediríamos aos convidados que doassem dinheiro para construir bibliotecas na Nicarágua. Aí, em nossa lua de mel, nós iríamos para a Nicarágua construir essas bibliotecas.

LENA E EU aterrissamos com um baque surdo na calçada da Mass Ave, bem em frente ao Middle East.
Bem-vindo ao lar, garotão.
– Essa foi uma tração forte bem maluca. Talvez eu vomite – disse Lena.
Jake Crowley surgiu da esquina. Hoje em dia, Jake está tão gordo quanto o cara que fatia o presunto no bufê polonês, e seu padrão masculino de cabelo estilo assento de privada ficou da cor de cinza de cigarro, mas ali, Jake, o corpo magro sob o topete negro, passou por nós e entrou na casa de show. Nenhum esforço meu foi suficiente para impedir meu lábio inferior de tremer. Wayne nunca explicara toda a história das camadas para mim. Tentei dar um tapa na caixa de jornais do *Boston Phoenix*. Minha mão não fez contato. Eu podia ver Lena, e ela podia me ver, balbuciando como um maldito bebê.
– Você pode me ver? – perguntei, agitando os braços como uma criatura do mar.
Lena assentiu com a cabeça.
– Por que você quis vir para cá quando sabia que isso o deixaria triste?
– Porque eu quero ficar triste, Lena. Gosto de ficar triste. Você gosta de ficar triste. Elliott Smith gostava tanto de ficar triste que escreveu a trilha sonora de nossas vidas tristes e depois morreu para que todos pudéssemos ficar ainda mais tristes.
– Minha nossa, cara. Calma.
Eu não devia estar fazendo isso, pensei. *Eu devia destruir o buraco de minhoca, deixar que 1997 permanecesse em 1997.*

Quando Wayne voltasse, prometi a mim mesmo. Eu ia arrancar os cabos, derramar cimento no chão de madeira, pegar um machado e destruir a parede de gesso em nuvens de poeira.

Lena examinou a paisagem.

– Então podemos ir à sua velha cidade, mas não à minha. Entendo como é. – Ela estendeu a mão para baixo e abriu a caixa de jornais do *Boston Phoenix* sem problema.

– Como você fez isso?

– Fiz o quê? – Ela segurava o jornal na mão enquanto o folheava e abria. – Só quero ver que outras bandas estão tocando. O Galaxie já tinha acabado em 1997, certo? Luna, talvez? Ah, você se lembra de Atom and His Package?

– Como você está segurando esse jornal? – Tentei pegar o jornal, mas minha mão passou através dele. Tudo era apenas ar, para mim.

Lena folheou o *Phoenix* enquanto as páginas se agitavam ao vento.

– Eu não fiz nada especial. Posso interagir com o passado. Nada de mais. – Ela deu um chute na caixa de jornal.

Minhas mãos não conseguiram se encontrar com a alça da caixa metálica de jornal. Eu caminhei através de um Toyota Tercel velho. Dei um tapa em uma mulher usando óculos escuros de gatinho. Eu não podia sentir frio, não podia sentir o cheiro do escapamento do ônibus da Massachusetts Bay Transportation Authority que passava.

E, apesar disso, Lena. Lena folheava o jornal. Um cara na calçada desviou dela e disse:

– Desculpe. – Ela existia. Mas eu não.

– Isso está muito errado – disse eu, tentando pegar o jornal de Lena.

Lena segurou meu braço, e aí parou um casal que andava com um cachorro. Lena podia me tocar, mas eu não podia tocá-la.

– Com licença, vocês conseguem ver um homem com várias tatuagens e um cavanhaque grisalho parado ao meu lado, bem aqui?

– O quê? Tem um homem aqui? – perguntou a mulher.

– Ele está tendo um certo problema de invisibilidade, hoje. – Lena riu e apontou para mim enquanto o casal olhava através de mim, confuso.

– Boa sorte com isso – disse o cara que segurava o cachorro pela guia.

– Obrigada! – gritou para os dois enquanto atravessavam a Mass Ave. – E, por favor, votem em Al Gore em 2000.

– Lena.

Lena estendeu o braço e passou a mão no alto da minha cabeça.

– Não entendo isso. Posso ver e tocar você. Por que mais ninguém consegue?

– Isso está começando a me irritar.

Ela mordeu o lábio daquele jeito pensativo.

– Sabe o que é? Por que você não consegue interagir? Acho que você meio que surta no caminho através do portal, e isso o coloca fisicamente fora desta dimensão. Como se houvesse uma bolha plástica em torno do passado e você estivesse espiando no interior em vez de experimentá-lo. Você está tão preocupado em tratar o passado como um quebra-cabeça que não aguenta ser desmontado e guardado que você, com isso, se impede mentalmente de chegar lá por completo.

Eu considerei o que ela tinha dito. Enquanto passo pelo túnel congelante, admito que fico temeroso, do mesmo modo que fico em uma montanha-russa ou em um táxi pilotado por um motorista obviamente chapado. Eu não amo o passado. Eu o temo, agora que foi devolvido a mim.

– Você tem medo de alguma coisa quando passa pelo túnel? – questionei.

– Fico tão ocupada repassando números na cabeça, tentando descobrir como o lapso espaçotemporal acontece, que não penso em nada além de ciência.

Sorte da garota cientista, abençoada com um cérebro sem o fardo das questões do coração humano. Sua viagem era pura: só pela música, ou pela ciência, não pela bagagem.

– Quero dar uma volta – disse eu, saindo logo para não dar a Lena a chance de protestar.

– Nós *não vamos* perder o Elliott! – gritou ela atrás de mim.

Eu estava três passos à frente dela e não ia reduzir.

– Tem duas bandas de abertura.

– Eu não preciso de ingresso? Se as pessoas conseguem me ver. Você pode simplesmente entrar de fininho, mas eu não. Tenho uma carteira de identidade de Illinois que expira em 2016. Como vou explicar isso?

Em uma esquina muito familiar, comecei a perceber como minha memória tinha ficado falha. Havia os carros velhos, claro, e eu gostei de ver velhos lugares que me eram caros – o J.P. Licks, onde Meredith pedia sorvete de Oreo com cobertura de Oreo, o que deixava sua língua negra como a peste. O restaurante etíope de paredes brancas com o pão esponjoso. Os flyers cor de arco-íris presos como penas a postes e quadros de avisos. Mas meus olhos não eram os mesmos, e eu queria borrifá-los com limpador de janelas e limpar o que eu vira e tornava tudo tão diferente e triste.

– Você trouxe dinheiro? – perguntou Lena. – Para a porta? Eu não tenho dinheiro nenhum.

Eu murmurei algo afirmativo.

Lena vasculhou sua carteira, um objeto brilhante roxo e decorado com uma caveira de ossos cruzados brancos.

– E se eles olharem o número de série no dinheiro? De que ano são suas notas? Será que seu dinheiro sequer existe, aqui? Tenho algumas moedas de 25 centavos na carteira, mas são do tipo com os estados. Essas só saíram em 1999. Veja, Utah. – Lena estendeu uma das mãos, cheia de moedas. – Esse é um estado tardio. E Califórnia.

– Não se preocupe com as moedas.

– Karl – disse ela. – Eles ainda nem anunciaram o programa de moedas de 25 centavos dos estados. Ele começou em 1999. Você não está me escutando.

Lena gritou atrás de mim para que eu andasse mais devagar, enquanto eu disparava cada vez mais à frente dela. Eu sabia que estava sendo um babaca, ignorando-a, mas eu precisava ver algo que estava a apenas algumas quadras de distância. Lena continuou seu discurso sobre o programa de moedas de 25 dos estados e sobre como ela estava usando um sutiã feito com algum material que não existia em 1997. Eu não reduzi o passo. Virei a esquina da Pearl Street, sem dizer a Lena o que estava fazendo, aonde ia, admitindo que tinha uma agenda, sem me importar se ela podia me alcançar ou não, sem me preocupar se algum dia voltaria a ver Lena Geduldig outra vez. Foi com a decisão de uma bala que corri na direção da Berkman House, a velha ocupação anarquista de Meredith. Em 1997 ela morava em Washington, D.C., com a Mulher do Chuveiro, mas a casa, como eu me lembrava dela – a velha varanda de madeira empenada pelo desleixo, o cheiro de curry amarelo de lentilhas e de corpos sem lavar – ainda estaria como eu me lembrava.

– Karl, você pode, por favor, ir mais devagar? Está me assustando.

Lena. Quem era aquela garota? Ela não me conhecia, e eu não a conhecia, e não tinha certeza se queria conhecê-la. *Não perca Lena.* Eu queria ver a Berkman House. Mas o que eu veria quando chegasse lá, naquele dia do passado, depois de deixar Boston em uma confusão mental de raiva e tristeza por ter sido largado? Todos os amigos de Meredith da ocupação passaram a me ignorar depois daquilo. Aí o Axis ficou famoso. Durante anos procurei por ela na plateia, embora, sob todas aquelas luzes, o público não fosse nada além de um mar negro.

– Puta merda – disse eu ao parar diante daquela casa dilapidada. Meu estômago quase saiu pela boca quando olhei além da grade de madeira quebrada da varanda.

Meredith estava ali, na varanda, sentada no sofá infestado de piolhos que mofava com um verde vivo e reluzente todo verão, envolvida em alguma conversa feminina intensa e pessoal com a amiga e companheira de ocupação Kate que, tenho certeza, foi responsável por infectar Meredith e, por extensão, a mim com chatos no verão de 1993, pois aquela vaca não tinha limites em relação a toalhas de banho nem nada. As duas mulheres estavam sentadas uma de frente pra outra, gesticulando loucamente, com cigarros acesos entre os dedos, envolvidas naquela alienante prática de conversa de mulher para mulher que, para meus ouvidos, significava que estavam falando de mim.

– Aquela é minha namorada. Ex-namorada – sussurrei para Lena. – Meredith.

– A ruiva de regata? – disse ela.

– Psst. É.

– Isso não foi nada legal, Karl. Nada legal.

Eu sabia disso, é claro. Mas, naquele momento, simplesmente não me importei. Tinha quase certeza de que não ia conseguir me controlar, no entanto. Não porque Meredith estivesse bem à minha frente, uma joia de beleza com uma camiseta masculina branca e suja que exibia a parte superior de seus braços, magros e fortes do boxe. Porque eis a verdade terrível: se eu quisesse mesmo ver Meredith outra vez, no presente, eu poderia. Não há razão neste mundo para que eu não possa encontrar um motivo para ir à Califórnia, visitá-la e colocar a conversa em dia comendo tacos e bebendo cerveja. Mas eu não conseguia fazer isso. E não apenas porque ela está casada e tem a própria vida, o que é normal e natural, e se ela está feliz, agora, então estou feliz por ela. Mas a Meredith de hoje não é a jovem e brilhante deusa da beleza e da virilidade juvenis que eu idolatro e guardo com tanto carinho no coração. A Meredith de hoje é a mulher de outro homem. É a mãe de uma garotinha. Tem mais em seu nome que um saco de dormir e um vidro de bijuteria quebrada.

– Uau. Você ainda é apaixonado por ela. Seu rosto está ficando com vários tons de vermelho.

Foi o choro? Ou Lena podia sentir o cheiro almiscarado da vergonha de um amor morto-vivo emanando do meu corpo?

– Você está tremendo.

– Estou tremendo mesmo, droga.

Lena pôs a mão no meu ombro invisível para todo mundo, menos para ela mesma.

– Quer que eu fale com ela?

Eu me encolhi.

– Não. Não ouse! – Ergui os olhos para Meredith, que conversava, suas mãos se movendo, a fumaça de seu cigarro fazendo trilhas semitransparentes em torno do rosto. Lembro-me de cada um dos anéis em seus dedos. Sete, no total. O de ônix, que ela usava no dedo médio direito, eu tinha comprado em um camelô na Harvard Square, com a intenção de lhe pedir em casamento, mas acabei, em vez disso, dando a ela como presente de aniversário, porque em 1994 eu era um covarde ainda maior do que sou agora. Ela ainda o usava. O que isso significava? Será que ela ainda tinha o anel? Por que eu ainda me preocupava com isso?

– Desculpe. Eu só... – Eu não tinha desculpas. Foi uma atitude babaca levar Lena até Berkman. Eu não achava que Meredith ainda estaria sentada na varanda. Eu só tinha ido à Berkman House para estar com sua essência, do mesmo jeito que pessoas normais visitam cemitérios.

Eu, porém, cometera um erro ao arrastar Lena junto.

Lena olhou para a varanda da Berkman e disse:

– Vamos acabar com isso, agora. Vamos resolver isso de uma vez, que tal? – Lena caminhou na direção dos degraus da frente da casa. Nove degraus ao todo, e cada um ecoava o grito de madeira e pregos atormentados. Não havia a menor possibilidade de elas não perceberem Lena.

Estendi a mão para detê-la. Tentei agarrar uma das marias-chiquinhas magenta da parte de trás de sua cabeça. Minha mão passou por seu cabelo como se fosse ar. – Lena, não faça isso – disse eu, mas ela já estava seguindo para o alto da escada da varanda da Berkman House.

Meredith e Kate ergueram os olhos para minha física sorridente e de marias-chiquinhas.

– Você é a Meredith? – Ela apontou para minha ruiva espoleta, tão bonita, sentada de pernas cruzadas naquele sofá nojento.

– Quem está perguntando? – disse Kate, tão rude quanto eu me lembrava.

– Meu nome é Lena Geduldig. Tenho notícias terríveis sobre Karl Bender. Você conhece Karl Bender, certo?

– Quem é você? – O rosto de Meredith não traiu nenhum sinal de, digamos, estar preocupada com minha saúde ou segurança.

Ela olhou para mim, então disse, como se estivesse recitando versos:

– Eu sou Lena Geduldig. Estava saindo com Karl por um tempo, mas terminamos porque ele tinha esse hábito muito ruim de me chamar de Meredith.

Meredith riu, soltando fumaça de cigarro pelo nariz.

– Ninguém gosta de ser chamado pelo nome errado durante o sexo – disse Lena. – Depois da quinta vez que isso aconteceu, tive que terminar com ele, porque essa obsessão dele por você era muito desagradável. E ele nem se sentia mal com isso. Simplesmente continuava a fazer.

– Não sabia que Karl estava saindo com alguém.

– Não está mais. Está solteiro. Extremamente solteiro. Acho que ele está em turnê com o Axis, mas quando estava em Boston me chamou de Meredith o dia inteiro. "Meredith, quer dizer, Lena, me bate uma punheta. Meredith, er, Lena, amarre meus sapatos. Meredith, quer dizer, Lena, não termine comigo, Meredith. Por que você não simplesmente troca seu nome para Meredith? Tornaria as coisas mais fáceis."

– Está falando sério? – perguntou Kate.

Lena assentiu com a cabeça.

– Insisti para que fizesse terapia, mas ele se recusou. Enfim, ele tinha várias fotos suas no apartamento dele, por isso reconheci você. Só queria dizer que não há ressentimentos, e que se ainda tem alguma afeição guardada pelo cara, tenho certeza de que ele aceitaria você de volta em um segundo.

– Ela não está interessada – disse Kate.

Se eu não fosse um fantasma viajante no tempo sem braços, pernas, livre-arbítrio ou massa corporal discerníveis, eu teria arrastado Lena daquela varanda decrépita.

– Ele daria o testículo esquerdo por você – disse Lena, aí deu uma daquelas risadas altas. – E o direito.

As sobrancelhas de Meredith começaram a fazer um arco, que indicava que ela estava prestes a partir pra cima de você.

– Quem é você, sua esquisita? Você está agindo de um jeito bem estranho. Isso é alguma brincadeira?

– Não. – Lena estava agarrando a barriga, tentando não se dobrar ao meio.

Meredith arqueou as sobrancelhas.

– Karl chamava você de Meredith? Como você o conheceu?

Lena estava de cem tons de roxo e parecia estar à beira de uma parada cardíaca. Se eu não a odiasse tanto naquele momento, teria sugerido uma ida ao pronto-socorro.

– Está bem, eu sou do futuro. Ele é meu amigo. Em 2010, você deveria ligar para ele. Ou pode ligar para mim. Aqui está meu número. Em 2010, você vai guardar seu telefone no bolso.

Lena escreveu alguma coisa no verso de um flyer que ela pegara em um poste de 1997 e o entregou a Meredith, que o pegou como se Lena estivesse lhe entregando um filhote de cachorro morto.

– Tem alguma coisa errada com você? – perguntou Meredith. – Você precisa de ajuda?

– Estou dizendo a verdade – disse Lena, mas Meredith já havia se afastado, e Lena pôde ver que insistir não ia adiantar nada. Meredith, eu me lembrei, não ligava muito para o futuro. Para ela, o importante era o que estava acontecendo no momento. Meu coração doeu de vê-la daquele jeito, sem conseguir tocá-la. Eu só podia espioná-la na internet e me perguntar, tarde da noite, se aos quarenta e três ela ainda apertava baseados com os dedos dos pés.

– Vamos ver Elliott Smith tocar no T.T.'s agora. Você devia ir também. Ele vai estar morto em seis anos.

Meredith ficou de pé e pôs a mão no ombro de Lena. Eu tinha me esquecido de como Meredith era pequena.

– Espero que você consiga a ajuda de que precisa. Você meio que me magoou, sabe? Pareceu que estava tirando onda comigo, nada legal.

Kate berrou:

– Karl é tão babaca que nem é engraçado, querida. Cai fora.

Lena desceu os degraus, fazendo-os ranger sob seus pés, enquanto eu a seguia. Encontrei determinação suficiente no meu interior para não lhe dar um tapa na nuca. O que eu não conseguiria fazer, de qualquer jeito.

– Você está permanentemente na minha lista negra, Geduldig. Sabia disso?

– Uh, ninguém nunca me chama de Geduldig. – Lena saltitava à minha frente como uma colegial. – Ninguém sabe como pronunciá-lo, embora na verdade seja fácil se você apenas passar um minuto olhando para ele.

– Por favor, vire-se e escute enquanto grito com você. Eu a contratei para um trabalho. Para trazer Wayne de volta. Não para foder com meu passado e se divertir à minha custa.

Lena continuou andando à minha frente, de costas, quase batendo em uma lata de lixo tombada que estava jogada na calçada.

– Foi você quem disse que isso era um encontro, e aí me levou para ver sua ex-namorada, seu babaca rude e desrespeitoso.

– Você não pode, *não pode*, sair por aí dizendo às pessoas que é do futuro. Você não pode interagir com pessoas no passado. Expliquei isso a você. Por que insiste em me ignorar?

– Se você acordar amanhã de manhã e perceber que voltou com Meredith em 1997, e aí? Ou se ela ligar para você amanhã e disser: "Oi, Karl! Passei a última década sonhando com você, ainda amo você..."

– Ela não vai, e não depende de você.

– Espere um minuto...

– Você está sendo uma vadia enxerida e está ultrapassando, e muito, todos os seus limites.

Lena parou bruscamente na calçada. Um cara de bicicleta desviou para evitar atropelá-la. Ela levantou o dedo diante do meu rosto, uma flecha de hostilidade apontada diretamente para a parte idiota do meu cérebro.

– Vá se foder, Karl. Vá se foder. Nunca, nunca me chame de vadia.

O peso do meu erro comprimiu-se contra mim como um bloco de concreto na cabeça.

– Desculpe.

– Nem de "senhora". Odeio isso. É condescendente demais – disse ela. Seus olhos se estreitaram. – Eu honestamente não preciso de mais homens em minha vida me tratando feito merda quando não conseguem o que pensam merecer. Boa sorte em achar outro físico para você. Eu lhe garanto uma coisa: exatamente zero dos meus colegas vai lhe dispensar algum tempo de seu dia.

– Está bem, desculpe. Você me irritou e eu reagi. Estou só... apenas vamos ao show.

Ela me deteve de repente na calçada, parou e me disse algumas verdades.

– Sabe, existe um padrão na minha vida, Karl, e estou bem confiante de que o que vou precisar fazer para erradicá-lo é me tornar freira, só que sou judia e tenho coisas mais importantes a fazer do que me sentar em um claustro só para que homens inseguros não tenham a chance de me usar como alguma espécie de depósito de porra emocional.

– Já pedi desculpas. – Lágrimas pressionavam o interior de minhas pálpebras. Eu estava mesmo arrependido, mas me desculpar repetidamente parecia falso e estranho.

– *Desculpe* é apenas uma palavra que me lembra como obtenho pouco respeito nesta vida. – Lena virou-se de costas para mim. – Talvez você se sinta mal, mas não estou aqui para consolar a você nem mais ninguém.

Lena caminhou de volta para a Mass Ave. Nós não falamos, exceto quando Lena apontou para a mesa de centro de tampo de vidro deixada na beira da calçada e perguntou se ela achava que podíamos levá-la de volta para 2010. Quando chegamos ao T.T.'s, Lena, cronologicamente com dezoito anos, se agachou e passou pelo porteiro sem pagar nem mostrar identidade, e eu segui atrás dela, seu fantasma. Um grupo de mulheres de saias jeans, segurando copos de plástico de cerveja, passou através do meu corpo e eu não senti nada.

Pela primeira vez na minha vida, o T.T.'s em 1997 era na verdade o último lugar que eu queria estar. Queria ir para casa, para meu bar, mas Lena estava muito decidida a ver Elliott, e quem podia culpá-la? Quem, de volta em casa em 2010, não cortaria uma veia para sentar nesta caverna sagrada e assistir a um homem criar tanta beleza do nada?

Lena foi desviando e abriu caminho até a frente do palco enquanto Elliott se sentava em uma cadeira de madeira, com olhar baixo. Admirei a delicadeza do rosto de Elliott, a sinceridade silenciosa com que ele botara seu coração na música. Homens não cantavam como Elliott – todo frágil e aberto. Eu não tocava assim. Milo também não. Só Elliott. Minha mente agitou-se com reconhecimento quando vi aquela tatuagem do Touro Ferdinando que ele tinha no bíceps direito. Olhei para minha própria tatuagem de lâmpada e tentei não chorar por ele enquanto estava à minha frente, ainda vivo. Ele abriu com "Needle in the Hay". Seus lábios estavam atrás do globo prateado do microfone enquanto cantava, os olhos virados para baixo.

Observei Lena, também. Principalmente a parte de trás de sua cabeça, a imobilidade das marias-chiquinhas. Como Lena se esforçou para ficar bem no centro, à frente de Elliott. Como Lena se esforçou para ser uma mulher na ciência, para superar cada dia. Tentei pensar em maneiras de transmitir o quanto eu estava arrependido de ter estourado com ela e de lhe dizer o quanto eu a admirava.

Caminhei através dos corpos da multidão, até onde Lena estava parada.

– Posso segurar sua mão? Eu queria muito segurar a mão de alguém, agora. Isto é um encontro, certo?

Estendi o holograma de minha mão. Ela olhou para minha mão como se fosse lixo e virou de costas.

– Lena? – disse eu timidamente, mas quando Elliott voltou a tocar seu violão, Lena se tornou inalcançável. Ela estava de costas para mim, e eu fiquei parado e esperei que ela me visse, competindo estupidamente com Elliott Smith por sua atenção. Observei seu rosto se derreter em uma mistura de felicidade, o privilégio raro de voltar para aquilo, e tristeza, porque ela sabia como tudo aquilo acabava. Porque ela entendia o valor que dávamos às coisas quando elas estavam perdidas para sempre.

Lena não me queria. Eu era apenas um fantasma que não pagou entrada, por isso andei até os fundos da casa, onde todos os babacas que não sabiam a sorte que tinham de estar naquele lugar naquele momento estavam falando enquanto Elliott tocava, como se alguma coisa que tivessem a dizer significasse mais que o homem e sua música. Os dois caras ao meu lado estavam envolvidos em uma discussão acalorada sobre se um deles devia se livrar de sua máquina de exercícios Bowflex. ("Ela ocupa muito espaço", disse ele. E eu fiquei, tipo: "*Elliott Smith está tocando a cinco metros de distância de sua cara idiota.*") Esperei que a calma baixasse sobre mim, a calma que imaginei que seria sentida por um rei que tivesse todo capricho e desejo atendidos sem questionamento, mas ela nunca veio. Senti apenas o vazio de um homem nostálgico e pesaroso, despertando do transe de tristeza apenas para se perguntar de que ele sentia tanta falta.

Elliott tocou um set tenso por menos de uma hora. Ele olhou timidamente para o público enquanto voltava para os bastidores com o violão enfiado embaixo do braço. Então Lena, com lágrimas negras de rímel criando um delta do Nilo em suas duas bochechas, me encontrou. Com o rosto vermelho, ela apenas sacudiu a cabeça de um lado para outro e me disse para levá-la para casa.

Vi Meredith na plateia pouco antes de Lena e eu sermos sugados através do chão do T.T.'s. Afastei os olhos e digitei os números no meu telefone. Segurei a mão de Lena, feliz por estar voltando para casa, feliz por estar segurando sua mão. Tremendo após a reentrada no presente, eu me desculpei como se minha vida dependesse disso, o que era verdade, me joguei de joelhos e apertei o rosto contra a barriga de Lena.

– Você é um babaca – disse ela, sacudindo a perna para me remover de sua pessoa, e eu concordei com ela de todo coração, mas o que um homem ganha quando admite ser um babaca? Nada, lembrou-me Lena. Eu disse a ela que estava grato por aquilo, e ela me disse que era apenas uma pessoa, uma pessoa que queria entender a velocidade das estrelas, não alguém focada em consertar o comportamento babaca de pessoas babacas. Depois disse que precisava ir ao banheiro, desceu apressada o corredor e vomitou em minha banheira.

Depois de passar uma esponja e Pinho Sol no banheiro – deixando o fedor de vômito com desinfetante de pinho, além do frango gorduroso do Ming's Panda e do acelerador do buraco de minhoca pairando em meu apartamento –, observei Lena escovar os dentes com uma bolha da minha pasta de dente no dedo.

– Foi mal pelo vômito – disse ela.

– É desagradável voltar.

– É desagradável estar lá.

– Você precisa estar em algum lugar – respondi.

– Neste momento, não gostaria de estar em lugar nenhum.

– Você pode estar bem aqui? – disse eu, estendendo os braços. Ela recuou, sacudindo a cabeça.

– Você não pode fazer isso, Karl. Não pode me usar e depois me jogar fora quando não sou quem você quer.

– Eu quero você. Eu não quero perdê-la. Quero abraçá-la. Por favor.

Ela não se mexeu. Apenas me encarou. Eu não conseguia dizer se a estava assustando. Eu não queria fazer isso.

– Se a resposta for não, tudo bem – afirmei. – Apenas diga não. Ainda quero ser seu amigo, mesmo que a resposta seja não.

Ela cobriu a boca com a mão. Ela não voltou correndo para o banheiro. Apenas ficou ali parada, o dedo coberto por bolhas brancas de Crest, sem se afastar, sem se mover em minha direção, sem dizer não.

– Não vou machucar você, e não sou um babaca. Desculpe sobre aquilo da Meredith. Desculpe por tê-la chamado de vadia. Isso foi errado e nunca mais vai acontecer de novo, eu me sinto um grande merda por causa disso. É por isso que tenho minha regra de não usar o buraco de minhoca para coisas que não sejam shows. Isso me deixa nervoso demais. Prometo a você, minhas intenções são sérias.

Lena olhou para meu rosto, depois para a porta.

– Você sabe que depois disso não tem mais volta, certo? Se fizermos isso? Por "fazer isso" quero dizer sair juntos. Você nunca vai ter permissão de me machucar.

– Nunca vou querer machucar você.

Ela me examinou como se eu fosse um problema difícil que precisasse resolver.

– Não é melhor eu lavar a boca, antes?

Beijei uma boca cheia de pasta de dente. O beijo ardeu um pouco. Minha boca se encheu de bolhas de menta e da língua de Lena. Eu não estava mentindo quando disse que minhas intenções eram sérias. *Não perca Lena.* Só um tolo não escuta seu eu do futuro.

4

RECEBI UM E-MAIL longo de Wayne.

A tribo nativa com a qual me juntei tem nomes. Eu os escrevi com cinzas em uma folha. Seria errado ensinar-lhes inglês escrito? Eles são nomes compridos e complicados, nomes que confortam a língua de maneiras novas e estendidas. Eles me deram um nome que soa como Honnakuit. Isso provavelmente significa "cara alto e pálido". Eles não são armados e parecem se preocupar muito uns com os outros. Eles se sentam bem perto uns dos outros para comer. Todos têm cabelo comprido, até os homens, e passam muito tempo cuidando do cabelo um do outro. Estou falando em penteados presos no lugar com seiva de árvore e tiras de pano. Eles produzem tecidos. Têm estatura muito baixa, mas cantam muito e têm instrumentos musicais. Muitos tambores. Alguns instrumentos de corda, não muito parecidos com violão, mas talvez na linha de um *ukulele* redondo. Eles dariam uma banda excelente. A NPR faria um programa sobre eles.

Eu como com eles: peixe assado no fogo, cogumelos e nozes misturados juntos para formar uma pasta. Comemos frutas vermelhas quando as encontramos. Eu, na maioria das vezes, ajudo as mulheres, tirando a pele de peixe e arrancando as espinhas com as pontas dos dedos. As mulheres caçam. Principalmente esquilos e guaxinins, mas às vezes um animal parecido com um alce aparece e BAM. Flecha no coração. Eles são excelentes com arco e flecha. Tudo é compartilhado. Queria que eles tivessem computadores, não porque precisem de tecnologia, mas porque eu gostaria de poder consertar algo para eles, mostrar meu valor. Eu aqui não tenho talentos. A única coisa que sei consertar é um computador. Eles têm matemática e controle de natalidade, e parece que ninguém é casado. Não há casais, mas muitos bebês e crianças. Eles sorriem bastante. Gosto deles. A mulher mais velha da tribo me deu um pedaço de couro grande.

Gostaria que você pudesse vir aqui e sentir o cheiro do ar. Cheira a terra e flores, e é muito limpo. Eu poderia apenas deitar na grama e respirar o dia inteiro. Não é mais inverno. O degelo veio, e minha tribo pulou nua no que acredito que seja o East River. Ninguém tem vergonha do corpo e todos são cheios de alegria. Eles ficaram confusos sobre o fato de eu usar um algodão justo em torno das minhas partes, e me dei conta de que se todo o restante das pessoas estava nu, eu devia estar nu, também. Tirei a roupa e mergulhei. Essa experiência fez com que eu enxergasse meu pênis de maneira diferente – apenas um pedaço bobo de carne, nem vergonhoso nem poderoso. Por que eu fui circuncidado? Não posso perguntar isso à minha mãe, ela vai ficar furiosa, mas as pessoas aqui perceberam e disseram alguma coisa. Não sei o que disseram em palavras, mas uma das mulheres me fez um prepúcio de tecido marrom para que eu usasse em meu pobre pinto exposto. Uma touquinha para manter minha parte masculina em segurança. Isso parece estranho, certo, mas foi um ato de bondade. Parte do meu corpo não está bem, e eles a consertaram. Por que andamos por aí com paus com frio e desprotegidos, Karl? O meu está usando uma capinha do amor e não me deixa com nenhum tesão.

Sabe o que me chama a atenção, parceiro? Essas pessoas – elas não odeiam nem competem. Apenas fazem. Encontram comida, comem, compartilham tudo, e todos parecem se amar, daquele jeito muito mágico e descomplicado. As mulheres estão no comando, e é estranho – quando uma das mulheres mais velhas me deu alguns pedaços de peixe que ela cozinhara no fogo, encostou o rosto no meu e apertou minha boca contra a dela, como se para transferir seu amor para mim. Nem minha própria mãe nunca fez isso. Isso teria sido um beijo sujo, mas este outro não foi. Foi puro.

    Sinto sua falta e do bar e de minha mãe, mas não sinto falta de Chicago nem do meu emprego, do qual provavelmente já fui demitido. Nem sequer penso mais nisso. Os crepúsculos são bonitos demais, aqui.

    Por favor, diga olá para Lena e mande lembranças.

HONNAKUIT, vulgo Wayne A. DeMint

    Minha riot grrrl abelha-operária estava trabalhando furiosamente em problemas matemáticos que permitiriam a volta de Wayne sem a propulsão de um campo magnético, além de cuidar do próprio doutorado e de dar aulas para cerca de doze alunos que de fato apareceram para seu curso de verão de Introdução à Cosmologia, e tudo o que Wayne diz é "mande lembranças"?

    Ela não quer suas lembranças, Honnakuit. Ela quer trazer você de volta para cá.

Wayne,

Não sei como dizer, tenho dado sua grana do buraco de minhoca para Lena por seu trabalho diligente para trazê-lo de volta para 2010. Desde que você se perdeu, tenho hesitado em mandar pessoas para viagens, mas Lena tem sido de enorme ajuda. As pessoas no bar não param de perguntar por você. Não sei o que dizer a eles.

    Você ia amar Lena. Volte para cá para poder conhecê-la. Ela é superinteligente e tem ótimo gosto musical. Ontem à noite fomos ver Elliott Smith. 1997! Ela é total sua nova melhor amiga. E minha nova namorada! Lena. Ela é maravilhosa. Superinteligente em um pacote de garota punk agressiva. Não tenho ideia do que ela vê em mim, mas vou aceitar, por enquanto. Vocês dois têm muito em comum e seriam melhores amigos. Sério, ela é especial.

Não tem mais muita novidade, além de sua nova melhor amiga/minha namorada Lena. Ainda trabalhando para trazê-lo de volta, parceiro. Sinto sua falta. Todo o bar sente sua falta. Você está perdendo um verão fantástico em Chicago, cara! Volte!

– KJB

Eu não o chamaria de Honnakuit quando ele voltasse. Isso é o que nós na indústria da bebida chamamos de babaquice.

Também recebi outro e-mail, bem mais perturbador. Pior do que seu melhor amigo em 980 contar que seu novo nome é Honnakuit.

Querido Karl,
Estranho, eu estava limpando umas tralhas na garagem para abrir espaço para as coisas de bebê da minha filha e encontrei um bilhete que uma garota me deu certa tarde treze anos atrás, quando eu estava em Cambridge visitando Kate Voss (você se lembra dela?). Foi no ano seguinte à minha mudança para DC. Kate e eu estávamos sentadas na velha varanda, naquele sofá nojento que sempre me dava urticária, e essa mulher maluca com marias-chiquinhas cor-de-rosa se aproximou e disse que era do futuro e que conhecia você em 2010, e que você ainda estava apaixonado por mim. E aí me disse que Elliott Smith morreria em seis anos.

Na época, eu não liguei – tanta coisa doida aconteceu em 1997 –, mas quando soube da notícia sobre Elliott, olhei para o calendário e vi que aquela garota estava certa, passei um bom tempo sem conseguir tirá-la – nem a você – da cabeça.

Ultimamente, tenho pensado muito naquela garota. Lena Geduldig. Você a conhece? Sei que é estranho, mas juro a você que não estou inventando. Enfim, eu só queria lhe dar um alô e saber como estão as coisas com você. Com certeza não estou querendo descobrir se você ainda é apaixonado por mim. Penso muito no passado que compartilhamos e percebo que você não estaria apaixonado por mim, agora. Sou uma vendida completa, tenho uma filha, tenho um emprego de verdade. O tempo faz coisas loucas, não é, Bender?

Não quero colocar você em posição estranha. Só quero lhe contar essa história e dizer que estou bem. Como você provavelmente sabe, tive uma filha há alguns anos. Saoirse (pronuncia-se Siir-sha – fui megairlandesa no nome) faz quatro anos em agosto, agora, e me mantém muito ocupada. Imagino que você ainda esteja em Chicago, ainda tocando o bar, ainda partindo corações com aquela sua guitarra? Não faz muito tempo, arranjei uma cópia de *Dreams of Complicated Sorrow* em uma caixa de CDs usados. Ainda é ótimo.

Espero que você esteja bem e feliz, e me diga se você vier à Bay Area. Eu ia adorar ver você.

Foto obrigatória da pirralha em anexo. Ser mãe transforma você em uma boba.

Beijo,

Meredith McCabe

P.S.: Eles demoliram a Berkman há alguns anos para construir prédios residenciais. Que merda.

Fechei o laptop antes que mais más notícias pudessem chegar pelos tubos até mim. É por isso que você não fala com pessoas no passado quando viaja, *Lena*. Você altera o futuro, brinca com o aqui e agora, e isso é um problema.

Meredith.

Ela era a quinta de nove filhos de uma família irlandesa de South Boston. Ela tinha uma cicatriz roxa na testa da época em que o pai estava em liberdade condicional e cortou seu rosto por perder as chaves de seu velho Firebird. E ela tinha quatro irmãos mais velhos, canalhas violentos, de olhos esbugalhados que ainda por cima batiam nela. Meredith saiu de casa aos dezesseis e viveu nas ruas até se juntar aos anarquistas. Ela era incrivelmente linda, uma rosa brotando de uma pilha de merda, sua força colidia com a beleza e tirou minhas palavras e minha vontade.

– Lute comigo – foi o que Meredith McCabe me disse depois de uma hora de cervejas e conversa fiada sobre bandas e política de esquerda, enfiando os pés sujos em minhas coxas enquanto eu sentava ao seu lado em um dos sofás incrustados de sujeira da Berkman. Eu tinha tomado três doses de uísque e mais da minha cota de biscoitos de aveia que um dos moradores da Berkman levara para casa do trabalho na padaria cooperativa. Admito: eu a notei no instante em que entrei – o modo como ela parecia estar no comando de todo o lugar, passando um saco gigante de batatas fritas sabor *barbecue* velhas, certificando-se de que todos pegassem um pouco.

– Como é? – disse eu.

– Estou treinando para ser boxeadora. Lute comigo. Você parece um cara durão. Queixo quadrado. Cabeça que parece uma torradeira. Vamos lutar.

Examinei seus braços fortes. Músculos duros como pedra surgiam por trás das constelações de sardas adamascadas que se espalhavam por sua pele. Ela tinha uma cicatriz irregular cor-de-rosa do comprimento da parte de baixo do antebraço direito.

As pessoas que tinham ouvido seu desafio começaram a gritar e assoviar, exigindo a satisfação de ver um cara novo levar porrada, por isso ela me arrastou do sofá imundo até a faixa de grama queimada e pintada com spray nos fundos. Um murmúrio irrompeu entre a plateia, assim que ela e eu estávamos no centro de um círculo de punks vibrando. Ela ergueu o punho para mim.

– Não se segure porque sou mulher.
– Tenho certeza de que você consegue me enfrentar – disse eu.
– Pare de falar. Me dê um soco. Na cara. Vejo que está hesitando. Eu tenho quatro irmãos mais velhos. Acha que algum deles tem algum problema em me bater na cara? Vamos lá.

Meu punho frágil passou raspando em seu queixo. Meredith reagiu com um soco no estômago. Não um movimento regulamentar, tenho certeza, mas aí aquela pugilista-deusa me derrubou com um gancho de esquerda no queixo. Um fio de sangue da carne rasgada no interior da minha bochecha escorreu em cima da camiseta branca. Fiquei ali, deitado na grama que coçava, e olhei fixamente para o céu enquanto Meredith McCabe recolhia uma série de felicitações.

Alguém me entregou uma camiseta velha para enxugar o sangue que escorria da minha boca. E então Meredith, segurando uma toalha cheia de gelo sobre os nós dos dedos, sentou ao meu lado e disse:

– Espero que não esteja com raiva de mim. Isso não significa nada.

– Foi uma honra – murmurei. O sangramento, pelo que me lembro, não queria parar.

– Vou beijar seu rosto.

Ela se debruçou sobre mim e deu um beijo doloroso.

– Pronto. Isso deve curar. Espero que não tenha te machucado muito.

– Não, tudo bem.
– Eu machuco pessoas.
– É bom saber.
– Ei. Você tem uma cama?
– O quê?

– Uma cama? Tipo uma cama de verdade? Você vive em algum tipo de apartamento, certo? Estou dolorida, não só de lutar, mas de dormir no chão de madeira toda noite. Se você tiver uma cama grande o suficiente para dividir, você se importa?

Você poderia considerar tal consulta como sexual, ou ridiculamente romântica, mas a forma como ela perguntou, muito direta, não indicava para mim que houvesse uma retribuição anexada àquele pedido. No dia seguinte, depois de onze horas de sono reparador, com nossos braços e pernas emaranhados como cabelo, nossos genitais guardados em segurança dentro das respectivas roupas de baixo, Meredith tomou uma chuveirada demorada e usou uma de minhas toalhas limpas. (Não me lembro como, aos vinte e um anos, vivendo naquela ratoeira nojenta em Somerville com Milo e dois outros caras, eu tinha toalhas limpas em meu apartamento, a menos que minha mãe tivesse passado por lá e lavado a roupa para mim.) Fiz para ela aveia instantânea sabor de bordo em uma caneca roubada do refeitório da Tufts, pelo que ela me beijou na ponta do meu nariz, ainda latejante, e me disse que eu era gentil.

Lição número um, parceiros: ser um cavalheiro fez com que eu transasse cinco dias depois, quando, em um colchão que tecnicamente pertencia a todos na Berkman House, fiz sexo pela primeira vez com uma mulher que amava. Sabendo a diferença entre fricção básica e fazer amor com uma mulher que me fascinava com todas as células e cuja companhia eu considerava um privilégio imerecido, eu me senti metaforicamente saltando um muro invisível, de criança estúpida para Homem do Mundo. A experiência me encheu de fervor, tanto que vi pela primeira vez como homens religiosos antes de mim tinham lutado tanto para arruinar a santidade do sexo para todas as pessoas.

Quatorze anos.

Quatorze anos de ficadas de apenas uma noite, de amigas precisando de um caso pós-separação, e três "namoradas" de quem não senti saudades depois que elas se deram conta da situação e partiram. Eu não via Deus desde 1996.

LENA CHEGOU EM MINHA casa às nove da manhã, os braços pesados com dois sacos de compras.
– O que é tudo isso?
– Lanternas. Vamos mandar algumas lanternas para Wayne. Vamos torcer para que ele localize as lanternas e as ligue, criando então o campo eletromagnético apropriado. Nesse momento, vamos reverter a carga e, mais rápido que você possa dizer "meu escroto congelou", Wayne volta para casa.
Lena tinha pintado as pontas do cabelo outra vez, para um amarelo-esverdeado cor de grama. Eu me perguntei se ela se esforçava para ficar menos atraente. Uma memória antiga de minha mãe, um cigarro entre os dedos magros, unhas pintadas de bege, encostada em sua poltrona reclinável de veludo vermelho e comentando a solteirice de uma de minhas primas acimas do peso: "Ela ia ficar bonita, bastava perder aquela bunda grande." Mas Lena *era* bonita. Tinha pele de porcelana perfeita, um carocinho um tanto intrigante no meio do nariz, faces rosadas e um par de peitos que teria feito Tom Waits pegar sua gaita. Eu amava olhar para ela e absorvê-la.
– Aqui está o recibo das lanternas – disse ela, tirando-o da bolsa. – Acrescente isso a meu cheque.
– Wayne me mandou um e-mail. Ele encontrou uma tribo nativa. Eles o adotaram e lhe deram um nome.
As sobrancelhas dela se ergueram.
– Uau. Quero ser adotada por uma tribo nativa. Infiltração pré-europeia. Eles provavelmente são maravilhosos.

– Ele provavelmente vai morrer de cólera se não o trouxermos depressa para casa. Ele já tem criaturas que coçam vivendo em seus pelos corporais.

Lena franziu o cenho.

– A maioria das pessoas no mundo tem parasitas, ou um verme intestinal ou algo assim. Americanos são as pessoas mais loucas por limpeza no mundo.

– Gosto de limpeza. Uma vez eu tive chato. Aquela mulher no sofá com Meredith? Ela infectou a casa inteira com chatos. Passávamos dias sentados com roupa de baixo cobertos por aquela pomada forte e grudenta. Precisei raspar o corpo inteiro, o que não foi nada sexy.

– Aposto que isso foi divertido para você, Karl – retrucou ela. – Aposto que é uma de suas lembranças favoritas.

Uau, ela tinha chamado minha atenção para algo perverso.

– É difícil ser uma pessoa – disse eu.

Lena olhou para mim como se eu fosse o maior perdedor.

– Talvez devêssemos parar de falar sobre Meredith.

Lena, colocando duas pilhas no compartimento de uma das lanternas, olhou para meu rosto e disse:

– Eu sei. Seres humanos apenas criam muitos problemas para si mesmos. É por isso que gosto de ciência. Embora a ciência seja estudada a serviço da humanidade, eu a acho satisfatória por você, na verdade, não ter que falar com ninguém.

Lena prendeu duas lanternas juntas com um par de ganchos de metal e as colocou no chão do armário.

– Mande uma mensagem para Wayne. Diga a ele que vou mandar as lanternas. Há dez lanternas no total. As duas primeiras vão para 1º de janeiro de 981, na esquina da Seventieth com a Central Park West, aproximadamente.

– Não está respondendo. Ele tem pescado, não sei onde ele tem pescado.

– Está bem, pergunte onde ele está, em termos de pontos de referência da Manhattan moderna.

A resposta de Wayne:

HOJE, NÃO. HOUVE UM NASCIMENTO NA TRIBO E ESTAMOS TENDO UM BANQUETE. TENHO MUITOS PEIXES PARA LIMPAR. MINHA FACA É FEITA DE OSSO.

NÃO POSSO ESTRAGAR ESTA CERIMÔNIA. ISSO SERIA UM GESTO HORRÍVEL, ESPECIALMENTE PORQUE ESSAS PESSOAS TÊM CUIDADO DE MIM.

LANTERNAS NÃO VÃO FUNCIONAR. VOCÊS PRECISAM DE MAIS ELÉTRONS. MAS VÃO EM FRENTE, MANDEM-NAS. VOU TENTAR. SE NÃO, A TRIBO PODE USÁ-LAS À NOITE. NÃO TEMOS NEM VELAS. APENAS FOGUEIRAS. QUANDO ESCURECE, TODO MUNDO DORME. MUITO NATURAL.

Perguntei outra vez por seu endereço e disse a Wayne que sua mãe tinha dado queixa de pessoa desaparecida no Departamento de Polícia de Chicago.

TALVEZ O BATTERY PARK? TENHO CAMINHADO MUITO. AGORA ESTAMOS NA COSTA. A ÁGUA É MUITO BONITA! NADA DE NEVE, A PROPÓSITO. É PRIMAVERA.

Lena digitou as coordenadas do Battery Park, e as lanternas caíram pelo buraco de minhoca, deixando uma nuvem de vapor e um facho de luz amarela em seu rastro.

Ela andou arrastando os pés pelo meu chão de madeira, e eu me encostei na cama. Ela olhou para mim. Eu olhei para ela. Fiz um sinal de positivo com o polegar.

– Então acho que, agora, nós só esperamos? – perguntou ela.

– Algo assim. Sirva-se de uma bebida na cozinha.

Lena, seus pés quadrados em meias que não combinavam, andou pelo corredor até minha cozinha pequenina. Ouvi o tilintar de todos os temperos na porta do refrigerador. Gostava de Lena remexendo minha geladeira. Da familiaridade disso.

– Ei, Lena – chamei do corredor estreito que conecta meu quarto com o restante do apartamento. Percebi que tinha usado exatamente o mesmo tom de voz que usava antigamente para atrair a atenção de minha mãe. Aquele "Ei, mãe!" juvenil e levemente choroso que não passava por meus lábios em dezessete anos, desde o funeral.

– Ei o quê? – disse ela, voltando para o quarto. Ela descobrira um refrigerante de lima-limão nas entranhas da geladeira.

– Acho que comprei isso, tipo, há seis anos.

– O gosto está bom, para mim.

– Veja essas mensagens de Wayne.

Ela pegou meu iPhone.

– Ah. Eu me pergunto o que eles usam para entalhar osso em uma faca de peixe. Suponho que eles não tenham nenhum processo metalúrgico.

– Acho que ele não quer voltar.

– Isso parece razoável. Que motivo ele tem para voltar?

– O bar – respondi bruscamente. – Ele praticamente bebe de graça! – Era verdade. Fazia meses que Wayne não puxava a carteira do bolso de trás de sua calça cáqui.

– Cerveja grátis. É. Mas para o que ele tem realmente que voltar?

– O bar.

Ela deu de ombros e tomou outro gole do refrigerante.

– Gosto do seu bar, mas em geral não é uma consideração, para mim, quando faço uma lista das minhas razões para viver.

– Ele tem amigos, tem uma mãe que o mima. Ele é cheio da grana! Mesmo antes do buraco de minhoca ele já era podre de rico.

– Calma.

– Não me diga para me acalmar. – Lutei contra a vontade de dar um tapa e arrancar o refrigerante da mão de Lena, mas tinha um acordo tácito com meu eu de sessenta e um anos.

– Não me diga para não dizer a você para se acalmar.

Sentei no sofá e expliquei a ela sobre meu bar, que era a mesma coisa que minha vida, e como, embora eu servisse bebidas para as pessoas o dia inteiro e tivesse conquistado alguns fregueses habituais que eram boas pessoas que compartilhavam suas vidas comigo, eu não tinha um bom amigo desde Milo, antes de a fama indie o transformar em um merda arrogante. Que eu não tinha percebido o quanto sentia falta de ter um amigo com quem conversar sobre as coisas, jantar à mesma mesa, em frente a outra pessoa, em vez de ficar de pé do lado da caixa registradora me virando de vez em quando para o bar para servir um drinque. Essas eram alegrias da vida que eu achei serem apenas terreno de amigas mulheres, e por qualquer razão, eu não tinha achado a pessoa certa em tantos anos, mas junto veio alguém que se preocupava de verdade comigo. Wayne me levou a um programa nos subúrbios para parar de fumar, esperou três horas por mim, depois permaneceu em silêncio por toda a viagem de volta para casa enquanto eu proclamava fumar como o maior dos empreendimentos humanos, que minha própria mãe tinha fumado um maço e meio por dia e não se importou de morrer de câncer aos cinquenta e dois porque aproveitou todos aqueles cigarros saborosos que elevavam o moral, e que largar era para covardes. Ele parou para mim em uma loja de conveniência 7-Eleven, para que eu pudesse comprar cigarros, embora estivesse decepcionado. Ele disse que torcia para que eu insistisse em largar porque não queria que eu morresse jovem como minha mãe.

Então, a campainha tocou. Abri a porta sem olhar, porque achei que fosse Clyde chegando mais cedo para a viagem para ver

Miles Davis em 1963 no Green Mill, e porque o olho mágico de minha porta ficava na altura do umbigo, e quem quer se abaixar para olhar para o umbigo de alguém quando está discutindo com uma física?

– Karl Bender, meu amigo!

Mostrei a língua para ele.

– Sahlil.

Sahlil se apoiava despreocupadamente contra meu umbral, cotovelos levantados, o sovaco no nível do meu rosto, como se fôssemos totalmente grandes parceiros e sua chegada sem anúncio em minha porta fosse uma coisa normal de camaradas. Sahlil, um filho da puta magro e desprezível com uma camisa de tecido Oxford rosa enfiada na calça cáqui com o cinto cinco centímetros abaixo dos mamilos, não devia me chamar de amigo.

– O que você quer?

– Só passei para ver meu velho amigo Karl. Gostou desta camisa nova? Karuna a comprou em Nova York em uma loja de camisas muito cara. Costura muito intrincada. Olha só esses punhos! Punhos franceses. – Ele estendeu um braço ossudo. Desviei os olhos. Eu não ia ceder a nenhuma forma de imposição de poder com aquele cara.

– Como vai Karuna? – Há muito tempo jurara seduzir a mulher ortodontista de Sahlil. A trágica e bela Karuna, aquela com a cortina reluzente de cabelos negros e olhos bondosos e profundos, condenados a olhar para sempre para Sahlil e reprimir o reflexo de vomitar sempre que ele emitia mais outra afirmação prepotente. Imaginei titilar com a língua a moita quente e aveludada de Karuna enquanto ela se curvava contra meu queixo, provando que, enquanto Sahlil possuía imóveis, eu possuía habilidades naturais e despretensiosas nas artes orais.

Sahlil estufou o peito, como se ofendido por eu ter dito em voz alta o nome de sua mulher.

– Karuna está muito ocupada. Seu consultório é um sucesso. Nós somos, os dois, muito bem-sucedidos. Você sabe o que é um casal poderoso? Nós somos um casal poderoso.

Dei um tapinha nas costas de Sahlil para empurrá-lo para fora da porta, mas ele não captou a deixa.

– Legal, cara. Ei, estou superocupado, por isso você vai ter que ir, agora. Obrigado pela visita. Até logo. – Bloqueei sua entrada em minha casa com o corpo, mas Sahlil, que pesava talvez 55 quilos, conseguiu se esgueirar ao meu redor e entrar no apartamento, como um guaxinim tentando tirar algo da lata de lixo.

Sahlil estendeu os braços para mim.

– Parceiro, vamos conversar.

– Estou com uma convidada. – Gesticulei na direção de Lena quando ela espiou da cozinha.

Sahlil olhou maliciosamente pelo corredor para Lena.

– Você pode guardar seu pequeno bilau na calça um pouquinho mais. Precisamos conversar imediatamente. – Sahlil me empurrou para o lado e deu passos rápidos até o sofá. Ele fez um grande show de limpar germes e sujeira imaginários da almofada e depois olhar para a mão, como se meu sofá antigo pudesse infectá-lo com uma doença que devorasse sua carne.

Lena andou até onde estávamos, e Sahlil a olhou de cima a baixo.

– Você não é uma das garotas que eu vejo o sr. Bender paquerar no Dictator's Club – comentou ele. Lena ofereceu a mão. Ele a apertou sem firmeza, sem nunca tirar os olhos de mim. – No bar de Karl, ele tem uma garota diferente para cada noite da semana. Ele tem namoradas como homens normais têm meias.

– Não faço nenhuma reivindicação sobre o bilau de Karl – disse ela.

Sahlil riu.

— Sou um milionário que venceu na vida, com um casamento feliz. Para mim, é engraçado ver mulheres se jogando em cima de Karl, um homem que paga aluguel. Mulheres normais querem riqueza.

Lena arqueou as sobrancelhas.

— Não, cara, alugar é o que é normal. E sabe, as pessoas não saem por aí espalhando que são milionários que venceram na vida.

— Qual a utilidade de ser um milionário se você não diz às pessoas? Meu pai não é milionário. Apenas um médico. Em Nova Jersey. Seis dígitos, não importa como você os arruma, não são sete dígitos.

— O que você quer, Sahlil?

— Você não respondeu à minha carta sobre a grande quantidade de eletricidade que tem usado. Minha secretária recebeu muitas reclamações da senhora do andar de cima e da família do Ming's Panda.

— Pago minha conta de luz em dia e na íntegra. Não vejo como meu uso afete os outros inquilinos.

— Mas afeta. Faz suas luzes piscarem. Eles têm reclamado sobre estrondos altos. Além disso, recebi uma ligação. Uma ligação importante de um conglomerado do entretenimento muito famoso que faz filmes e música. Eles querem comprar este prédio.

— O quê?

— Um conglomerado do entretenimento quer comprar este prédio. Agora, sr. Bender, como tenho certeza de que sabe, entre minhas propriedades, este prédio não é o melhor. Na verdade, este é meu prédio de menor qualidade, e você mora aqui há dez anos, há mais tempo do que este prédio faz parte do portfólio da Gupta Properties. Mas foi meu primeiro prédio, que comprei em dinheiro apenas um ano após minha formatura em Princeton, por isso tenho muito amor por ele. — Sahlil andou até a lareira inutilizada e passou o dedo pelo consolo, onde eu havia colocado alguns discos com capa bonita.

– Ok – disse eu.

Sahlil se inclinou para a frente.

– Agora, por que esse grande conglomerado do entretenimento ia querer comprar este prédio residencial velho e sujo em Chicago? Hein?

De repente, me veio uma sensação de queimação na boca do estômago ao examinar mentalmente minha lista de clientes para tentar descobrir quem tinha sido o dedo-duro.

– Eu não tenho ideia.

Sahlil estalou os lábios.

– Ah, eu acho que tem.

– Você quer que eu leia sua mente?

Sahlil deu uma risada vilanesca.

– Comprei este prédio por meio milhão em 2004. Eles estão me oferecendo dois milhões. Ele está avaliado em setecentos e vinte. Este prédio não vale mais de oitocentos mil, de jeito nenhum. Por que eles iam querê-lo tanto, sr. Bender? Não faz sentido.

– Você tem razão, cara.

– Botei muito pouco na manutenção deste prédio vergonhoso.

– Isso é verdade. Minha lava-louça nunca funcionou e já pedi que você a consertasse inúmeras vezes.

– E, mesmo assim, dois milhões. Por um prédio com apartamentos terríveis e um restaurante chinês seboso. Deve haver alguma coisa especial neste prédio. Em seu apartamento, em particular.

Enfiei os punhos nos bolsos.

– Está bem, Sahlil. O que é? Conte pra mim. Ponha para fora. Estou cansado de você. Você é um senhorio de merda, minha lava-louça não funciona, minhas bolas congelam todo inverno porque você é pão-duro demais para consertar o aquecedor...

Sahlil continuou a sorrir para mim como se eu fosse seu almoço.

– Leve-me ao seu closet, sr. Bender.

– Tem um closet bem ali – respondi, apontando para meu closet do corredor, atulhado de casacos e caixas de vinil que eu não escutava desde os anos Clinton. Sahlil estava se metendo tanto em meu negócio que eu com prazer o teria enfiado ali, trancado a porta e o emparedado lá dentro, estilo Poe.

– Me disseram que você tem uma mina de ouro em seu armário.

– Exijo que saia, sr. Gupta.

Sahlil me afastou para o lado e correu até meu quarto.

– Veja seu contrato, Bender. Você não pode me pedir que saia. Com todo esse dinheiro extra que você tem ganhado, é uma vergonha não ter contratado uma mulher para limpar o apartamento. Veja essas pilhas de poeira em torno do perímetro do quarto.

– Ei, sr. Senhorio, Karl lhe disse para ficar fora daqui – disse Lena, indo atrás dele. – Tire a mão dos meus computadores!

Sahlil passou as mãos pela coleção de laptops e cabos.

– Geradores no chão. Você mantém esses geradores para atividade ilegal? Talvez uma máquina do tempo ilegal? Shows de rock no passado, quem sabe?

Cerrei a mão em punho, preparando-me para dar um soco e nocautear Sahlil, e também o dedo-duro que me entregou para ele.

Lena disse:

– Não, e isso é muito idiota.

O rosto de Sahlil relaxou naquela expressão muito assustadora que me fez ter ainda mais pena de Karuna.

– Sabe quem eu amo? Estou lhe contando um grande segredo. Amo o Freddie Mercury. – Ele soltou o ar demoradamente, de um modo desconfortavelmente pós-coito, então ergueu os olhos castanhos e grandes para os meus, como uma criança conferindo se sua mãe ainda o ama.

— O Freddie é foda, cara — respondi.

— Não sou gay, mas amo demais o Freddie Mercury.

Olhei para meu taco de beisebol Louisville Slugger de freixo sólido. Espatifar a cabeça em forma de ovo de Sahlil ia me acalmar como um bebê com uma mamadeira morna, e eu tinha mais que um pressentimento que Karuna talvez apreciasse a morte precoce de Sahlil. Provavelmente havia uma apólice de seguro saudável em vigor. Karuna encontraria um homem melhor.

— Sahlil, sei que acabamos de nos conhecer, mas você é realmente uma pessoa ridícula — disse Lena na cara dele. Ela estava se divertindo. — Você ostenta como um imperador nu, aí me sai com um "Não sou gay, mas adoro o Freddie Mercury". Freddie Mercury é um ícone gay, pelo amor de Deus.

Sahlil olhou para mim como se eu tivesse o QI de uma galinha morta.

— Sei disso. Ele tinha uma voz angelical. Mas eu não sou gay. Eu só adoro o Freddie.

— Tudo bem se você for gay — disse Lena. — Eu sou bissexual. Tive uma namorada por dois anos na faculdade, e ainda saio com mulheres. Você só precisa amar, Sahlil, amar de verdade, cara. Amar como se ninguém ligasse para sua conta bancária.

Sahlil disse:

— Eu só tenho trinta anos, por isso não consegui ver um show do Queen nos anos 1970.

— É — disse eu. — Não seria bom se isso fosse possível?

— Deixa de merda, Bender!

Lena abafou um riso com a mão.

Sahlil me segurou pela gola.

— Leve-me à sua máquina do tempo! Quero ver o Freddie Mercury. Sei que você tem uma máquina do tempo. Levou outros a Woodstock. A shows dos Rolling Stones muito tempo atrás! Um de seus clientes informou a esse conglomerado, e então eles entraram em contato comigo, o proprietário. Eles fizeram uma oferta generosa por meu prédio. Eu devia estar ganhando dinheiro com isso. Sou dono do prédio, o que significa que sou dono da sua máquina do tempo.

Empurrei Sahlil para me soltar dele. Ele caiu de costas em minha cama.

– O quê? Quem diabos me dedurou?

– Homens de negócios experientes estão sempre de ouvidos atentos – disse Sahlil. – Algo que você não saberia, com seu boteco vagabundo cheio de gentalha e com o banheiro masculino mais imundo que eu já tive o desprazer de usar. Isso vai ser grande. Sabe quantos bilhões de dólares eles vão fazer com sua máquina do tempo? Eu certamente devia vender o prédio por mais de dois milhões.

Lena me observava com atenção para se assegurar de que eu não ia esmurrar a cabeça estúpida de Sahlil.

– Quem fez isso? – questionei. – Quem tira tempo de seu dia ocupado para entrar em contato com uma grande empresa e contar a eles que têm a chance de roubar algo de um empresário independente? Pessoas normais, tipo, ligam para o Walmart para dizer a eles para enrabar a mercearia local de uma cidadezinha? Que droga!

– É um buraco de minhoca, não uma máquina – disse Lena. – E é uma vergonha você tentar vendê-lo, Sahlil. Você é um ganancioso de merda.

Sahlil apontou o dedo a meio centímetro da ponta do nariz de Lena e disse:

– Não sou um imperador nu. Sou um homem de negócios.

Lena riu.

Sahlil Gupta não era um homem que sabia lidar com deboche. Ele deu um passo na direção de Lena.

– Pare de rir. Engula esse riso.

Dei um passo na direção de Sahlil.

– Fique longe da minha namorada, Sahlil. Estou falando sério.

– Este é meu prédio – disse ele.

Lena disse:

– Se você tomá-lo de volta, aí não vai conseguir ver o Freddie. E vamos matar você por ameaçar despejar Karl.

Sahlil estava mesmo agitando por todo lado seu dedo indicador. Ele balançou o dedo na minha cara e disse:

– Ela acabou de fazer uma ameaça. Sua namorada bissexual fez uma ameaça de morte. Vou chamar a polícia. Não vou ter pessoas perigosas como inquilinos. – Sahlil tirou o telefone de sua calça cáqui e começou a discar.

Minhas mãos eram maiores e mais fortes que as de Sahlil. Elas se parecem muito com frigideiras de carne com calosidades nas pontas dos dedos e uma pinta negra no polegar esquerdo, onde eu havia coberto a tatuagem do *M* de Meredith por conselho de um terapeuta antigo. Peguei as pequenas varetas de Sahlil em minhas mãos carnudas, esmaguei seus dedos ossudos de frango, com telefone e tudo, e sussurrei baixo em seu ouvido:

– Olha, cara, não quero nenhum problema, mas se foder com meu buraco de minhoca, está fodendo comigo.

– Não me ameace, Karl – choramingou ele.

– Então não me ameace. – Apertei sua mão com mais força, esperando para ouvir o palito de seu mindinho quebrar.

– Você está me machucando – sussurrou ele. Apertei o polegar no ponto macio entre seu polegar e seu indicador.

– Você que está, cara – disse eu. – Não venha na minha casa e me ameace na frente da minha namorada. Eu não vou a seu apartamento chique em Lake Shore e faço você parecer menos que um homem na frente de Karuna.

– O proprietário fica com nove décimos...

Falei em voz baixa e controlada, diretamente em seu ouvido:

– Nove décimos de nada, Gupta. Você devia estar com medo de mim. Você tem dinheiro; eu tenho força bruta, um buraco de minhoca em funcionamento e nada a perder. Se me sacanear, destruo você. Estamos claros? – Parte de mim odiava bancar o brutamontes. Parte de mim esperava que aquela demonstração de bravata excitasse Lena. Parte de mim queria provocar alguma dor em Sahlil.

Ele guinchou como um leitão.

– Ainda vou chamar a polícia.

– E eles vão fazer o quê, exatamente? – Fiquei um pouco com meu nariz perto do alto da cabeça de Sahlil, a mão ainda apertada em torno da dele, de modo que eu podia sentir o cheiro de seu medo. Apertei a mão dele com um pouco mais de força, embora a pegada estivesse começando a me machucar. O buraco de minhoca era tudo o que eu tinha neste mundo. Buraco de minhoca, o bar e Lena.

Lena me deu um tapinha no ombro.

– Vamos mandá-lo para Londres, 1978, provavelmente?

Soltei a mão de Sahlil, que ele imediatamente aninhou junto ao peito.

– Vou dar uma pesquisada. Sente-se, caubói. Você parece tenso.

Sahlil sacudiu a mão latejante.

– Posso conseguir um pouco de gelo?

– Não. Sente-se. Sente-se e cale a boca. – Eu apontei para a cama. Lena estava sentada ao computador e começou a digitar coordenadas.

– Você quer ver o Freddie Mercury, hein? – disse Lena, como uma agente de viagens prestativa. – Londres, Lyceum Ballroom, 13 de dezembro de 1979. Ei, esse foi meu primeiro aniversário. Feliz aniversário, Lena bebê.

– Vocês não têm ideia de como estou grato. – Sahlil tagarelava. Ele tornou a pedir por gelo, e eu lhe mandei enfiar o gelo.

Lena arqueou a sobrancelha para mim.

– É, todo mundo está grato. Leve esse seu rabo milionário até o closet, Sahlil. É terrivelmente frio durante a passagem, e dói quando você aterrissa. Dê um beijo no Freddie por mim. Na boca. Ops, esqueci, você não é gay. Londres, 1979. Divirta-se!

– Obrigado – disse Sahlil enquanto caía pelo chão.

Lena recostou na cadeira e riu.

– Uau, eu sabia que você era *bartender*, mas não fazia ideia de que era um *bartender* violento e ameaçador que esmagaria a mão de um cara rico e jogaria todo tipo de papo agressivo de marginal pra cima dele. Você é um filho da puta mau.

Se eu não estivesse tão puto, teria levado a observação de Lena de minha bravata como indicação de pegá-la de um jeito bem masculino.

– A lava-louça nunca funcionou. Eu moro aqui há dez anos e já pedi a ele, pelo menos cinquenta vezes para substituí-la ou consertá-la e ele manda seu primo incompetente que fica lá parado e diz que não há nada de errado com ela, enquanto ela derrama água pelo chão inteiro. E quem contaria a uma corporação gigante sobre o buraco de minhoca? Sério? O mesmo cara que, nos anos 1990, achou uma boa ideia para as principais gravadoras lançarem todo cara branco que soasse como um cavalo ferido imitando Eddie Vedder?

Uma expressão de horror passou pelo rosto de Lena.

– Merda. Eu não disse a ele como voltar. Acho que podíamos deixá-lo lá. Escapar de toda a situação.

— Esse é meu buraco de minhoca. E de Wayne. — Eu resisti à vontade de chutar o sofá.

Lena estava irritantemente calma. Ela tinha me dito que seus remédios impediam mesmo que sentisse as coisas com muita intensidade, e toda emoção que sentia era abafada por um travesseiro de inibidores de recaptação de serotonina, e que ela às vezes sentia falta da raiva, da tristeza e de unicórnios de arco-íris de pura alegria.

— Bem, Sahlil não perguntou sobre como retornar. Se ele é tão esperto devia ter perguntado. Acho que é um milionário a menos com quem temos que nos preocupar.

— Não quero vê-lo outra vez. Estou falando de Sahlil. Esse ser desprezível tentando botar as mãos sujas em meu buraco de minhoca. Mas não podemos ter outro caso de pessoa desaparecida.

— *Outro* caso de pessoa desaparecida? Tem um por causa de Wayne?

— A mãe de Wayne informou à polícia que ele está desaparecido.

— Merda. Então não podemos deixar seu senhorio em Londres em 1979?

— A mulher dele é supergostosa — disse eu.

— Obrigada, Karl. Adorei ouvir isso de sua boca. Todos os meus cem quilos amaram ouvir isso.

— Desculpe. — Algo me disse que Lena nunca na vida tinha sido descrita como gostosa. Talvez sexy ou bonitinha, mas provavelmente não gostosa. Eu, só para constar, a achava gostosa e disse isso a ela.

— Vou voltar amanhã e resgatar Sahlil — disse ela. — Mas ele vai passar a noite em Londres. Preciso dar minha aula idiota agora. Diga a Wayne que vou ter as coordenadas de manhã, e para ele ir se despedindo de 980.

Lena me deu um abraço de despedida, deu um beijo em meus lábios e me fez prometer que a levaria ao bufê polonês lá nos subúrbios depois que trouxéssemos Wayne de volta. Ela afastou os olhos enquanto murmurava algo sobre querer abraçar o homem gordo com um avental branco manchado que fatiava presunto embaixo de uma lâmpada vermelha. Ela deu um último beijo rápido no meu rosto antes de descer correndo as escadas e subir a rua na direção da estação de trem.

Peguei meu telefone para ligar para Clyde e ver se algum de seus amigos era o dedo-duro que tinha me entregado aos homens, mas, em vez de discar, olhei em meu closet. Os cabos, a fita, os computadores, as manchas negras nas paredes. O buraco de minhoca era uma arma.

MENSAGEM PARA WAYNE: *WAYNE? É O KARL. POR FAVOR, MANDE UMA MENSAGEM DE TEXTO PARA SUA MÃE. OS POLICIAIS VIERAM AO BAR E ME FIZERAM PERGUNTAS. POR FAVOR, DIGA A ELES QUE VOCÊ ESTÁ BEM. ALÉM DISSO, LENA PRECISA QUE VOCÊ ESTEJA EM UM DETERMINADO LUGAR NA ILHA AMANHÃ DE MANHÃ. PRECISAMOS SINCRONIZAR OS RELÓGIOS.*

A resposta de Wayne: *FIZ UM BARCO. ESTOU ORGULHOSO DO MEU BARCO! EU O ENTALHEI COM MINHAS PRÓPRIAS MÃOS.*

5

LENA ACHOU MEU outro coturno na cozinha, embaixo da pia, quando foi procurar detergente para limpar os restos chamuscados do escapamento do acelerador de minha parede. Eu não tinha ideia de como a bota tinha ido parar lá, com os produtos de limpeza e as esponjas desidratadas. Mas não me importei. Eu tinha meu coturno de volta. Eu o abracei e a abracei e agradeci a ela e fiquei um pouco animado demais para seu gosto. A bota foi imediatamente devolvida ao meu pé, cadarços vermelhos amarrados com orgulho. Eu me senti recarregado.

Lena tinha seu próprio par de botas do passado, mas ela disse que seu relacionamento com elas era diferente, que não olhava para elas e se sentia feliz ou orgulhosa da pessoa que era quando as calçava. A Lena adolescente que queria a bota era problemática, disse ela, e o pai provavelmente só comprou a Doc Martens roxa de duzentos dólares para ela porque a mãe tinha morrido, e houve uma janela de tempo, entre a morte e a madrasta, em que o pai lhe deu tudo o que ela queria: as botas, uma coleção robusta de vinis e CDs, escola de verão de Harvard e um gato preto que ela chamou de Ian em homenagem aos Ians Curtis, McCulloch e MacKaye.

– Você estava em Boston no verão de 1993? – perguntei com esperança, então lembrei que ela teria quatorze anos, e eu vinte e três.

Minhas botas eram Boston e Meredith e poder e visão e clareza, embora eu necessitasse controlar isso diante de Lena, ao menos até que nos aproximássemos de um grau de intimidade no qual eu não estava pronto para entrar. Eu estava pronto era para uma viagem ao Black Cat de 1995 em Washington, DC, para pular com a alegria purificadora que era o Fugazi. Lena queria ficar em 2010 e deitar no sol em meu telhado, acima do tráfego barulhento da Wicker Park's e do cheiro de graxa que se elevava, lamentando o ângulo de inclinação do telhado de seu próprio prédio, e sua grande proximidade com os trilhos do trem da Linha Roxa, o ronco distante e o barulho e os olhos curiosos dos passageiros olhando para os relevos de seu corpo enquanto ele recebia sua cota decepcionante do sol sem-vergonha do Meio-Oeste.

No telhado, depois de ouvi-la tagarelar sobre ciência isso e acelerador aquilo, Lena deu um gritinho de colegial ao me revelar sua paixão adolescente por Ian MacKaye.

– A revista *Sassy* costumava escrever sobre ele – observou ela, e imaginei a cabeça da jovem Lena no travesseiro em Butte, Montana, cercada por bichos de pelúcia e textos de física, *Steady Diet of Nothing* tocando alto nas caixas de seu equipamento de som. – Ian era um pouco mais pé no chão que Henry Rollins, mas ainda agressivo. E menos maluco que Mark Robinson, do Unrest, embora eu amasse tudo o que a *Teen-Beat* publicava nos anos 1990. E já que estamos no assunto indie rock de DC, eu admirava muito a Jenny Toomey do Tsunami quando era garota, e depois eu a conheci em um show e ela fez com que eu sentisse ter cinco centímetros de altura.

– O Axis abriu uma vez para o Fugazi. Em DC. Muito tempo atrás. – Esperei a cobrança de menina por detalhes, descrições dos contornos das maçãs do rosto de Ian MacKaye, ou algum tipo de afirmação de que eles não eram um bando de babacas. Mas Lena não reagiu. Imaginei que ela tivesse deixado para trás MacKaye e as maravilhas do punk rock ético. Ela tinha a ciência. E a mim.

– O que "muito tempo atrás" por acaso significa para você, Karl?

Eu não tinha pensado nisso, tipo, nunca.

– O que isso significa? Não sei. O tempo é tão arbitrário. Muito tempo para um homem de quarenta anos é diferente do de uma criança, ou de uma caixa de leite.

Tirei a roupa, fiquei de cueca e estendi uma toalha para mim. Lena estava usando um duas-peças estilo vovó com um saiote. Sua pele era pálida, da cor de leite. Examinei seu corpo, as tatuagens. Sob o sol, pela primeira vez em séculos, estava a tatuagem de *Doubtful Guest* de Edward Gorey na coxa esquerda, a cicatriz roxa profundamente marcada em seu queixo ("Acidente de bicicleta em Missoula", explicou ela), o pneu na barriga que se achatava quando ela deitava, as duas faixas de pelos escuros em suas axilas, e as bolinhas vermelhas onde a lâmina de barbear passou por sua virilha. Uma constelação roxa e preta de planetas e estrelas tatuada em torno da coxa direita. Uma série de letras e números formando uma fórmula tatuada em torno da parte superior do bíceps esquerdo. Os intrincados arabescos vermelhos e pretos que subiam do seio até o ombro, e a letra *G* tatuada em estilo *old-school* cercada por estrelas no tornozelo. Queria afundar o rosto em seu corpo, mas ela estava um pouco arredia em relação a coisas físicas, por isso permaneci em minha toalha.

– O cheiro aqui em cima é nojento – opinou ela, passando filtro solar nas estrelas e nos planetas.

– Ming não limpa a sujeira de seu panda.

– Eu não como frango. É nojento. Criação industrial e tudo o mais. Ainda como carne de vaca... cresci em região de gado. Vacas são deliciosas. Nunca gostei de frango. Aí Hana, a Madrasta Monstro, apareceu e começou a cozinhar frango quinze vezes por semana. Ela sabia que eu não gostava. Fazer com que eu comesse frango se tornou apenas mais uma coisa que a vaca psicopata podia fazer para que eu parecesse uma criança ingrata diante do meu pai. Ela estava sempre querendo provar que era melhor me mandar morar com meus avós em Skokie, apesar de eu só tirar nota máxima e passar todo meu tempo depois da aula no clube de debates ou ganhando um dinheiro extra dando aulas particulares.

– Sinto muito – disse eu, na esperança de que essa expressão simples reconhecesse aquela dor em especial trazida por uma mulher que, com garras de madrasta, arrancou tristeza de uma garota.

Lena pôs um par de óculos escuros roxos no rosto.

– Eu estava no time de natação, também. Posso ser gordinha, mas sei nadar.

– Estive por algum tempo no time de natação, mas aí me juntar ao time de fumar maconha virou prioridade, por isso larguei.

– Você tem uma madrasta monstro?

– Não. Meu pai se casou outra vez por alguns anos depois que minha mãe morreu, com uma garçonete de bar que ainda era tecnicamente casada com outro cara, mas com o tempo ela ficou esperta e caiu fora.

Ela esguichou um pouco de filtro solar no *The Doubtful Guest* e esfregou.

– Que sorte. Qual a banda que você tem mais vergonha de amar?

– Não tenho uma.

Lena fez uma pausa antes de passar filtro solar em suas constelações.

– Nada que envergonhe você? Você não gosta de ABBA nem nada assim? Rick Springfield? Extreme?

– Não. Música ruim nem registra em meu radar.

– Mas tem que registrar. Como você pode saber o que é bom se não reconhece o que é ruim?

— Está bem, certo. Qual é a sua?

Lena parecia empolgada para me contar.

— Tenho muitas. Vou confessar uma: Art Garfunkel. Solo. Depois de romper com Simon. Acho que todos podemos concordar que Simon tinha o talento para compor, mas Garfunkel tinha o talento vocal subestimado.

— Não estou concordando com nada.

— Garfunkel era uma força.

— Garfunkel era uma força para apertar o botão de Stop no toca-fitas, como...

Eu quase disse: "O Karl Bender do Axis." Isso seria verdade. Eu era o Garfunkel para o Simon de Milo Kildare. Com Milo, não era apenas charme e mexer os quadris. Ele tinha ouvido. Tinha uma vibe que era tão surreal quanto sexual, projetando sensibilidades de rock retrô com uma estética peculiar dos anos 1990 que lhe permitia excitar as mulheres apenas usando uma gravata-borboleta xadrez e esfregando a virilha em objetos estáticos. Eu era apenas o macaco da guitarra tocando mecanicamente, roubando dos que eram melhores que eu. Tem uma razão para as pessoas ainda falarem de Milo Kildare. Os fãs do Axis nem procuram mais muito meu bar, e quando raramente alguém faz isso, é apenas para me perguntar sobre Milo.

— Eu antigamente era o Garfunkel — disse eu, como se ela devesse ter pena de mim por não ser o vocalista com o pau de veludo e fãs.

Lena me congratulou com sarcasmo e bateu com o tubo de filtro solar em minha barriga.

— Não, você não era. E mesmo que fosse, não há nada de errado em ser o Garfunkel. Ele tem uma ótima voz.

— Milo tinha uma ótima voz.

— Você está se comparando a Milo? Por favor, não faça isso — disse ela, com uma expressão no olho que era tão doce e afetuosa que eu quis me apunhalar no peito com a extremidade funcional daquele tubo de filtro solar. Plástico duro no esterno.

Eu sempre me comparo a Milo.

— Não.

— Você só devia estar feliz por ser Karl — disse ela, e eu a beijei na boca com intensidade. — Karl pode sair com Lena Fucking Geduldig, quão incrível é isso?

— Incrível pra cacete — concordei e a beijei um pouco mais.

— Wayne nunca encontrou suas lanternas — contei a ela depois do amasso, mudando de assunto enquanto mudava meus beijos da boca para a testa. O cabelo de Lena tinha cheiro de xampu de fruta. Conversar sobre Garfunkel me deu coceira, e eu não queria coçar e tirar todo o filtro solar. Espremi uma grande quantidade na mão e a passei no rosto, sabendo que ia ficar presa na barba por fazer e parecer nojenta. — E se encontrou, está mentindo sobre isso.

— Honestamente, querido, quanto mais tempo passa, mais óbvio fica que ele não quer voltar. Ele diz que nem sabe mais onde está em Manhattan. E fica sempre falando de seus peixes e do barco.

— Me passe o filtro solar? — pedi. — Esta conversa está fazendo com que ele saia todo com o suor. Minha tatuagem não pode assar. — Lena me passou o tubo e eu passei um pouco em cima de minha lâmpada quebrada. — E se mandássemos Barry Manilow de volta para 980 para assombrar Wayne e fazê-lo voltar para casa? Talvez pudéssemos mandar um teclado Casio de volta no tempo, para ele. Um pouco de "Copacabana" no modo *repeat*, e Honnakuit vai correr de volta para o Dictator's Club o mais rápido possível.

Lena balançou a cabeça afirmativamente.

— Você sente mesmo muita falta dele, não é?

— Sinto. É esquisito. Eu nunca tinha tido um amigo homem até Wayne. Tipo, um bom amigo. Quer dizer, Milo, acho, antes da briga.

Lena aproximou o pé do meu, para segurá-lo. Estávamos de pés dados como amantes cautelosos em um livro de histórias sobre segredos. Gostei, especialmente quando ela pôs o outro pé por cima para esfregar o alto do meu, fazendo círculos revigorantes com o dedão. Tomei sua mão na minha e a levei ao peito.

– Faz anos que não tenho uma boa amiga – disse ela. – A última vez que tive uma amiga íntima foi Linnea, minha namorada na Universidade de Montana. Não me conecto com muitas mulheres, infelizmente.

Nós demos uns amassos, absorvendo o sol e um ao outro. Lena me deixou apalpá-la por baixo do top de sua roupa de banho, e fiquei empolgado com o fato de que minhas mãos gigantes de gorila não eram grandes o suficiente para segurar um de seus seios. Apertei os lábios contra sua orelha direita e sussurrei:

– O que você acha de tirar esse biquíni aqui em cima?

Ela me empurrou e afastou.

– Eu quero ver Garfunkel.

Minha boca permaneceu aberta, como a droga de uma ponte levadiça. Eu estava tentando ser sexy.

– Fugazi. Estou lhe oferecendo o Fugazi. E sexo no telhado.

Lena riu e disse:

– Garfunkel. É minha vez de escolher.

– Você escolheu Elliott.

– Bom, duh, Karl. Nós temos a mesma tatuagem do Elliott. Nós tínhamos que fazer isso – disse ela, e sorri comigo mesmo porque eu gostava de pensar que Lena e eu compartilhávamos uma grande conexão cósmica e que o propósito maior do buraco de minhoca era nos unir.

Nós guardamos nosso ambiente de praia urbana, nos vestimos e puxamos a descarga de nós mesmos para o além, como excremento para o esgoto que era um show solo de Garfunkel.

Não vi Lena programar a viagem. Confiava em que ela sabia aonde estávamos indo. Imaginei um cassino de Las Vegas ou, pior, um cassino em algum outro lugar que não Las Vegas. Na melhor das hipóteses, o Central Park, onde seríamos corpos perdidos em uma multidão de milhares e mal conseguiríamos ouvir alguma coisa.

Aterrissamos em uma nuvem de poeira. Olhei ao redor. Montanhas de uma certa tonalidade de verde e marrom. O sol em determinada parte do céu. Não era Vegas. Os prédios eram pequenos e de tijolos, e os carros, a maioria picapes.

– Isto é Montana, não é? – Nunca estive em nenhum lugar com tantas montanhas. "Montanhoso" seria um termo melhor, pois a pequenez dos prédios e das pessoas parecia amplificada pela enormidade das montanhas ao longe. Além disso, os carros velhos com placas de Montana. Dei um tapa no capô de uma picape Dodge antiga para me assegurar de que podia tocar nas coisas em Butte, e fiquei aliviado ao sentir o metal quente e o resíduo de poeira que ficou no meu dedo. Montana. Uma paisagem de silêncio, lenta e sem vento. Eu queria ir embora.

Lena, caminhando à minha frente, subindo de costas uma ladeira íngreme, jogou as mãos para cima como se quisesse me mostrar toda a maravilha que nos cercava.

– Bem-vindo a Butte. Sabe o que Lenny Bruce disse sobre um judeu em Butte, Montana?

Levei instintivamente a mão ao bolso para pegar um cigarro.

– Sei, conheço a piada. Garfunkel tocou em Butte?

– Sim, Garfunkel tocou em Butte.

Lena era filha de judeus de Chicago, acadêmicos dispostos a viver em um lugar distante por um emprego. Ela foi criada naquela cidadezinha do Oeste, pequena e inesperadamente vitoriana, com uma única montanha lembrando uma corcova gigante de camelo dominando a paisagem. Imediatamente pensei na palavra *desfiladeiro* e visualizei o Muppet caubói de cabeça azul de *Vila Sésamo* entrando pelas portas de vai e vem de um *saloon* em busca de uma briga de Muppets com base no alfabeto. Eu podia sentir a temperatura do vento. Esperei que ele fosse seco, com base na paisagem marrom, como uma cidade construída sobre migalhas de torradas.

— Como foi crescer aqui, senhorita judia de Butte?

Lena, caminhando alguns passos à minha frente, virou e me lançou um olhar que dizia que o relatório sobre sua infância como judia em Butte não era bom.

— A escola era sempre uma droga, mas teria sido uma droga em qualquer lugar. Em casa, bem... até a morte de minha mãe e a madrasta monstro aparecer, meus pais não eram religiosos. Fiquei bem irritada quando meu pai parou de comer porco, para falar a verdade. Eu tive alguns bons professores na Butte High. Na maior parte do tempo, eu quis ir para um colégio interno, mas principalmente porque odiava minha madrasta e queria usar uniforme de colegial. Havia uma livraria muito boa, também, mas ela fechou.

— Você tinha muita poeira no cabelo o tempo todo?

Ela parou e fez uma careta.

— Você acha mesmo que aqui é tão poeirento assim? Não é. Chove e neva muito.

— Parece outro planeta, com todas as montanhas – disse eu. – Como Marte.

— Montana não tem nada a ver com Marte, dá um tempo.

Eu não esperava que a judia de Butte defendesse sua terra natal, mas ela fez isso. Subi uma colina atrás dela, passando por casas baixas, todas com carros americanos enormes estacionados na entrada de garagem. Havia picapes com adesivos de Bush-Quayle colados na traseira, alguns com *racks* para transportar armas, outros sem, estacionados em entradas de garagem ao lado de Oldsmobiles e um eventual Pinto enferrujado com um adesivo da Montana Tech na janela de trás.

— Em que anos estamos?

— 1988.
— Nós vamos à sua casa?
— Garfunkel não tocou na minha casa.
Eu quis dizer: "*Garfunkel não tocou em Butte, Montana.*"
— Você está me zoando? Lena? Lena, estou falando com você.

Ela continuou andando dois passos à minha frente, como eu fizera com ela naquele dia em Cambridge, quando forcei Lena a me seguir todo o caminho até a Berkman House só para ver Meredith no velho sofá mofado.

— Acho bom não estarmos em nenhuma espécie de excursão pessoal — avisei.

Ela virou bruscamente, querendo briga, os olhos estreitos e frios.

— Cale a boca, Bender.

Os pés de Lena calçados de All Stars andaram apressadamente por um grande estacionamento, passaram por alguns arbustos baixos e raquíticos, subiram a trilha de entrada de uma casa vitoriana rosa e marrom cercada por equipamento de playground, latas de lixo de plástico azuis, grama seca e uma placa azul e verde pintada à mão que indicava que aquilo não era um teatro de jeito nenhum, nem uma casa de shows.

— Escola Montessoriana Silver Bow?

Eu segui atrás de Lena quando ela empurrou e abriu a porta.

— Eles sempre deixam a porta destrancada — explicou ela, um tanto atordoada. — Meu Deus. Esse cheiro. Tinta velha.

— Você está aí dentro, não está? Em 1988 você tinha o quê, nove? Seu eu de nove anos está aí dentro.

Ela nem se virou para olhar para mim.

— É, e seu eu de vinte e poucos anos está em toda viagem no tempo que você já fez, mesmo que fosse a um show que você não foi de verdade. Você escuta seu eu mais jovem na música.

Subi um lance de escada atrás de Lena. As paredes estavam cobertas de desenhos de crianças em giz de cera e cartazes alegres explicando boas maneiras e categorias gramaticais.

— Sabe, eu realmente odeio isso. Isso é um mau uso do buraco de minhoca, droga.

— Você abriu esse precedente, lembra? Você me arrastou para ver sua antiga namorada no que você depois chamou de encontro. Eu posso ir a Butte em 1988.

— Lena... — Ela provavelmente nunca ia deixar aquilo de lado. Ela se virou e apertou a mão sobre minha boca.

— Psst. Nós estamos bem na hora.

No alto da escada e depois da curva, em uma sala com teto baixo e um amontoado de mesas tamanho infantil e cadeiras de plástico vermelhas, havia três fileiras de crianças, as altas no fim, as pequenas na frente, todos um bando de pirralhos com dedo no nariz e esquisitos, que não conseguiam ficar parados de jeito nenhum. Ao piano, um homem de terno com cabelo rareando a tocar uma melodia alegre da qual eu me lembrava nos recônditos mais distantes de minha memória. Identifiquei imediatamente a Lena de nove anos, na fileira do meio, bochechas gorduchas e dentes faltando, que nitidamente não era a criança mais confiante na sala. Ela usava um vestido lilás que caía de seus ombros, suas marias-chiquinhas trançadas enroladas nos lados de sua cabeça, estilo Princesa Leia, e aqueles óculos de armação grande terríveis que dominavam seu rosto de um modo que um pai de 2010 chamaria de abuso infantil.

Uma mulher de ossos grandes com cabelo escuro encaracolado, vestindo uma saia jeans comprida e óculos igualmente insetiformes, ergueu as mãos, um lápis servindo como batuta de maestro. As crianças começaram a cantar, desafinadas e em uníssono.

— Garfunkel, hein? Você queria mesmo se ver cantando quando criança?

Lena não estava chorando tanto quanto entrando em erupção, como um vulcão, silencioso e quente, e me preocupei que ela não estivesse respirando. Lena se firmou em uma daquelas cadeiras vermelhas de plástico.

— O que há de errado com você? – quis saber.

— Essa é minha mãe. A professora – disse com esforço em um sussurro. Ela apontou para a mulher com a saia jeans comprida. Eu vi a semelhança. Ela era mais alta que a Lena adulta, mas o redondo de seu rosto, os cachos grisalhos e o modo delicado e apático com que seus lábios se curvavam indicavam um elo genético com minha garota. A mãe de Lena. Aquela era a mãe de Lena.

— Nós viemos aqui para ver sua mãe?

Aquilo foi indelicado, e fez com que ela chorasse ainda mais. Ela soluçou alto, então notei a pequena Lena, no meio da música, parar e olhar para a mulher estranha parada aos prantos a alguns metros de distância. Sentindo quem ela era, a pequena Lena começou a chorar, também. Só que a pequena Lena continuou a cantar. Arfando por ar, lágrimas borbulhando por trás de seus óculos gigantes.

A mãe de Lena se virou para ver a filha adulta que ela nunca iria conhecer. O coral de crianças ficou bagunçado sem sua regência.

— Com licença? – disse delicadamente a mãe de Lena, o rosto registrando algum nível de reconhecimento. – Eu conheço você? – Ela se virou para trás para olhar para a filha, depois de volta para a mulher adulta cujo rosto estava inchado e vermelho de lágrimas.

— Sim – disse Lena. Sua voz desafinou, e seu rosto de repente tinha ficado pálido. Com ombros trêmulos, ela disse: – Eu sou Lena.

A mãe de Lena virou bruscamente para olhar para a filha de nove anos de vestido lilás, depois outra vez para a versão de sua filha de trinta e poucos anos.

– Desculpe? Não entendo o que você quer dizer – disse a mãe de Lena.

Lena hesitou um pouco, quase parecendo que ia até a mãe para um abraço, mas, em vez disso, ela virou e saiu correndo pela porta, descendo a escada aos tropeções. Eu a segui e a tomei nos braços antes que ela fosse caindo até o chão em frente à escola como uma sacola de compras largada.

O corpo de Lena arquejava, esforçando-se para respirar.

– Eu só queria vê-la. Queria cantar "Woyaya" com ela mais uma vez. Mais uma vez. Sinto tanta falta dela. Tudo na minha vida virou uma merda depois que ela morreu.

– Quantos anos você tinha quando ela morreu?

– Quatorze – soluçou. – Ela teve câncer.

– Eu tinha vinte e três. Câncer, também.

Lena deu uma fungada alta e apertou a cabeça contra meu peito. Era uma sensação boa ser tocado no passado.

– Mães não deviam morrer – disse eu, pensando em Melinda Brooks Bender e no que eu podia encontrá-la aprontando em algum passado acessível.

Nós nos abraçamos por um bom tempo. Lena deixou uma trilha de coriza de choro na frente de minha camisa. Saímos cambaleantes para a luz do sol. Lena ergueu a mão e apontou para um Honda Accord cinza de um ano do início da década de 1980, estacionado bem em frente à porta de entrada da Escola Montessoriana Silver Bow.

– Aquele é o carro dela.

Apertamos o nariz contra as janelas e olhamos para dentro, como se fosse um baú de tesouro escondido. Os óculos escuros de armação vermelha da mãe de Lena, estilo anos 1980, com lentes enormes, repousava no painel. No banco traseiro havia uma pilha de livros emprestados da biblioteca, a maioria romances de Judy Blume e manuais de ciências, e presos no canto esquerdo da janela traseira havia um plástico roxo da Northwestern e um adesivo de estacionamento da Montana Tech. Havia uma caixa de sapatos vermelha com fitas cassete no chão do lado do passageiro. Parecia um carro tipo de mãe como qualquer outro, para mim, mas aquela era a carruagem da infância de Lena. Aqueles eram livros de Lena, e aquele era o banco de trás de Lena, onde no passado ela sentava com um livro no colo, olhando fixamente a nuca da mãe e pela janela para Butte, Montana e, embora ela não a visse em anos, era como se aquilo nunca tivesse partido.

– Você é filha única? – perguntei.

– A garotinha lá dentro cantando, é, mas eu não sou. Papai e Hana têm uma filha. Rachel.

Lena continuou olhando fixamente para dentro do carro da mãe.

– Eu me lembro de andar por aí no banco traseiro desse carro. Ela tocava muito no rádio aquela música, "Woyaya". E nós a cantávamos. E ela me dizia que eu ia ser muito feliz e bem-sucedida, um dia. E ela morreu, e agora eu sou infeliz e um fracasso em tudo.

– Ei, você não é um fracasso – disse eu, agarrando-a de volta em um abraço.

Eu podia sentir o corpo de Lena estremecer.

– Meu pai virou um idiota e se casou com a primeira vadia oportunista que apareceu. Eu tive que deixar Stanford. A única pós-graduação em que consegui entrar foi a da Northwestern, e isso só porque meus pais eram ex-alunos. Se ela tivesse sobrevivido, eu teria tido uma vida completamente diferente, Karl. De verdade.

Tudo o que eu podia fazer era abraçá-la e dizer a ela que estava feliz por conhecê-la. Ela soluçou e disse que ela não era assim tão maravilhosa. Eu discordei. Eu gostava de sua energia. Eu a abracei um pouco mais, deixei que tossisse em meu peito. Ela ficou inerte em meus braços, e eu lhe disse que sentia muito, que gostava dela, que ela merecia todas as coisas boas. Ela soluçou e perguntou por que, se ela merecia todas as coisas boas, o universo insistia em lhe dar só as ruins.

Lena tentou limpar as lágrimas e a coriza da frente da minha camisa.

— Sério, todas as coisas ruins que podem acontecer com uma mulher aconteceram comigo. Eu fico com tudo o que é ruim, Karl.

— Por favor, deixe-me ser o que é bom — disse eu, e falava sério.

Depois de nossa viagem a Butte em 1988, voltamos para o telhado do meu prédio. Tornamos a estender as toalhas de praia, reaplicamos nosso filtro solar e falamos mais sobre o Fugazi, sobre bandas — não sobre sua mãe nem Butte, nem o que tínhamos acabado de ver. Com seu antebraço diante dos olhos para bloquear o sol, ela me contou que não voltava ao estado de Montana desde 2002, ano em que se formou na faculdade. Ela tinha visto o pai duas vezes desde então: no funeral do tio em 2004, e quatro anos depois, quando ele esteve em Chicago para uma conferência. Ele a encontrara para jantar e passou toda a refeição falando sobre Rachel, agora com treze anos.

— Ele é brilhante em ciências, e completamente burro em relação a pessoas — explicou ela com a cabeça em meu peito.

— Sinto muito.

— Quero voltar no tempo e matá-la. Hana.

— Lena, não.

— Seria o crime perfeito. Matá-la e depois, *puf*, de volta ao presente.

— E se você matá-la e seu pai se casar com outra vadia que transforme sua vida em um inferno?

Lena esfregou algumas lágrimas da face.

– Ele podia ter se casado com alguém legal se Hana não tivesse aparecido. Ele simplesmente não pensa. Podia ter levado minha mãe a um bom médico. Não conseguiu ver que se casou com um monstro. Ele é um cara legal, mas não vê as pessoas pelo que elas são. Eu estou só... estou só falando. Falar ajuda. Não vou matar ninguém. Mas penso muito nisso. Se eu pudesse apenas voltar no tempo e me livrar de Hana... Mas aí eu estaria me livrando da minha irmã, e não quero isso, de verdade. Tenho uma lista de pessoas que eu gostaria de matar, mas não vou fazer isso.

Seus olhos estavam fechados, apertados por causa do sol, a cabeça ainda apoiada em meu peito. E eu beijei o topo da sua cabeça.

Ela enganchou os braços em torno do meu pescoço e me agarrou querendo mais. Lena, uma amadora nas artes amorosas. Lena, uma cabeça cheia de fórmulas que não consigo nem entender, seus lábios desajeitados e quentes com o sabor de gloss de banana, os seios se apertando contra meu peito. Beijar uma garota como Lena era perigoso, eu sabia. Eu estava assinando um contrato para não ser um babaca completo. Ela não era descartável. Ela não ia desaparecer depois que eu varresse para fechar e trancasse a porta.

Quantas mulheres eu tinha beijado, esperando que elas desaparecessem?

– Diga alguma coisa legal sobre mim – exigiu Lena, me dando um soco de leve no estômago.

– Você é muito inteligente.

– Isso não importa. Eu sei disso. Você acha que eu nunca ouvi essa antes?

– Seus olhos são maravilhosos.

Ela tornou a me socar.

– Diga que sou melhor que Meredith.

– O quê?

– Diga que gosta mais de mim. E estou falando sério. Sei que você não gosta, mas, cara, você precisa seguir em frente. Apenas diga as palavras.

– Eu estou. Estou seguindo adiante. Não vejo Meredith há mais de dez anos. Lena, gosto de você.

– Eu gosto de você.

– Eu gosto muito de você. Você é magia pura.

– Obrigada. Você é fofo, esquisito e engraçado e tem um ponto perceptível de baixa autoestima, que eu acho que faz de você mais confiável. Gosto de suas tatuagens. Você tem Snoopy, *amor fati* nos nós dos dedos e um coração sangrando. E uma lâmpada quebrando. Uma série de temas rabiscados. Você deve conter multidões.

– Eu tento.

– Ainda trabalho para você, você sabe disso. – Ela tornou a me beijar. – Vi o Fugazi tocar em Seattle muito tempo atrás. Acho que foi suficiente. Não sou mais jovem. Nem me lembro qual a política deles. O que quer que fossem, eles não ficaram.

Ela tinha trinta e um. Nove anos a menos nesta pilha de sujeira que eu. Ela não chegou a experimentar os anos 1970 sem uma fralda na bunda.

Lena sentou e me olhou nos olhos. Ela me viu dando uma espiada em sua roupa de banho.

– Karl, você alguma vez já viu a página na Wikipédia do Art Garfunkel? O cara escreveu um livro de poesia, e atuou em filmes, e ganhou todo tipo de prêmios. Ele foi até cantor no próprio *bar mitzvah*. Ele fez muito mais que você e eu combinados. Ser Garfunkel não é nada do que se envergonhar. Eu vi a coisa solo de Milo há alguns anos. Ele é apenas uma grande imitação do Elvis Costello. Você, Karl? Você tem credibilidade.

– Tire essa roupa de banho – comandei, pensando naquela velha letra do Fleetwood Mac sobre fazer seu negócio no capim alto. Só que estávamos em um telhado com alcatrão em Chicago, longe de qualquer capim. Depois de me fazer um elogio desses, só havia um jeito de demonstrar gratidão.

– Não – disse ela, sua mão subindo para o top de sua roupa de banho.

Sugeri que, então, descêssemos para o apartamento, e Lena murmurou algo sobre precisar ir ao banheiro. Ela envolveu a toalha ao seu redor, apertando-a contra o corpo com as axilas.

Será que Lena não sabia o que estava perdendo? Eu me consolei com ideias mentirosas sobre minhas capacidades como amante de grande habilidade e imaginação. Droga, Karuna não sabia o que estava perdendo?

Ah, merda.

Sahlil.

6

– **MAS QUE DROGA, KARL.** Você é um homem de merda.

Encontramos Sahlil deitado em minha cama, enrolado até o queixo em meus lençóis não muito limpos. Nós o havíamos deixado na Londres de 1979 por pouco mais de um dia, e eu podia dizer pela expressão em seu rosto que ele tinha gostado da visita, embora estivesse escolhendo a confrontação. Eu queria estar deitado em minha cama, acima, abaixo ou por trás de Lena, que, ao ver Sahlil, se esgueirou para o banheiro e trancou a porta.

– Você viu Freddie Mercury? – perguntei.

Ele sacudiu a cabeça com animação.

– Eu vi. Sim.

– Ótimo, Sahlil. Preciso que você saia da minha cama, cara. O passeio acabou.

Sahlil fez um som como um animal ferido. Ele agarrou a barra da minha camisa, suas unhas compridas demais arranhando minha barriga.

– Você me pôs de joelhos, Karl.

Eu tirei as mãos dele de mim.

– Não é minha culpa você não ter levado em conta os riscos emocionais de uma viagem no tempo. Lena e eu temos pequenos cartões com informações que entregamos antes de mandar pessoas em viagens, mas você estava sendo impaciente, então o que teve foi culpa sua.

Ele ficou de pé. Sahlil fedia a óleo de motor e cecê. Havia uma mancha roxa lisa (um chupão?) no lado de seu pescoço, e um fio de sangue no colarinho da camisa.

Ele olhou para a mancha de sangue no colarinho com uma mistura de escárnio e excitação.

– Karuna provavelmente vai pensar que eu estive com uma prostituta. Não estive. Estava com o homem mais bonito que já viveu.

– Mas que diabos? – Parecia razoável que alguém usasse o buraco de minhoca para voltar no tempo e ficar com um astro do rock morto; entretanto, não sendo um homem muito dado a apostas, não teria posto dinheiro que seria meu senhorio. Mas lá estava. Por todo seu rosto de todas as maneiras.

– Não posso ir para casa, para minha esposa – disse ele.

Uma risada grande e abobalhada voou de minha boca.

– Freddie Mercury, hein? De nada. Agora, cai fora.

Sahlil deu um pulo, levando com ele uma bandeira branca de lençóis.

– Você faz isso, você dá às pessoas suas esperanças e orações mais profundas. Você mostra a elas a vida como uma coisa bonita e as suga de volta para o inferno que elas fizeram para si mesmas. E agora, estou destruído por dentro.

– O que aconteceu? Não a descrição explícita e brutal, por favor.

Sahlil suspirou.

– Freddie e eu nos olhamos nos olhos em um pub depois do show no Lyceum. Era para ser. Conversamos a noite inteira.

– Ótimo.

Sahlil sentou em meu sofá e deixou a cabeça cair entre as mãos.

– Não posso vender este prédio.

– Não, não pode.

– Preciso estar com o Freddie.

– Você tem uma esposa e um negócio aqui em Chicago em 2010. Se quiser deixar tudo isso, bem, não olhe para mim para ajudá-lo.

Ele pôs a cabeça entre as mãos.

– Eu sou um tolo.

– Desculpe, Sahlil. Eu sou um *bartender*, e posso dizer quando as pessoas não aguentam beber. Você com certeza não aguentou sua viagem no tempo. Além disso, não posso em sã consciência ajudar e apoiar o adultério.

– Não foi adultério – disse Sahlil.

– Vou simplesmente dizer a você agora mesmo, cara. Se deixar Karuna, eu vou atrás dela.

– Ei – disse Lena. – Eu ouvi isso.

Sahlil deu uma gargalhada. Ele limpou uma bolha de catarro do nariz com as costas da mão e a esfregou na calça cáqui.

– Você não é rico o suficiente para ganhar o amor de Karuna.

– Certo.

– Você é fodido o suficiente para ganhar o meu, eu acho – berrou Lena do banheiro.

Achei que Sahlil estivesse de saída, mas ele manteve os pés firmemente plantados no chão ao lado de minha cama.

– Posso dormir no seu sofá? Estou cansado. Devastado.

Dei um suspiro.

– Estou com uma mulher aqui, cara.

– Por favor. Não tenho mais nenhum lugar para ir. – As mãos dele tremiam quando ele pegou um lenço do bolso e o usou para assoar o nariz.

– Certo. Só saia quando acordar, está bem? Preciso ir para o trabalho em algumas horas. Tome um banho enquanto estiver aqui, também. Você está com um aspecto horrível. Tem uma toalha limpa aqui, embaixo da pia.

Assustado e esgotado, ele deu as costas para mim e deitou no meu sofá. Removeu um sapato, depois o outro e pediu um copo d'água.

– Você me manda de volta? Amanhã? Depois que eu conversar com Karuna?

Servi para Sahlil um copo d'água da bica da cozinha. Ele o pegou com a mão trêmula e bebeu o copo inteiro de uma vez.

– Talvez. Sem promessas. Vou acabar com você se sequer falar com aquelas pessoas do conglomerado. Estamos claros?

Sahlil assentiu.

– Sim, sim, capitão.

Lena saiu do banheiro.

– Ei, Sahlil. Como você voltou para cá? Quer dizer, nós esquecemos de dizer a você o código de reentrada, mas aqui está você, de volta e em segurança.

Sahlil afastou os olhos.

– Foi como... Foi... O amor. O amor me forçou de volta.

– Algum procedimento científico? – continuou Lena. – Você reverteu a tração? Usou seu telefone para reverter a tração? Preciso saber. Para tornar o portal mais seguro. Você se importaria de me contar especificamente como voltou?

Ele sacudiu a cabeça.

– Vou dormir e ir ver Karuna. Vou contar tudo a ela. Karuna vai ser uma mulher muito rica. E aí vocês me mandam de volta para lá. Para ficar com o Freddie. Para sempre. E vou morrer com ele quando chegar a hora. – Sahlil deitou no sofá, já arrumado com cobertores e um travesseiro. Ele puxou o cobertor por cima da cabeça.

– O que quer dizer com o amor o forçou de volta? Estou à procura de alguma coisa científica.

Ele sacudiu a cabeça.

– Tenho muito dinheiro, e achava que esse é quem eu era, mas agora eu sei quem sou. Eu sei muito. Eu devia ser grato. Vou lhes pagar muito para me mandarem de volta para o Freddie em alguns dias. – Sahlil fechou os olhos.

Lena e eu ficamos parados junto de Sahlil, observando suas pálpebras adejarem.

– Como ele voltou para cá? – perguntei.

– A força do amor.

– A força do amor?

– Tentei fazer com que ele me contasse em termos científicos. Ele disse apenas amor. Mas o amor não tem massa. Não acredito nisso nem por um segundo.

– Ele está apaixonado – disse eu.

– Acho que Wayne não ama você. Ou, a essa altura, ele já teria voltado.

De Wayne: FOTOGRAFEI UM ARCO-ÍRIS. VEJA COMO O ARCO-ÍRIS ESTÁ PERTO E BRILHANTE. TEMOS QUE USAR DROGAS PARA VER O MUNDO COMO ELE ERA EM 980.

Eu disse a Wayne que o amava e pedi a ele para, por favor, voltar para casa.

AMO VOCÊ TAMBÉM! HOMENS BEIJAM HOMENS AQUI. EU PODIA BEIJAR TODO MUNDO NA TRIBO E SERIA COMO APERTAR SUAS MÃOS. OS BRANCOS ARRUINARAM OS BEIJOS E O SEXO. E O MEIO AMBIENTE.

EU INVEJAVA TANTO o estilo de vida descomplicado de Wayne que decidi complicar ainda mais o meu próprio estilo de vida complicado. Eu tinha alguém com quem acertar contas. Aquele coroa bonitão com seus e-mails difíceis de abrir.

Eu, pelo menos, cheguei aos sessenta e um anos. Eu devia sair e comer cem cheeseburgers para comemorar.

7

NUNCA VIAJEI PARA o futuro. Não havia nem uma regulagem para isso no painel de controle.

Mas eu estivera me perguntando sobre algumas coisas, e queria falar com um certo senhor de sessenta e um anos chamado Karl Bender. Dizer a ele o que pensava de suas mensagens incômodas.

Meus olhos tinham visto o passado repetidas vezes, com lágrimas de amor gotejando por meu rosto pessimamente barbeado, mas o futuro era um espetáculo seco e apavorante, uma caixa de segredos em pedaços, dolorosos demais para montar. Era a lentidão da chegada da idade, da decepção, que tornava isso tolerável. Engolir vinte anos inteiros de uma vez era outra coisa. Preparei a garganta para o comprimido gigante.

Rabisquei um bilhete para Lena no verso de um envelope velho e o deixei em cima dos controles: *Fui a Seattle, 2031. Volto para jantar. Beijos, KB.*

Programei os computadores e tombei para a frente, através de um portal tão quente que achei que minhas roupas fossem derreter sobre minha pele. Foi uma sensação boa quando aterrissei em um rio de água marrom tépida, que por acaso era a terra sob o que antes tinha sido a Interestadual 5 em Seattle.

Sim, Karl do Futuro, entendo o que você quer dizer sobre água. Aterrissei dentro dela. Pedaços grandes de não sei o quê (bolos encharcados de papel higiênico velho?) se grudaram ao meu corpo enquanto eu subia em uma plataforma de cimento que parecia ser uma espécie de calçada. Era uma cidade aos pedaços de prédios partidos ao meio, e a intrusão de água transformara a Seattle do futuro em Veneza, completa com gôndolas e sinalização assustadora ordenando os cidadãos a "Ferver a água antes de beber. Pode haver coliformes fecais em sua água. Não se esqueçam de colocar boias em seus animais de estimação".

Não havia ruas onde passear, não havia calçadas nem vitrines, nenhum bar ou café, nada que sugerisse o comércio calmante que eu contava como certo em meu aqui e agora. As fachadas de prédios e casas todas tinham sido envoltas em plásticos grossos verdes e azuis, com linhas marrons sujas no plástico indicando onde o nível da água havia recuado. As pessoas viviam em aquários improvisados, e me ocorreu que você podia se afogar em sua cama se o plástico rasgasse ou se um terremoto atingisse e derrubasse outra vez as paredes de sua casa.

Estava com medo de perguntar o que tinha acontecido com a pobre e velha Seattle, uma cidade que eu adorava, principalmente devido ao grande número de fãs do Axis que havia ali na época. Algo, porém, acontecera com Seattle. Algo profundo e assustador. Mal havia pessoas ao redor. Um barco passou flutuando, mas todos os barcos pareciam pertencer às Forças Armadas. Uma mulher com um megafone gritou para que eu entrasse imediatamente.

Espere, o quê?

– Você pode me ver? – gritei para a mulher.

Ela estava usando um traje de plástico verde-claro com um capacete que cobria o rosto.

– Senhor, estamos ordenando que todos entrem. Houve uma explosão de esgoto na área. Entre imediatamente.

A água estava na altura do joelho, estranhamente quente enquanto penetrava através do meu jeans. O ar tinha cheiro de enxofre e madeira queimada. Eu, no entanto, me sentia bem. Sabia aonde estava indo. Tinha o endereço ou, pelo menos, o número da casa. Lena e eu morávamos no prédio 6641.

Olá, Zona Cascata 1, pós-A. Você fede a fruta seca e merda em chamas, e parece um cenário horrível de filme B.

O prédio 6641 estava embalado em látex verde-claro, como uma camisinha gigante sobre um velho prédio residencial de tijolos. Os sujeitos de sorte nos andares de cima tinham janelas que davam para a cidade aquática. Caminhei pela calçada flutuante de plástico, que exigia um passo de marinheiro que eu não tinha, até encontrar o prédio 6641.

A porta se abriu. Era mais uma escotilha de sucção que uma porta, e era circundado por uma junta de borracha laranja. Um adolescente de calça de plástico amarelo saiu, e passei apressado por ele ao entrar no prédio. Parecia um prédio residencial antigo como outro qualquer: escadas de madeira escuras, paredes brancas manchadas de mofo preto. Havia sinalização envolta em plástico pelas paredes, instruindo inquilinos a ferver sua água.

Os nomes em nossas caixas de correspondência do futuro: K. Bender/L. Geduldig/G. Park. Talvez eu fosse de me comprometer, no fim das contas. Talvez nosso casamento tivesse desacelerado em algo entediante e desinteressante, ou simplesmente morássemos juntos porque não éramos capazes de pagar o aluguel no pós-apocalipse aquático. Ou talvez eu fosse apenas um velho esquisito e idiota, e Lena não se importasse em abotoar minhas calças para mim.

Quem era G. Park?

Arrombei a porta e entrei em meu futuro apartamento. Seríamos negligentes em nossa senilidade. Xícaras de café pela metade com leite e lama se espalhavam pela casa, assim como jornais, cada um abrigado em uma embalagem plástica. Fiquei feliz por ver que ainda existia papel. Senti alegria ao ver as coisas familiares que ainda existiam em 2031: televisões de tela plana, biscoitos que vinham em caixas, refrigerantes que vinham em latas, barras de manteiga embaladas em papel de cera. Nossa cama do futuro tinha uma espécie de cúpula plástica de respiração acima dela – provavelmente uma precaução de segurança aqui em Waterworld –, mas ainda assim uma cama normal com lençóis rosa normais, amassados e desarrumados. Nosso futuro apartamento tinha caixinhas piscantes brancas presas às paredes, cujo propósito eu não sabia – nem me importava em saber. Melhor me surpreender. Além disso, melhor economizar meu dinheiro. Elas pareciam caras.

Na parede do quarto, embalada em folha fina de plástico, uma foto minha e de Lena. Noiva e noivo, eu parecendo uma morsa de cartola, ela usando um vestido rosa-claro de cetim e renda, mais delicada e bonita que a deusa emo da ciência que eu conhecia. A foto tinha sido tirada com iluminação ruim, e nós estávamos segurando o que pareciam ser isqueiros junto do rosto. Mais velhos e volumosos, mas felizes e apaixonados.

Não perca Lena.

Se meu futuro era aquele, aquático e úmido, sob um céu cinza, com Lena ao meu lado, então eu o receberia bem. Pensar nas horas passadas em uma cúpula plástica, embaixo das cobertas, rindo e dormindo e apertando botões piscantes estranhos na parede, isso era algo que eu podia esperar com ansiedade.

Uma tela de computador do tamanho de uma caixa de cereal, presa à parede, rolava com o que imaginei serem notícias. Ou documentos internos. Ou algo que tivesse a ver com meu eu de sessenta e um anos.

ESPIRAL PÓS-A

ZONA CASCATA 1
29 DE MARÇO DE 2031 14:05 PPAT

De: GLORY PARK (@gloworm13): VOCÊ ESTÁ EM CASA, MÃE? Garfield High Equipe de Requisição Adolescente Pós-A. Peça a KARL OU PAPAI para fazer o transpagamento para a viagem ao SUL DA CALIFÓRNIA, pfv. BELLA E MOLLY E TODAS AS SEIS EMMAS VÃO ENTÃO POR QUE NÃO GLORY?

De: GLORY PARK (@gloworm13): GARFIELD HIGH TURMA DE 2031 PÓS-A EXERCÍCIOS DA CERIMÔNIA DE FORMATURA 08 DE JUNHO DE 31 NADA DE REVESTIMENTO DE BORRACHA NA TENDA MOSTREM ALGUM RESPEITO O Sr. Yun disse que a cerimônia pode não rolar na Zona Cascata 3 se a coisa da água não puder ser consertada, muito nojento.

De: GLORY PARK (@gloworm13): Mãe na Zona Capital 4 até 02 de JUNHO NÃO PERCA A FORMATURA MÃE

De LENA GEDULDIG (@theycallherdrworm): Prepare-se para pasta de algas + *biscoitos às 8h KARL.*

De: GLORY PARK (@gloworm13): Prepare-se para PASTA DE AMENDOIM depois. KARL, NÃO SEJA UM BABACA E FAÇA ISSO, bjos GLORY.

De: GLORY PARK (@gloworm13): PAPAI e MADISON estão na Sibéria vendo o buraco gigante. *MADISON (@mhchenpark)* TIRE FOTOS PFAVOR PAPAI *(@parklife76)* por favor fale comigo por chat AGORA por fora da ESPIRAL por causa de TRABALHO OBRG.

De KARL J. BENDER (@benderisboring): Tirei cachorros mortos de uma tubulação, hoje, Glory. Vou chegar em casa e ir pra cama. Vou comprar sua pasta de amendoim amanhã. Preciso muito que você seja legal comigo, agora.

De: GLORY PARK (@gloworm13): KARL, eu sempre sou legal com você!

De: GLORY PARK (@gloworm13): COMPRE CHOCOLATE, PFV.

A porta da frente se abriu, e entrou uma adolescente alta e magra com olhos levemente orientais usando um boné de plástico branco que combinava com a jaqueta da Divisão Adolescente Pós-A da Zona Cascata 1. Quando ela o tirou, caiu um rabo de cavalo comprido e negro às suas costas. Ela usava óculos de Buddy Holly, aparentemente ainda o auge do estilo hipster vinte anos no futuro, e botas de borracha brancas na altura dos joelhos enfeitadas com pedraria vermelha e azul.

– Ei, Karl. Só passei em casa para pegar minhas... – Aquela adolescente examinou meu rosto por um tempo, então pareceu um pouco assustada. – Karl? – gritou ela do corredor. – O que diabos aconteceu com seu rosto?

– Eu não estou aqui pa...

– Você não está aqui para quê? Achei que você estivesse na zona dois com os Kildares.

– Você conhece Milo?

– Não tenho tempo para suas perguntas idiotas, Karl. Só voltei para pegar latas de água. Você nunca assinou meu papel para a Divisão Adolescente. – A garota estendeu o braço para mim. No pulso dela havia uma caixa plástica laranja, presa como um relógio. Era uma tela de computador pequena e quadrada. – Você me dá sua impressão digital, por favor?

– Desculpe, não entendo o que você está me pedindo.

Ela me lançou um olhar adolescente estranho.

– Ah, droga, espere. Preciso fechar a porta, ou a água vai entrar. – Ela fechou a porta, apertando um botão ao lado da maçaneta que fez um som de sucção quando ativado. Então, ela olhou para mim. Olhou de verdade para mim. – Karl, tem alguma coisa que você queira me dizer? – Eu não respondi. Nós ficamos apenas nos encarando.

Aí eu assenti com a cabeça.

– Estou confuso.

A garota me lançou um olhar preocupado.

– Ah, uau, você estava na água?

– O que é esse negócio? – perguntei, tirando um pedaço de papel higiênico de mim.

– Argh, não toque nisso. E não largue no chão. – Ela correu até a cozinha e voltou com as mãos em luvas de borracha, pegando o que eu instintivamente largara. Ela correu com o punhado de coisa branca até uma caixa de metal junto da porta, largou lá dentro e apertou um botão no alto da caixa de metal.

Eu estava curioso.

– O que é isso? Animal, vegetal ou mineral?

Ela disse:

– São aves, Karl Mais Jovem. Aves que voam no interior do sistema de bombeamento e são esmagadas. Desculpe. – Senti ânsia de vômito, e então a garota disse: – Mas você viajou para a frente, por isso obviamente quer saber das coisas. Por favor, não vomite no chão.

– Ei, já vi você antes. No meu bar, em Chicago, sentada junto da *jukebox*. Quem é você?

– Glory – disse ela, e me deu um sorriso. Seus dentes eram marrons e podres sob as gengivas de aspecto sangrento. – Glory Rhiannon Park.

A garota acenou as mãos por cima do bracelete.

– Olá? – Uma voz feminina emanou da coisa no pulso da garota. A coisa em seu pulso parecia ser um telefone.

– Temos uma pequena situação com Karl, aqui. Não, ele está bem. Ele está na Zona 2 ou está aqui? Zona 2? Foi o que pensei.

– Embora não precisasse levar a coisa no pulso ao ouvido, aparentemente apenas ela podia ouvir a outra pessoa na linha.

A garota disse:

– Karl, vulgo você, está na Zona Cascata 2 neste instante, ajudando a secar todos os livros que foram encharcados quando o rio Willamette transbordou. Com Eddie e Vi Kildare e seu amigo Milo, o cara famoso. – Ela sorriu com a boca aberta, mas logo a fechou ao ver minha reação. Eu me senti muito mal pela garota, que era jovem demais para ter uma boca cheia de dentes podres.

– Espere... esta é a casa de Karl Bender e Lena Geduldig, certo?

– Talvez sim. Talvez não. Com certeza é minha casa. Pelo menos, uma delas.

– E você é?

– Glory. Já disse meu nome. Você me conhece.

– Por que você esteve em meu bar? Em 2010.

– Bem legal, não? Já que nasci em 2013.

– Então você pode viajar no tempo?

Ela foi até a cozinha e voltou com duas latas de metal em forma de bala, que ela pôs nos bolsos da jaqueta.

– Hoje em dia chamamos apenas de viajar. A atual atividade de lazer preferida dos ricos e das filhas sortudas dos físicos que a desenvolveram. Quer dizer, desde o asteroide, não temos mais permissão de fazer isso por diversão, mas tenho meus meios de driblar o governo.

– Uau. Então. Filha de uma física? Nós temos uma filha?

– Físicos. Três deles, na verdade. Eu sou uma boa filha – disse a garota. Glory. *Senhorita Glory*. Eu me lembrei de um e-mail anterior do meu eu de sessenta e alguma coisa.

– Ouvi dizer que você é uma garota excelente – disse eu, tentando parecer legal.

— Eu sou. Sou uma líder de parede-seca na Divisão Adolescente, e isso é importante. Posso instalar paredes-secas como um demônio.

— Park? — perguntei. — Que tipo de nome é esse?

— É coreano — disse Glory. — Meu pai verdadeiro é coreano-americano.

— Você tem um "pai verdadeiro"?

Ela me deu um sorriso atrevido.

— Você não?

— Quem é você? — perguntei, querendo ouvi-la dizer. Confirmá-lo. Dizer-me de quem ela era filha. E de quem não era.

— Já disse a você. Glory. Você é Karl. Você hoje está na Zona 2, por isso deve ser o Karl que tinha um bar em Chicago. Ele nos contou algumas histórias. Acabou o álcool depois do asteroide, pode acreditar nisso? Acabaram as destilarias. Grãos só podem ser usados para alimentação.

— Asteroide? O que aconteceu?

— A dra. Lena disse para não lhe dar nenhuma informação — disse Glory, girando o dedo acima do pulso. — Porém... Houve um asteroide. Sibéria. 27 de abril de 2029, e tudo no estado de Washington ainda está ferrado. Ah, desculpe, Zona Cascata 1 Pós-A. Nós não temos mais estados. A linha costeira mudou. Somos tecnicamente uma nação insular, agora. "Nós" querendo dizer Seattle, a grande cidade do meu nascimento. Ex-Seattle, ou seja, Zona 1. Se não fosse por todo o bombeamento, toda a cidade estaria sob a baía. Por isso há tanta água por aqui. E pedaços de pasta de ave. Eu tenho que ir.

— O quê?

— Você não precisa ir. Quer dizer, tenho que me apresentar a meu local de trabalho para uma noite divertida de baile dos paredes-secas, mas você pode ficar por aqui. Só não beba toda nossa água nem todo nosso malte medicinal. O médico da mamãe botou ela em malte medicinal desde todo o negócio dos parasitas. Você pode pegar parasitas por tocar pasta de ave, por falar nisso. Você tem alguma comida do passado com você? – perguntou ela. – De preferência comida que não tenha tocado em pasta de ave? Chocolate, talvez? Todo o chocolate acabou. Olhe, se você voltar, me traga algum chocolate, está bem?

– O quê? Está bem. O que aconteceu com o chocolate?

– Acabou. Tudo é muito caro, tirando o arroz e a pasta de alga. Ei, vou para a faculdade na Flórida no outono. – Ela empurrou e abriu a porta da frente e esperou que eu saísse andando por ela. – Gainesville não é tão ruim, falando em termos de pós-A. Basicamente intacta, razão pela qual é tão difícil entrar na Universidade da Flórida, agora. Mas papai e Mad mexeram seus pauzinhos. Estamos no extremo do caos do asteroide, pelo menos pelos próximos seis anos.

Levei a mão ao bolso de minha jaqueta e saquei uma lata pela metade de Altoids, pegando uma para mim, para tirar o gosto de vômito da boca.

– Ah, meu Deus! Altoids! Obrigada! – Ela pegou a lata da minha mão e a aninhou contra o peito. – Volte e me traga comida, está bem?

– Se você pode viajar no tempo, ou viajar, desculpe... a que distância no passado você já foi?

– No tempo? Até os dinossauros, e para a frente até o gelo derretendo no mar. Não nos resta muito tempo aqui, de qualquer jeito. Todas as minhas paredes-secas vão acabar sendo para nada.

Aquela garota parecia muito leve e despreocupada, como se tivesse superado tudo aquilo, como se a coisa mais miraculosa a acontecer nessa história natural do universo fosse o mesmo que uma banda que era descolada dois anos atrás, mas da qual apenas *poseurs* bregas falavam, agora.

– Quando você fala "até os dinossauros", quer dizer que ano, exatamente?

A garota agiu como se a pergunta fosse tão lugar-comum que era chata.

– Não sei. Tenho que ir instalar paredes-secas, agora.

– Você não vai me dizer?

Glory me lançou um olhar.

– Eu não tenho que lhe dizer nada, seu vagabundo andarilho do tempo.

– Você não viajaria se não fosse por mim.

– Vá para casa, vagabundo do tempo.

– Está bem, eu vou.

Ela examinou meu rosto, parecendo não gostar do que viu.

– Faça isso, seu grande vagabundo.

– Diga a Lena... diga a Lena que eu a amo. Em 2010, eu a amo.

Glory me lançou aquele clássico olhar adolescente de "você é esquisito".

– Não posso dizer isso a ela.

– Por que não?

Ela piscou daquele jeito adolescente que indicava que me achava estúpido.

– O quê? Ela não é casada... – Meu telefone tocou. Eu não tinha tempo para fazer mais perguntas. Caí para trás, pelo chão e através da água, com aquela sensação nauseante de saber coisas que não devia, incapaz de devolvê-las a seus verdadeiros donos.

OI, LENA, VOCÊ É CASADA COM UM CARA CUJO SOBRENOME É PARK?, escrevi em mensagem de texto.

NÃO. VOCÊ ESTÁ PESQUISANDO MEU NOME NO GOOGLE OU ALGO ASSIM?

NÃO. EU SÓ. CONHECI ALGUÉM.

VÁ SE FODER POR TERMINAR COMIGO POR MENSAGEM DE TEXTO.

NÃO! NÃO É ISSO! EU CONHECI UMA PESSOA QUE DISSE QUE VOCÊ ERA CASADA. SABE DE UMA COISA? DEIXA PRA LÁ. DESCULPE. NÃO, EU NÃO ESTOU TERMINANDO COM VOCÊ.

ESTOU CORRIGINDO TRABALHOS. ELES SÃO HORRÍVEIS. SEJA LEGAL COMIGO OU ME DEIXE EM PAZ. ESTOU FALANDO SÉRIO.

DESCULPE. VOCÊ VEM AQUI HOJE À NOITE?

MEU MARIDO E EU TEMOS PLANOS. HA HA.

ENTÃO VOCÊ É CASADA?

AH, MEU DEUS, *BARTENDER* PARANOICO, PARE.

8

CLYDE SE SUPEROU na noite rockabilly no Dictator's Club. O evento prometia atrair um público mais próspero e bastante bem-arrumado. Às 22:30 ia subir ao palco sua nova banda de rockabilly e, até o momento da impressão, sem nome, que contava com sua namorada leve e luminosa, Chloe, como cantora, e um grandalhão de chapéu fedora com queixo gordo e barba por fazer tocando baixo acústico. O cabelo ruivo de Clyde estava penteado em um topete tão brilhante com creme fixador que uma gosma escorria por suas têmporas em suas costeletas. Ele tinha limpado o local de cima a baixo, deixando um balde de água preta da lavagem e uma lata de lixo cheia de toalhas de papel sujas. Ele passou pano em todas as cadeiras e instalou luzes de Natal acima do palco que ele e dois amigos construíram e pintaram de vermelho vibrante. Os banheiros não fediam mais a mijo.

– Belo trabalho, cara de brilhantina – disse eu enquanto ele varria o chão em sua roupa extravagante. Eu não conhecia ninguém em Chicago que tivesse botas de caubói, mas ali estava Clyde, exibindo um par de couro preto de avestruz com costuras vermelhas. Desde minha volta do futuro pós-A, eu vinha sendo extremamente simpático com todas as pessoas que cruzavam meu caminho. Fui confortado por saber que eu estaria casado com Lena, mas perturbado pelas aves esmagadas e por Glory Park. Eu sempre imaginara que seria à prova de filhos.

– Obrigado. Talvez consigamos alguma clientela além de seus amigos e daqueles caminhoneiros.

– Não menospreze os caminhoneiros. Caminhoneiros precisam beber.

Eu estava largando mão do Dictator's Club. Isso acontece quando me torno um homem obcecado. A menos que minha obsessão fosse uma mulher e por que um *bartender* de aparência OK como eu não estava saindo com uma. Nesse caso, eu me assegurava de que o banheiro feminino estivesse limpo e bem abastecido, e até colocava uma caixa de plástico com OBs grátis atrás do vaso sanitário. OBs grátis! Que gesto amigável de um barman para as mulheres. Mulheres percebiam os detalhes, os detalhes que afirmavam a menstruação como um poder misterioso que apenas elas eram sagradas o suficiente para possuir. Aprendi isso com Meredith, que uma vez explicou que qualquer expressão de nojo em reação às funções naturais de suas partes femininas me faria ser expulso de seu saco de dormir e ser substituído pelo cara com cheiro de patchuli que empilhava frutas no Star Market. Qualquer cara que cheirasse tanto a patchuli não teria problemas com o sangue da *yoni*, argumentava.

No momento, porém, eu estava fazendo um péssimo trabalho de ditador do Dictator's Club. Eu ainda aparecia para trabalhar, ainda substituía barris e contava as migalhas, mas meu verdadeiro chamado – psicologia amadora enquanto vendia álcool – tinha sido substituído por solipsismo e amassos com Lena ao som de "Words" do Low no modo *repeat*. (Como eu a amava quando, com uma lágrima no olho, ela me dizia que queria beijar alguém ao som daquela música desde o ensino médio, então botávamos no modo *repeat* e deixávamos que nossas bocas curassem todo aquele tempo perdido.) Ah, eu também mandava mensagens para Wayne, as quais ele, em sua maioria, ignorava. Desde o desaparecimento de Wayne, eu não achava mais meu bar reconfortante.

Eu aprendera do jeito mais difícil a não fazer afirmações bizarras para Clyde e seus amigos jovens, como: "Esses garotos gemendo em afinação drop D como uma banda vagabunda que quer parecer grunge me dão vontade de voltar a 1989 e engravidar tantas mulheres quanto possível para que minha prole possa ensinar a esses merdas o que é música de verdade."

Conforme envelheço, toda parte de mim amolece. Meus tornozelos estão mais gordos, e eu tenho longos fios de pelo escuro nascendo por todos eles. Minha barriga é redonda e meu umbigo está começando a virar do avesso, mas ainda consigo olhar para baixo e ver meu pênis, e Lena também, e isso é tudo o que me importa. Minha mente – não penso em nada além de shows de rock que gostaria de ver outra vez, da sensação macia do corpo de Lena e de lembranças de minha mãe disparadas por cheiro de alfazema.

Até meu coração está amolecendo. *Filho!*, pensei quando vi Clyde operando o esfregão com precisão militar. Nem um amendoim ou fio de cabelo extraviado permanecia em nosso chão quando Clyde estava de serviço. Era o que ele queria, essa ideia de um bar feliz, e para ele isso incluía fornecer um palco para a banda de seus amigos tocar. Eu teria querido o mesmo em sua idade. Fiquei aborrecido. Os projetos artísticos dos outros se tornaram objeto de desprezo e julgamento. Eu odiava aqueles que tinham se tornado o que eu era quando jovem.

Tinha pena de Clyde por ter passado o início dos anos 1990 de fralda, botando brinquedos Fisher-Price na boca enquanto aqueles de nós nascidos nos anos 1970 estávamos nos shows, recebendo nossas bênçãos da juventude. Mas eu admirava Clyde por sua iniciativa, e por não ter medo de me repreender.

– Por ser de uma geração mais nova, sou nitidamente quem tem ética profissional por aqui, seu velho preguiçoso de merda – gritou Clyde comigo do outro lado do bar, depois que eu me recusei a me levantar e ajudar com o equipamento de som, e amei o garoto por isso. Clyde mantinha minha mente fresca. Eu devia ter oferecido a ele uma viagem grátis para ver um show. Eu o subestimava, pensando que aos vinte e dois anos ele não tinha direito à nostalgia. Suas bandas favoritas eram iguais às minhas.

– Quer uma cerveja? – perguntei a Clyde.

– Talvez depois – respondeu.

– Por conta da casa. Pelo seu trabalho duro. Eu valorizo isso.

– Eu mesmo posso servir.

Estava prestes a invocar algo simpático para dizer a Clyde (uma tentativa vaga de silenciar o velho desdenhoso que crescia em meu interior) quando uma mulher girou no banco do bar e disse:

– Vá se foder, Karl.

Ela usava cabelo preto pintado e uma camiseta dos Ramones muito apertada.

– Como é? – perguntei.

Ela ficou de pé no apoio de baixo da banqueta do bar, o que ainda a deixava mais baixa do que eu.

– Eu disse: Vá se foder, Karl.

Pus as duas mãos espalmadas para baixo sobre o bar e me ergui para parecer mais alto.

– A senhora tem algum problema? Porque, se tiver, pode pegar seu problema e se retirar.

A mulher riu.

– Meu Deus, Karl Bender, você acabou de me chamar de *senhora*?

– Eu conheço você?

A mulher ergueu uma sobrancelha para mim.

– Sério, Karl? Faz tanto tempo assim?

– Não. – Eu engoli em seco.

– Sou Meredith McCabe.

Olhei com mais atenção e vi aqueles olhos verde-garrafa por trás de seus óculos e as rugas que tinham aberto caminho em sua carne pálida. Meus joelhos bambearam. Eu me agarrei ao bar. Eu me equilibrei.

Mate-me.

Em todos aqueles anos, quantas horas, quantos dias, eu havia imaginado segurar Meredith outra vez em meus braços; levar meu nariz à sua cabeça de modo a poder inalar seu aroma – xampu de camomila misturado com cigarros, uísque e incenso Nag Champa. Ali estava eu, desejo realizado. E eu, idiota, nem mesmo percebi.

Tomei Meredith nos braços, seu rosto contra o meu. Anos tinham se passado, e, naqueles anos, minha licença para cheirar legalmente seu cabelo tinha sido revogada. Ela deve ter ouvido meu coração acelerar, bater contra minha camiseta sobre seu rosto, que eu certa vez descrevera em um caderno decrépito cheio de embaraços juvenis como "de porcelana". (Isso quando o mero ato de pensar em Meredith McCabe me fazia escrever poesia de merda, quando o mundo teria me agradecido por ter, em vez disso, apenas batido punheta.)

A visão dela, os restos daquele rosto, do qual eu ainda mantinha retratos na carteira, em meu apartamento, guardados em livros que eu nunca li. Seu cabelo ruivo pintado de preto. Seu nariz e queixo pronunciados agora arredondados e macios. Suas sobrancelhas, antes reduzidas a uma linha fina, agora mais grossas. O revólver preto tatuado em torno de seu bíceps desbotado de azul. Eu me senti tonto, parado em um cemitério diante do meu verdadeiro amor. Tenho quase certeza de que meu coração parou de bater por algumas pulsações.

– Pare, Karl. Você está me esmagando como um inseto.

Eu tinha me esquecido de como ela era pequena. Eu me lembrava de seu corpo como uma bala, rígido, magro e pequeno o suficiente para caber no compartimento de bagagem de um trem local da Massachusetts Bay Transportation Authority, onde certa vez eu a erguera e a pusera, em uma viagem até Quincy para comprar algum tipo de analgésico ilegal de uma grega sem dentes, muito tempo atrás. Ela gritou como uma criança em um balanço até que um dos condutores me fez descê-la de lá.

– Que jeito de fazer com que uma garota se sinta como uma bruxa velha, Karl. Quatorze anos e uma gravidez de alto risco não me fizeram grandes favores, eu sei, mas qual é, cara?

– Me desculpe. Eu sou um bundão. Eu desisti de olhar as clientes no rosto, para que não me acusem de ser um tarado. Estou mesmo muito feliz de ver você. Você está realmente aqui. Como diabos está você? Deixe-me pegar uma bebida. – Corri para trás do bar para servir uma cerveja para Meredith.

– Estou sentada aqui há uma hora, Karl. Esperando que você me reconhecesse. Vendo você seguir aquele rapaz elegante com o esfregão por aí como um cachorrinho. O cabelo dele é mesmo um monumento.

Fui eu quem servi a ela sua primeira cerveja. Eu provavelmente estava pensando nela ao fazer isso.

– Por que você não me disse que vinha? Eu teria tirado a noite de folga. Temos uma banda que vem tocar em algumas horas, por isso...

Ela sacudiu a cabeça, negativamente.

– Então você é dono deste lugar?

Olhei ao redor para meu bebê, todo enfeitado para a Noite de Rockabilly.

– Ainda pagando as prestações. Mas, sim. É meu bebê. Um bar bebê. Vou ficar só aqui sentado para o resto da vida, sabe, servindo cerveja para estranhos.

– Ah, cale a boca, Karl. Você se tornou um grande astro do rock depois que terminamos. Ou um pequeno. Mantive aquela

sua foto da revista *Spin* na minha geladeira por anos até que ela, tipo, se decompôs.
– Uau, sério? Aquela é uma foto horrível.
– Foi na revista *Spin*.
– Aquela reportagem foi sobre Milo e suas calças curtas.
– Que Milo que nada. Vi vocês tocarem. Em Boston, talvez por volta de 2000. Não dei um oi porque não sabia se você queria que eu desse um oi.
Não sabia dizer se Meredith estava dando mole ou se eu sequer queria que ela estivesse dando mole.
– Uau, nossa. Sabe, acho que eu teria querido que você desse um oi.
– Bom, tarde demais, agora. Aqui estou eu, dez anos depois. Então?
– Então?
– Então.
– Então. – Eu não conseguia sentir a língua. – Por que você está em Chicago?
Ela estava com uma expressão de culpa no rosto, uma da qual eu me lembrava dos tempos em que dava mole para outros caras ou me pedia dinheiro.
– Você não respondeu àquele e-mail. Sobre o bilhete que encontrei, da garota que disse que você ainda estaria apaixonado por mim no ano de 2010. Bem, aqui estamos. Junho de 2010. Achei que era hora de conferir e ver como estavam as coisas com você. Garrett, meu marido, a família dele está em Milwaukee. O irmão dele se casou no sábado passado, e estou tirando uma semana extra para mim mesma antes de ir para casa, para o mundo de esposa e mãe. Visitando velhos amigos. Olá.
As palavras pairaram no ar. Muito pesadas.
– Olá – disse eu. – Então... você tem um filho?
Seu rosto se iluminou como Natal.

– Tenho. Uma filha. Ela tem quase quatro, agora. A diabinha. Saoirse. Saoirse Reyna de Luz Navarro. Gostou? Ela se parece comigo. Ruiva. Gosta de usar os punhos. Compramos uma bateria para ela. Ter um bebê aos trinta e nove cansa, e depois não dormir o suficiente por quatro anos transforma você em um zumbi. Garrett e eu estávamos meio doidos quando concordamos em comprar uma bateria para ela.

– Nós. – Não senti a palavra como um soco. – Você se casou.

– Eu me casei. Sei que costumava dizer que casamento era como correntes, e Emma Goldman e Alexander Berkman nunca se casaram, mas você sabe. As coisas mudam. Um belo dia acordei de manhã, olhei para Garrett e foi tipo: "Droga, é, vamos fazer isso para sempre", e aí fomos ao cartório. Nós nos casamos depois que Saoirse nasceu, então ela é uma bastarda. Isso faz com que eu me sinta menos vendida. Garrett é nove anos mais novo que eu, mas ele gostava de mulheres mais velhas, eu acho. Começou só como uma coisa sexual, sabe? Aí virou um grande relacionamento, e nós engravidamos e casamos, nessa ordem. Somos felizes. Terminei a faculdade aos trinta e cinco. Dou aula para o primeiro ano em uma pequena escola particular. Meu cabelo cheira a pintura a dedo e tem farelo de Cheerios por todo o meu carro. Eu tenho mesmo um carro. Você consegue acreditar nisso? Eu, professora? Eu amo. Nós temos um cachorro. E uma casa em Oakland. Ter uma casa não é tão divertido como as pessoas fazem você acreditar. Karl, você se lembra de quando eu não acreditava em possuir bens? Eu nunca devia ter mudado isso. Eu era mais feliz quando vivia embaixo da mesa de bilhar na Berkman. Ter coisas é estupidez, mas eu tenho uma filha, e se você não tem coisas, as pessoas enchem o saco lhe dizendo que você é um pai ruim, e talvez isso realmente faça de você um pai ruim. Não sei. Agora tenho um novo aquecedor de água e tenho que catar merda de cachorro no quintal dos fundos. Todo meu dinheiro vai em compras para a casa e a conta de luz. Deixo que Saoirse tenha uma Barbie. Estou entediando você?

– O quê? Não. – Ela não estava. Eu precisava ouvir sobre como era doméstica, medíocre e maçante sua vida de trabalho, casamento e filha, mesmo que ela estivesse deixando de fora a parte do sexo marital, quente e animal com Garrett ou de como seu cachorro era adorável. Eu meio que queria um cachorro.

– Bom. Conte-me sobre sua vida, Karlito.

– Uh. – Percebi o quanto minhas mãos estavam tremendo. – Bom. O bar, é óbvio. O Axis acabou, tipo, sete anos atrás. O rompimento foi uma merda enorme. Acho que a *Spin* publicou um artigo sobre isso, também. Milo se mudou para Portland, se casou e teve um casal de filhos. Eu me mudei para cá. Eu só administro este bar. Convivo com amigos. Não toco mais música. Não sei. Estou pensando em comprar um tapete de urso para meu apartamento. Com a cabeça ainda presa. Sei que bens materiais são estupidez, mas...

– Milo tem filhos? Que maravilha.

Meredith tinha desenvolvido o sorriso específico que uma mãe dá quando alguém fala sobre crianças. Naquele momento eu me senti enjoado, porque ela provavelmente gostava mais de Milo que de mim só porque ele era pai. Infelizmente, não podia contar a ela sobre Glory.

– Como está Lena? – perguntou ela.

Pisquei.

– Como você conhece Lena?

– A garota da viagem no tempo. Você leu meu e-mail, certo? Encontrei esse pedaço de papel que essa garota me deu em 1997. Lena. Que disse que, em 2010, você ainda estaria apaixonado por mim.

– E é por isso que você está aqui? – perguntei. Meu coração estava pronto para pular do meu peito e sair correndo pela rua. Eu não queria uma resposta para essa pergunta. Queria me manter leal a Lena. Era mais seguro e mais fácil não conseguir aquilo pelo que havia rezado por quatorze longos e estúpidos anos.

– Ela disse que estava visitando do futuro. Achei que estivesse drogada, e que fosse alguém que você conhecesse, mas achei que devia conferir. Penso nela frequentemente. Naquele acontecimento. Como foi estranho. E como provavelmente era verdade, e como eu não precisava de uma garota que dizia ser uma viajante no tempo para me contar.

– Não sei o que dizer.

– Ela estava errada, é óbvio. Você nem me reconheceu depois de ter passado uma hora sentada aqui.

Sequei as palmas das mãos no jeans.

– Agora estamos muito ocupados. Uma banda está chegando para tocar e estou dando a Clyde funções mais gerenciais.

– Você não me reconheceu, Karl. É porque estou velha, certo?

– Por que você diz isso?

– Você não para de desviar os olhos de mim. Você não quer ver meu rosto. Você não é o único homem a fazer isso. Quer dizer, não Garrett. Mas outros homens. Tenho quarenta e três. Acha que não percebo? Sei que envelheci. Em determinado momento, você se torna invisível para os homens. Até para homens de minha própria idade. É uma merda.

– Estou olhando para você – afirmei, embora talvez eu estivesse prestando mais atenção à textura da madeira do meu bar do que à mulher em quem eu havia passado uma década pensando.

– Talvez seja porque tenho uma filha. Mulheres que têm filhos ficam automaticamente assexuadas e inúteis. Sei como é.

– Sabe, Meredith. Nós não nos vemos há séculos. Estou feliz em ver você, e você quer brigar?

– Amo ser mãe.

— Ótimo. Fico feliz por você. Quer sair e trocar uns socos? Pelos velhos tempos?

Meredith desceu do banco. Ela fez um par de punhos, apertou-os contra meu peito e piscou para mim.

— Como você quiser.

Eu a segui até a luz amarela da rua, onde percebi a definição dos bíceps de Meredith. Ela nitidamente levantava pesos. Ela provavelmente podia me derrotar, e eu preferia assim. Carros passavam, zunindo, e o brilho azul e verde nauseante do meu letreiro em néon do Dictator's Club me deixou tonto.

Meredith observou o trem da Linha Azul passar ruidosamente acima.

— Eu meio que gosto de Chicago. É caótica – disse ela. – Mas de um jeito bom.

Eu não queria falar sobre Chicago. Queria que ela me batesse.

— Está bem, McCabe. Mande seu soco. Faça o seu pior.

— Aquele restaurante persa na esquina é bom? – perguntou ela.

— É, eles fazem um bom *shash*... – Ela me bateu no lado da cabeça, mais um tapa que um soco. Senti como se minha cabeça tivesse sido enchida com bolas pequeninas de metal. – ... *lik*.

— Quer comida persa depois que eu lhe der uma surra? Você paga. Soube que o *shashlik* é decente.

Ela baixou os punhos. Mãos nos quadris. Ela ainda cabia no compartimento de bagagem no alto de um trem local. Ainda capaz de jogar. Ela ainda era uma deusa. Ela ainda podia me desconcertar.

— Onde está Lena? Ela sabe que vou quebrar o queixo de seu namorado?

— Ela está na Northwestern, corrigindo trabalhos. Ela é física.

Meredith riu.

— O que você está fazendo com uma física, Bender?

– O quê? Você acha que uma garota realmente inteligente não pode...

O soco veio, e senti meu nariz roxo. Minha cartilagem nasal estourou como pipoca. Exalei rapidamente pela boca, borrifando sangue na calçada. Esfreguei o rosto com as costas da mão.

– Ai! – Filamentos frios de dor irradiaram por minhas bochechas, na direção das orelhas.

– Quer outro?

– Você acha que eu só saio com garotas burras? Acha que eu sou algum tipo de perdedor?

– Física? Isso é demais.

Olhei para trás de Meredith e vi Lena, com suas botas Doc Martens roxas, caminhando da estação do trem pela rua.

– Meredith, pare, por favor. Não me soque outra vez. Está chegando...

Meredith deu um sorriso malicioso e me deu um tapa na cara, com força.

– Você não pode me dizer...

A visão de violência contra mim registrou-se no rosto de Lena, que correu em nossa direção, gritando.

– Que porra é essa?

Antes que eu pudesse segurá-la pela cintura, ela tinha acertado Meredith com o corpo e a derrubado na calçada. Lena cerrou o punho esquerdo e estava prestes a enfiá-lo na cara de Meredith, mas eu a agarrei e a puxei para longe. Nós dois caímos de costas na calçada, e o cotovelo de Lena aterrissou bem na minha virilha. Eu uivei no meio do seu ouvido.

– Que porra foi essa? – berrou Lena. – Chame a polícia!

Meredith gemeu.

– Merda – disse eu, segurando Lena pela mão e a puxando de pé. – Uau. Você acabou...

Lena me puxou de volta para dentro do bar e passou a tranca na porta. Ela gritou mais alto que o sistema de som do bar.

– Mas que merda é essa? Você estava sendo espancado por uma mulher na rua?

Uma dor aguda atravessou minha coxa. Eu estava preparado para perder um testículo por tudo aquilo.

– Aquela era Meredith. Ela está na cidade e veio me ver.

Lena não disse nada. Ela ficou parada na minha frente, aparentando medo e culpa. Eu a segurei e a apertei contra mim, mas ela se livrou do meu abraço e disse:

– Não. – Ela ergueu as mãos daquele jeito "me deixe em paz" e se afastou alguns passos de mim. – Não estou com ciúme. Só não quero ser presa por agressão. Já estou com muita merda na vida atualmente – disse ela, então tornou a abrir a tranca e saiu correndo pela porta, de volta na direção do trem.

Saí cambaleante sob o sol poente de Chicago bem no momento em que Meredith, segurando a cabeça com uma das mãos e a bolsa carteiro com a outra, entrava em um táxi.

– Karl? – chamou ela.

Eu não disse nada. Eu nem parei de andar.

– Karl? – gritou ela.

Quatorze anos me consumindo por aquela mulher. Quatorze anos desperdiçados.

Parei e olhei nos olhos da mulher que eu tinha amado.

– Desculpe – disse eu, e saí correndo atrás de Lena.

9

EM COMPARAÇÃO ao buraco de minhoca, o trem era apertado e antiquado, balançando e aos solavancos em seu caminho na direção do Loop. Eu não sentia falta do transporte público. Não sentia falta de bebês gritando. Adultos gritando, odores corporais fortes, as reclamações de um só de um lado do celular dos raivosos e sexualmente insatisfeitos.

Segui Lena até seu prédio, um daqueles edifícios residenciais estilo antigo de Chicago feitos de tijolos amarelos e verdadeiro trabalho de cantaria artesanal. Lena dividia um lugar a apenas alguns passos da estação de trem de South Boulevard com outra estudante de pós-graduação da Northwestern, que ela descrevera como um fantasma. ("Ela vai para a escola de direito e dorme na seção de consultas da biblioteca. Trabalha em um escritório no Centro e provavelmente dorme no chão do escritório lá, também.")

Lena levou a mão à bolsa para pegar as chaves.

– Acho que você vai entrar?

– Posso? – perguntei.

Ela sacudiu a fechadura e deu um chute na porta com sua bota.

– Pode, acho.

O apartamento pequeno de Lena estava cheio de papéis e livros espalhados. Eles estavam amontoados no chão, empilhados no batente da janela e arrumados em uma estante baixa de madeira, junto com um menorá cheio de velas derretidas e um porta-retratos rosa-choque com uma foto tipo de escola de uma garota dentuça.

– Essa é sua irmã? – perguntei, apontando para a foto.

Lena fez uma pausa antes de dizer:

– Essa é Rachel Geduldig.

O apartamento cheirava a Nag Champa, gato e garota. Espirrei.

– Você é alérgico? – perguntou ela, apontando para o felino preto indignado que saltou em seus tornozelos. – Ah, merda, desculpe. Eu não sabia. Olhe, só tem esse. Minha velha gata, Zelda Abramowitz, foi viver no céu judeu dos gatos em abril passado, por isso só resta Zed. – Zed esfregou sua carinha de gato na panturrilha de Lena. Ela o pegou e o abraçou junto ao peito e acariciou suas orelhas. Zed, senti, queria me expulsar da propriedade.

– Posso botá-lo em meu quarto e passar aspirador.

– Acho que estou bem, obrigado. Por que você pintou seu cabelo de castanho outra vez? – perguntei, percebendo que suas mechas de cores vivas tinham desaparecido.

– Sou uma mulher natural.

Lena abriu um closet cheio demais no corredor e tirou o aspirador de pó.

– Fiz cookies esta manhã. Aveia com pedaços de chocolate. Passas são para perdedores, mas aveia é saudável, e eu me preocupo com você. Eu tinha alguns na bolsa para fazer uma surpresa, mas você está aqui, agora, por isso tome a fornada inteira.

– Amo você – deixei escapar, como se estivesse bêbado, coisa que eu meio que estava, devido à falta de sono e ao medo. Sem saber ao certo o que fazer com as mãos ou com o corpo, me joguei no corpo de Lena como uma criança pequena e apertei meus lábios contra os dela. Eu lhe oferecia um amor tão irresponsável e fraco que estremeci, porque Lena merecia muito mais.

– Espere aí. Menos, por favor. Quer dizer, amor... Isso é uma coisa importante, Karl. Mesmo supondo que eu também ame você, bom, você está me assustando, agora. Você transou com a Meredith? O soco que ela deu em você foi sexual? – Ela afastou o rosto e insistiu para que eu desenganchasse minha perna de suas costas. – Me solte. Você está esmagando meus peitos.

– Não, eu não dormi com Meredith. Mas sim, apanhar dela é, uhm... empolgante nesse departamento.

Lena arqueou a sobrancelha.

– Você está agindo como culpado. Estúpido e culpado.

– Desculpe. Eu só... Estou exausto. Posso deitar no sofá ou algo assim?

– Você vai ter que lutar com Zed pelo sofá. Zed provavelmente vai vencer.

Zed emitiu um miado irritado em minha direção e chiou para mim quando eu o empurrei do sofá com o cotovelo. Deitei no sofá florido da IKEA de Lena. Ele ficou me encarando com seus olhos reluzentes de moeda de ouro. Eu o encarei de volta.

– Estou do seu lado, gato.

Lena enxotou Zed, e ele fez uma retirada nervosa para o quarto. Ela se ajoelhou no chão e pôs a cabeça em meu peito.

– Você finalmente viu sua Meredith e sentiu seus punhos furiosos no rosto. E você tem um fetiche por garotas batendo em você. Por que não me contou?

– Não é algo que eu alardeie.

– Bom, você está aqui, e abandonou Meredith na rua para perseguir minha bunda grande por todo o caminho até Evanston.

Puxei Lena contra meu peito e cheirei sua cabeça com cheiro de xampu. Estremeci com a alegria de apertar seu ouvido contra meu esterno. Beijei o topo de sua cabeça. Ela permaneceu perfeitamente imóvel por um longo instante, depois ficou de pé, recuou um passo e deu um tapa vigoroso em meu rosto.

– Obrigado.

– De nada. Conte-me sobre a Mulher Fantasma.

– Ah, você sabe. O resultado realista de ver a mulher que você desejou por um número estupidamente longo de anos é que quando você a vê dá uma sensação de... de nada.

– Dá a sensação de um soco na cara, seria mais preciso.

– Isso também.

Com certa cautela na voz, Lena perguntou:

– Você contou a ela sobre o buraco de minhoca?

– Não. Pensei nisso, mas viajar com Meredith... eu considero isso traição. Uma espécie de traição emocional. Não quero ver o passado com ela. Como eu me lembro não é exatamente como aconteceu. Eu não podia ir lá.

Lena brincou um pouco com o fecho do meu zíper, depois parou.

– Ainda bem que praticamos a monogamia quando se trata de viagens no tempo. Na verdade, é a única maneira segura. – Ela desapareceu na cozinha.

– Viagens no tempo não são seguras – gritei para ela. – Não há, tipo, preservativos emocionais que previnam tristeza noventa e oito vírgula cinco por cento das vezes.

– Eu na verdade gosto disso em você, Bender – gritou ela do outro lado do apartamento. – O fato de nem você nem eu usarmos preservativos emocionais. Simplesmente deixamos a gosma nojenta que somos voar livre, ameaçando nos engravidar com insegurança ou nos infectar com a dor da verdadeira intimidade. Ei, desculpe por tê-la atacado, mas ela estava machucando você, ou pelo menos era o que parecia. Eu não sabia que era ela. Em geral sou tranquila com os ex das pessoas, embora, se você um dia encontrar Linnea Long, tem minha permissão para ser mau com ela.

– Sei que você não sabia.

– Você tem carregado uma coisa grande por ela há anos. Com sorte, ela ter vindo ver você o ajudou a superar um pouco isso. Às vezes é preciso partir um coração para que ele se cure. – Ela voltou com uma torre de biscoitos empilhados em um prato de plástico preto.

– Desde quando você é poetisa?

– Desde nunca. Sou um robô.

Eu fiz uma careta para esse comentário, mas segui em frente.

– Na verdade machuca não me sentir mais assim por ela. É como se ela tivesse terminado de ser arrancada do meu cérebro. Ela agora acabou de uma vez. Tem algum problema, falarmos sobre isso?

– Não espero que você seja perfeito, Karl. Sim, podemos falar sobre qualquer coisa. Coma um biscoito enquanto faz isso.

Lena era uma boa doceira – seu biscoito estava macio e amanteigado, e os pedaços de chocolate anda estavam meio quentes e derretidos.

– Tem certeza? Eu me sinto um babaca falando da minha ex com você.

– Está tudo bem. Botar coisas pra fora é bom, eu acho.

– Você tem alguém assim em seu passado?

– Eu não tenho passado.

– Lena. Você tem passado.

Lena largou o prato de biscoitos em sua mesa de centro, fazendo a torre desmoronar.

– Destripe sua memória. O passado é uma merda. O passado é ver minha mãe morrer, ter minha madrasta manipulando meu pai para ele não ser um pai para mim, ser estuprada em um show do Mazzy Star, sair com uma psicopata controladora por dois anos, ser rejeitada pelos principais programas de astrofísica só para vir para cá e ter minha pesquisa roubada pela porra do Justin Cobb, esse saco de merda...

– Lena? – Eu olhei para seus olhos grandes e furiosos enchendo-se de lágrimas, mas ela era dura demais para chorar. – Se te incomoda falar sobre a Meredith, eu paro.

– Não, não é sobre Meredith. – Lágrimas correram por suas bochechas vermelhas. – Foda-se o passado. Fodam-se as bandas. Por que diabos eu ia querer ser turista em meu próprio passado? Minha vida foi uma merda, Karl. Ela só melhorou quando parei de sentir coisas. Quando resolvi tomar comprimidos e ser um robô e me concentrar no meu trabalho e só dizer foda-se para tudo.

– Lena. – Tentei passar o braço ao seu redor, mas ela me empurrou para longe.

– Não tenho nenhum grande amor romântico no passado. Garotas inteligentes de nariz grande e pneus na barriga são deixadas de fora do jogo do amor. Nunca tive um namorado, está bem? Tive uma namorada, mas essa relação acabou quando Linnea decidiu, de repente, que amava Deus, e que boceta era o mal. Talvez eu devesse ter aceitado a dica de minha madrasta e me casado com um primo em terceiro grau recentemente enviuvado.

– Eu não queria aborrecê-la.

– Bom, obrigada pelo pedido de desculpas. Eu agradeço. Não sei. Obviamente, gosto de você. Tenho uma paixão monstruosa por você. Nós nos beijamos com "Words", e isso é, tipo, praticamente concordar em se casar comigo. Eu não faço cookies para qualquer um. Não faço cookies para ninguém desde Linnea, lá em Missoula.

Lena podia achar que era um robô, mas estava agindo como uma garota.

– Você foi estuprada? – perguntei.

Ela balançou a cabeça afirmativamente e afastou o olhar.

— Não quero falar sobre isso. Mas é por essa razão que às vezes reajo a certas coisas. Tenho muitos gatilhos. É provavelmente por isso que derrubei sua ex-namorada.

Arquivei essa informação, sabendo que devíamos falar muito mais sobre isso em algum momento, se Lena quisesse. Eu queria matar o filho da puta que fez isso com ela, com minhas próprias mãos.

Tomei a mão dela e passei o dedo pelos arranhões de gato e o esmalte de unha preto.

— Ela perguntou por você. Meredith. Ela se lembrava de você. Da varanda, em 1997.

— Bem, quem não ia querer um androide lhe dizendo que seu ex-namorado ainda ama você no futuro? Eu ia amar isso.

— Não gostei de vê-la — admiti. — Foi meio que como passar de carro por sua casa velha. Ela não é mais sua, e você só se sente chateado quando vê o que as pessoas novas fizeram com o jardim.

— Bom, você a viu. — Lena enfiou um cookie na boca. — Coma outro. Botei dois pacotes de pedaços de chocolate na batedeira, porque eu me importo.

Fiz o que ela disse e peguei um cookie, que tinha uma proporção de chocolate para cookie maior que a anterior. Lena olhava fixamente para a parede do fundo da sala, a que tinha um pôster de uma pomba de Picasso que, por não ter relações punks/científicas, supus pertencer à colega de apartamento ausente. Dei um beijo em minha namorada e disse a ela que precisava ir ao banheiro.

Zed pulou no colo de Lena e ela o acariciou apertando de um jeito que fazia sua cabeça parecer encolher pela força de sua mão.

— Não fique com raiva de mim, está bem?

A caminho do banheiro, dei uma espiada no quarto. Cama de casal com o detalhe de lençóis xadrez preto e branco. Pôsteres de Richard Feynman e Ian MacKaye presos às paredes com tachinhas; havia camisetas pretas e sutiãs brancos que tinham ficado cinza de lavar espalhados no chão; estantes de livros com títulos como *Princípios de mecânica quântica* e *Técnicas experimentais em física nuclear e de partículas*. Não menos de três capas de CD de Sleater-Kinney no chão, porta-joias quebrados como para-brisas acidentados pelos passos descuidados de Lena.

Não dei muita importância ao laptop apoiado na pia do banheiro ao lado da saboneteira de sabonete líquido e do porta-escovas de dente da Hello Kitty de Lena. Mal percebi a coleção de cabos conectados à caixa do vaso sanitário. Eu estava acostumado a tais equipamentos em casa, e estava preocupado demais com o fato de estar prestes a cagar no banheiro de Lena, e que ela só tinha uma vela fraca com aroma de baunilha à mão para mascarar o cheiro, e que eu não tinha certeza se estávamos naquele nível do relacionamento em que podíamos rir de maus odores do banheiro. A tela do laptop estava escura. Tirei a calça e, assim que minha bunda encostou no assento, descobri o que a Não Doutora Lena estava tramando em seu tempo livre. Eu passei através do chão e de volta no tempo, e lutei muito contra a força da viagem para puxar minha calça para cima.

Aterrissei na sala de espera de um hospital – cadeiras de couro sintético laranja e azul-cobalto e uma televisão sem som exibindo a CNN, um Bill Clinton de cabelo mais escuro falando do pódio da Casa Branca. O ar estava seco e cheirava a antisséptico com um leve toque de fumaça de cigarro. Eu olhei pela janela. Surpresa, surpresa, eu estava em Butte, Montana, olhando para a montanha grande e marrom coroada com o leve toque de verde. A sala de espera estava vazia, exceto por uma garota, a Lena adolescente, vestida com um macaquinho e meias três-quartos listradas de amarelo e preto, folheando um exemplar da revista *Sassy*. Ela tinha, ao seu lado em uma mesa empilhada com revistas muito manuseadas, um copo de litro e meio de refrigerante com um canudo vermelho, do qual ela tomava goles grandes, e uma caixa enorme de lenços de papel, que eu supus serem para chorar.

Sentei em uma cadeira em frente a ela.

– Como está sua mãe? – perguntei.

– Eu conheço você? – perguntou ela.

– Você vai. Um dia. No futuro.

Ela me lançou um olhar.

– Eu tenho quatorze, cara. Que nojo.

Lena virou a cabeça e apertou bem os olhos fechados. Ela cobriu o rosto com a revista, a capa trazendo uma foto da jovem Courtney Love com os lábios grossos apertados contra o rosto de Kurt, que olhava fixamente para a câmera com um ar travesso e juvenil, como se tivesse acabado de aprontar algo.

– Ele morre em 1994, Kurt – disse eu, apontando para a revista.

Lena sacudiu a cabeça.

– Todo mundo fala sobre Kurt se matar o tempo todo. Toda vez que alguém está deprimido, eles vão, tipo, se matar. Eu não ligo para o Nirvana. Esse exemplar da *Sassy* tem um ano de idade. Meu pai acabou de pegar uma pilha de coisas para eu ler.

– Não quero assustar você...

– Então não faça isso – disse Lena, cobrindo o peito com a revista. – Minha mãe está aí dentro, morrendo. Estou esperando que a vaca da enfermeira saia e me diga que minha mãe morreu, para que eu possa ir para casa e chorar por isso pelo resto da vida.

– Onde está seu pai?

Ela sacudiu a cabeça.

– Trabalho.

– Eu sinto muito. Foi você quem me mandou para cá.

Ela piscou.

– Que dia é hoje? A data? – perguntei.

Lena me olhou como se eu fosse idiota.

— 22 de abril de 1993.

— Minha própria mãe morreu no mês passado. Quinze de março.

— Que merda.

— Obrigado. Eu estou prestes a virar um astro do rock de pequena grandeza.

— Você é esquisito — disse. Ela olhou para mim, depois para a revista, depois outra vez para mim.

— Que bandas você está ouvindo atualmente? — perguntei.

O rosto de Lena empalideceu. Ela pegou um punhado de lenços de papel de uma caixa próxima e enfiou o rosto neles.

— Minha mãe está morrendo — disse. Ela assoou o nariz. — Yo La Tengo, eu acho.

— Yo La Tengo é legal — disse eu. — Eles têm longa duração.

— Não quero falar sobre bandas! — Lena emitiu uma série de respirações curtas. Soluços que ela estava tentando conter. Parecia que aquilo de não querer falar sobre bandas tinha sido uma questão para Lena por um tempo.

— Não quero mexer com você. Estou lhe contando a verdade. Seu eu de trinta e um anos é uma física que criou um portal de viagens no tempo em um banheiro e me mandou para cá.

Lena desenterrou o rosto de seus lenços de papel e voltou a atenção outra vez para a revista *Sassy*, como se não tivesse me ouvido.

— Posso lhe dar alguns conselhos? — perguntei, sentindo um mal-estar no estômago por romper minha própria regra sobre não mudar o passado. — Isso é importante.

Ela tirou os olhos da revista.

— O quê?

— Depois que sua mãe morrer, mulheres virão em cima de seu pai. Mulheres terríveis que não vão querer ser uma boa mãe para você. Esteja presente para protegê-lo – disse eu. – Seja tão horrível quanto tiver que ser.

Lena engoliu em seco, soluçou, balançou a cabeça e estremeceu. Ela levou a mão à caixa de lenços de papel, pegou um punhado grande e apertou a nuvem de papel branco contra o rosto.

– O mundo é grande e cruel, mas é seu, Lena. Não deixe que ninguém tire nada de você que você não esteja disposta a dar.

– É... obrigada?

– E outra coisa? – disse eu com cautela. – Sempre saiba que você é linda. Por dentro e por fora.

Lena, com o rosto de bebê vermelho como uma rosa, jogou o punhado de lenços de papel na mesa das revistas e andou até mim. Ela se inclinou e me deu um abraço em torno do pescoço, apertando seus seios (não exatamente em seu tamanho final) em meu rosto. Ela sentou em meu colo, e passei um braço cuidadoso e amigo em torno de suas costas, tentando ser carinhoso, mas fraternal.

– Eu sinto muito pela sua mãe – disse eu, então Lena, aos quatorze anos, começou a chorar no estilo de uma garota em uma velha pintura holandesa: toda pele de porcelana e pálpebras pesadas, com o tipo de luz que só pode ser reproduzida pelo mundo natural ou em um retrato de um pintor morto há muito tempo que trabalhasse ao lado de uma janela aberta. Suas bochechas estavam marcadas por trilhas negras de rímel. Me doeu olhar para ela, aquela criança, já gótica, devastada e assustada. Aquele era o princípio de Lena, a Ferida.

Lena fechou os olhos e apertou os lábios contra os meus. Deixei que ficasse ali por um segundo – um segundo longo demais – antes de segurar sua cabeça e a afastar.

– Desculpe, Lena. Você vai ter que esperar por isso – disse eu.

Ela estremeceu.

– Eu só queria experimentar. Minha mãe está morrendo. – Lena deixou que a mão descesse por meu peito. Eu a tirei dali.

– Eu não vou fazer isso. – Eu a afastei e fiz uma respiração longa e purificadora, uma coisa de respiração de ioga que eu lembrava de Meredith falar muito tempo atrás, e esperava recuperar alguma sensação de equilíbrio, ou pelo menos controle. Lena voltou a seu assento à minha frente, olhando para mim por detrás da revista.

– Queria que você me amasse agora – disse ela, arrancando um punhado de lenços de papel da caixa.

– Tenho que ir – disse eu, apertando os botões de meu telefone como se minha vida dependesse disso.

– Você vai simplesmente me deixar aqui sozinha, esperando minha mãe morrer? – perguntou ela, enquanto eu esperava pela tração. – Isso é rude. Você devia saber qual a sensação.

– Desculpe, mas temos que fazer as coisas na ordem certa – disse eu enquanto era sugado de volta para a segurança do agora.

LENA ESTAVA SENTADA calmamente no sofá, mordiscando um cookie, com Zed no colo.

– Você ia me contar sobre seu portal? – questionei. – Acabei de conhecer você aos quatorze anos.

Os ombros dela caíram.

– Desculpe. Eu não queria que fosse ao banheiro. Isso é simplesmente estúpido e embaraçoso. Eu não... eu não fiz de propósito. Foi só onde eu consegui fazer funcionar. Na verdade, é bem simples criar seu próprio buraco de minhoca em casa, se você tem sete anos de pós-graduação em física na bagagem. Eu larguei a faculdade.

– Você largou a faculdade?

— O departamento fez uma audiência. Eu contra o cara que roubou minha pesquisa. Adivinhe quem ganhou?

— Lena.

O rosto de Lena ficou frio.

— Sim, Karl? Tem alguma coisa que você quer me dizer?

— Você construiu um buraco de minhoca? E largou a escola? Simplesmente largou? Deixou que eles ganhassem?

Lena encostou no sofá.

— Eu ia contar a eles sobre isso. Sobre os buracos de minhoca e as viagens no tempo. Mas quando estava prestes a contar à minha orientadora sobre isso – Liz, uma mulher –, ela me aconselhou a deixar o programa, que ela não podia me ajudar, que era Justin Cobb contra mim e que ele ia ganhar. Então, eu fiquei, tipo, "Por que eu devia dizer qualquer coisa a eles? Por que eu diria ou faria qualquer coisa que tornaria relevante o trabalho do Departamento de Física da Northwestern, depois de eles terem me sacaneado?". Então mandei Liz se foder e fui embora.

— Você podia lutar.

O lábio inferior de Lena começou a tremer.

— Sabe de uma coisa? Que se foda essa merda de "lutar". Por que eu tenho que lutar o tempo todo quando as outras garotas não? Você pega uma pessoa como eu, que foi tratada como lixo por praticamente todo mundo, e as pessoas acham que estão dando apoio quando dizem: "Lute", "Seja forte". Mas o que eles estão realmente dizendo é que tenho que ser eu a mudar, não a outra pessoa, não o jeito como a sociedade funciona. Bom, eu não sou forte, e tenho uma inveja desgraçada das garotas que podem ser fracas, que conseguem tudo o que querem só ficando ali sentadas, sendo bonitas e burras. Vá se foder por me dizer para lutar.

Zed pulou de seu colo quando ela se jogou sobre mim, de braços abertos. Eu a abracei enquanto ela chorava, lágrimas grossas, o peito arquejando contra o meu. Eu queria conversar com ela sobre o portal em seu banheiro, por que ele me mandara de volta a seu passado, não meu passado, não 980. E como, de repente, nós tínhamos conhecido um ao outro antes, em 1993, no pior dia da vida de Lena.

– Usei meu portal para pagar o aluguel este mês – disse ela, levantando-se para limpar farelos de cookie do colo.

– O quê?

– Além disso, minha colega de apartamento está, agora, em 2007, mexendo com os computadores do departamento de admissões da Escola de Direito de Harvard. Ela acha que se tivesse entrado em Harvard, sua vida teria sido melhor.

– Isso não é legal, Lena. Isso não é nada legal.

– Não preciso de um Ph.D. enquanto tiver o buraco de minhoca. Ele vai fornecer dinheiro suficiente para viver, enquanto eu o tiver.

– Lena, onde está Sahlil? Liguei para o escritório dele hoje e me informaram que ele morreu.

Lena virou o rosto.

– Lena, onde está ele?

Lena jogou seu cookie em mim. Ele tocou meu nariz e bateu ruidosamente na parede atrás da minha cabeça.

– Onde você acha que ele está? Ele me pagou vinte mil dólares. Em dinheiro. Ele era um caco de homem aos prantos que queria uma coisa, e eu era capaz de fornecer isso a ele. E agora ele não vai vender o prédio, e você pode continuar a ser a fonte Faça Você Mesmo de viagens no tempo em Chicago. Por que ele deveria ficar infeliz? Além disso, diferentemente de alguns fornecedores de viagens no tempo, eu não tenho práticas discriminatórias arrogantes. Eu mando qualquer pessoa aonde quer que elas desejem ir.

– Lena, droga.

– Preciso do dinheiro. Tenho que pagar o financiamento da pós-graduação, mesmo que eu não vá conseguir meu diploma. Ele me prometeu que ia voltar. Só precisava ver Freddie mais uma vez.
– A esposa acha que ele está morto. O escritório foi fechado.
– Bom, talvez ele tenha mentido. Ele me disse que só precisava de uma semana. Nós marcamos seu retorno na sexta. Você acha que ele corre o risco de fugir? Sabe de uma coisa? Se ele fizer isso, eu não me importo.
– Nós temos uma responsabilidade moral...
– As pessoas se esquivam de sua responsabilidade moral o tempo todo, Karl! O Departamento de Física da Northwestern tinha uma responsabilidade moral, não tinha? As pessoas veem um alvo fraco e aí, como se você fosse um mictório, elas mijam em você só porque podem. Não me venha com sermão sobre responsabilidades morais.
– Karuna acha que o marido está morto.
– Karuna ficará melhor com uma pilha de dinheiro do que com um marido que a trai com um astro do rock morto.
– Talvez, mas não cabe a você decidir isso. Eu te contratei para trazer Wayne de volta, e você fez isso? Não, não fez.
Lena olhou ao redor à procura de algo maior que um cookie para jogar em mim.
– Wayne não quer voltar, seu idiota! E em relação a responsabilidades morais, o mundo não precisa de outra professora de física. O negócio de viagens no tempo vai gerar muito mais dinheiro que um emprego de professora, e isso é uma coisa boa, então não me encha o saco com esse seu moralismo estúpido, está bem?
Eu levantei a voz.
– Lena, acabei de conhecer você aos quatorze anos. Isso acabou de acontecer. No seu banheiro.
– Era você? No hospital, em Butte?
– Era.

O rosto dela se enterneceu.

– Aquele era você. Isso é incrível. Você acabou de fazer isso? Agora mesmo?

– Era onde estava quando fui ao banheiro. Com a você de quatorze anos. – Eu estendi a mão.

– Aquele era você. Era você, agora mesmo. – Ela se aproximou de mim e pôs o ouvido contra meu peito. – Estranho, já que não tenho absolutamente nenhuma lembrança daquilo não acontecendo.

Eu me joguei no sofá ao lado dela.

Lena, agora maior e da idade certa, sentou no meu colo e passou os braços em volta do meu pescoço.

– Karl, você significou o mundo para mim naquele dia. Você me disse que eu era bonita, e aquela foi a primeira e basicamente a única vez que ouvi alguém dizer isso. Como você pode dizer que mudar o passado é ruim? Você salvou minha vida.

Nós nos abraçamos no sofá. Corpo com corpo. Alma com alma. Lena tirou a camisa e o sutiã e me empurrou de costas no sofá, soltando meu cinto com uma excitação e um desejo que eu ainda não tinha visto nela.

– Está bom assim? – perguntou ela enquanto limpava as migalhas de cookie da mão e envolvia meu pênis com os dedos.

– Sim – disse a ela, e me ergui até seus lábios para um beijo.

Depois que terminamos, nossos corpos nus e escorregadios colados no sofá, fui dominado por uma sensação de medo que normalmente não experimento depois do orgasmo. Perguntei:

– Lena, qual o nome de sua madrasta?

– Você acabou de enfiar o rosto na minha virilha e agora quer falar sobre Judy?

– O nome dela é Judy?

– É. Judy.

Eu engoli em seco.

– E o de sua irmã?

– Que irmã? Eu só encontrei o filho de Judy, Eric, tipo duas vezes, por isso eu na verdade não penso nele como um irmão. Papai e Judy só se casaram há cinco anos.

– Seu pai não era casado com uma Hana?

– O quê? Não.

– Você tinha uma meia-irmã chamada Rachel. E uma madrasta chamada Hana. – Olhei ao redor do apartamento de Lena. – Onde está aquela fotografia de Rachel? Estava bem aqui – disse, apontando para a estante onde eu acabara de vê-la.

– Quem é Rachel? Sou filha única. Tem o filho de trinta e três anos de minha madrasta que eu só encontrei duas vezes, uma no casamento, e a outra há alguns meses.

– Há alguns meses? Você não vê seu pai há anos!

– Eu o vi em abril passado. Logo depois que Zelda Abramowitz, a Gata, morreu, eu fui para casa para o Pessach. Judy é ótima. Judia de Montana, nascida e criada. Ela e meu pai são totalmente fantásticos juntos. Nós devíamos ir a Butte visitá-los, qualquer hora. Eles acabaram de comprar um cavalo.

– Um cavalo? – gritei enquanto pegava minha calça. Eu tinha basicamente assassinado a irmã de treze anos de Lena. Removido uma jovem do universo. Como aquilo funcionava, exatamente? Hana estava ralando à beça em um dia de esposa e maternidade em Butte, só para ser arrancada da realidade para outra em que ela nunca tivera uma filha? Será que Rachel Geduldig estava sentada em sua carteira na escola em um minuto, e desapareceu de repente?

– Você está falando sobre Hana Lieberwald, a prima maluca do meu pai que tentou se casar com ele assim que minha mãe morreu? Eu contei a você sobre ela? É, ele escapou dessa. Acho que o resultado teria sido horrível.

Meu rosto ficou vermelho.

– Seu pai se casou com Hana. Antes de eu ir ao banheiro.
– Sério? Eu ouvi você. O que você disse no hospital. Eu estava presente para proteger meu pai. Eu o convenci de que Hana era mau negócio, e ela se tocou e caiu fora.

Andei até a janela e olhei para o pátio abaixo, tentando entender como eu podia mudar tantas vidas no espaço do que devia ser uma ida ao banheiro. Eu podia fazer desaparecer qualquer pessoa que via do apartamento de Lena, caminhando e cuidando da própria vida. Vivendo vidas que lhes eram dadas pelo tempo e as circunstâncias. Eu podia matar, assassinar, apagar, editar, alterar, tudo com o poder das viagens no tempo.

– Eu acabei de acidentalmente eliminar uma garota de treze anos que nunca conheci, quando eu devia apenas estar cagando.

Lena vestiu de volta a camisa.

– Karl, eu não tenho irmã.

– Você tinha. A foto dela ficava bem aqui – disse eu, apontando para o lugar onde o porta-retratos estivera, menos de dez minutos antes. Lena nunca falara muito sobre a irmã, além do fato de Hana nunca ter deixado que ela segurasse a bebê Rachel, sempre acusando Lena de ter mãos sujas ou de ser "raivosa" demais.

Lena se levantou e pôs os braços ao meu redor, apertando o rosto contra minhas costas.

– Não sei por que você faz tanta questão de que o buraco de minhoca seja apenas para shows de rock. Mudar o passado ajuda as pessoas. Wayne podia ter evitado o assassinato de John Lennon se você o tivesse mandado para 1980. Qual o mal nisso?

– É ruim, Lena. É porque é. Eu acabei de machucar muita gente. Pessoas que nem conheço. Quero ser bom. Quero que as viagens no tempo sejam uma força do bem.

– Mas elas são uma força do bem. Foi como nós nos conhecemos. Eu não conheceria você sem as viagens no tempo, e você é a melhor coisa em minha vida, neste momento.

Zed e eu fizemos contato visual quando olhei para ele por cima do ombro de Lena. Eu tinha ido até sua casa em busca de refúgio, em vez disso me tornei um assassino de criança. Eu era um merda horrível para todo mundo, menos para Lena. Talvez devesse ser assim. Mas eu não conseguia ver como isso podia me fazer ser um bom namorado. Eu não conseguia identificar o que eu fazia de bom.

Não perder Lena? Ela estava bem ali, me abraçando, mas algo estava diferente. Ela parecia mais leve em meus braços. A tristeza e o estresse que senti quando cheguei em sua casa tinham desaparecido. Ela estava risonha. Eu nunca a tinha visto desse jeito antes.

10

WAYNE AINDA ESTAVA em sua utopia pré-colombiana, e eu ainda estava em Chicago, cuidando do bar. Livre das obrigações com o Departamento de Física da Northwestern, Lena passava quase todas as horas em que estava desperta tentando trazer Wayne de volta, gritando comigo para que lhe levasse chocolate, *pad thai* e OBs. (Sim, eu ia até o mercado e os comprava. OBs. *No problemo*, porque sou um homem apaixonado.) Ela sorria calorosamente para mim quando sentávamos de frente um para o outro, comendo *pad thai* no meu sofá. Comer *pad thai* de tofu com Lena na minha sala de estar, direto da embalagem para viagem de isopor, Lena estendendo a mão e pegando minha fatia de lima sem pedir, Lena pedindo que eu ponha a pequena montanha de amendoins picados de meu *pad thai* em seu *pad thai* porque ela gosta mais deles que eu, passando um beijo de tamarindo com laranja em minha boca quando termina seu *pad thai*, eu concordando com ela que devíamos comer *pad thai* para viagem outra vez na noite seguinte porque é muito gostoso: isso é o mais próximo que já tive de um jantar em família.

Lena era minha família, e eu sorvia a familiaridade simples de sua existência nas proximidades. Amava vê-la enfiando o macarrão na boca, pegando pedaços caídos de broto de feijão da prateleira de seus seios. Ela estava vivendo e respirando ao meu lado, e para mim aquilo era mágico.

Lena trabalhava. Eu me perguntei se conseguiria convencê-la a destruir o portal que tinha feito em seu banheiro se ela conseguisse trazer Wayne de volta. Quando Wayne voltasse, eu ia destruir o meu, embora isso significasse nunca mais ver outro show de rock no passado novamente, nunca mais.

Lena não queria fazer isso. Ela se preocupava em não ter dinheiro para comer ("O *pad thai* custa oito e noventa e cinco mais gorjeta, Karl!"), e eu lembrava a ela que o buraco de minhoca já tinha rendido muita grana, e que eu ia comprar um trailer de luxo para nós morarmos. ("Posso amar você, Karl, mas já senti o cheiro dos seus peidos, e duvido que um trailer Airstream tenha ventilação suficiente para permitir que nosso relacionamento floresça em ambiente tão apertado.") Nós podíamos ser como velhos curandeiros itinerantes do Oeste e passar tempo viajando na estrada, ela disse, com símbolos de dólar nos olhos. Só adicione sua magia científica ao banheiro da próxima parada de descanso, aperte o *Send* e veja o dinheiro entrar.

– Um Airstream para ele e outro para ela – disse. Então acrescentou: – Eu quero um Mini Cooper.

Por que estradas viajaríamos se nos tornássemos viajantes do tempo vendedores de óleo de cobra, nós não sabíamos. Ela seria Clyde Barrow, e eu seria Bonnie Parker. Abriríamos nosso caminho a bala através do Oeste. Eu ia adular minha Clyde B. com massagens nos pés e *pad thai* e prendendo meus peidos, e ela produziria ciência louca como a feiticeira que é, mandando clientes de muita grana de volta no tempo, deixando pilhas de dobrões de ouro a nossos pés, que nós, então, levaríamos para nossos trailers Airstream para jogar na cama e fazer amor em cima. Talvez nós nos enfiássemos em um navio a vapor com destino ao Novo Mundo. Talvez construíssemos para nós um Novo Mundo. Eu deixaria o bar aos cuidados do verdadeiro Clyde Sem Bonnie, e quando Lena e eu enfrentássemos tempos difíceis, sem conseguir encontrar trabalho como atrações de parque de diversão ou aberrações de circo, podíamos rastejar de volta para o Dictator's Club e retomar as vidas simples de trocar barris e esfregar banheiros. Eu deixaria que ela cuidasse dos livros. Ela era a inteligente, afinal de contas.

Achei que Lena devia tornar a se inscrever na pós-graduação, mas ela disse que as coisas não funcionavam desse jeito. Em seu universo acadêmico pequeno e incestuoso, seu nome era lama. A astrofísica tinha chegado ao fim para ela, e ela tinha chegado ao fim com a astrofísica. Lena disse que seu novo objetivo de carreira era ser a garota sereia em um parque de diversões em algum lugar, mas na verdade ela ia fazer mais dinheiro vendendo viagens no tempo e me foderia se eu tentasse impedi-la. Ela ia me fazer desaparecer em um show interminável do Barry Manilow em 1982. Um em que ele cantasse músicas de Natal.

Eu conhecia o futuro, porque eu o tinha visto. Em meus anos mais velho, eu seria fracassado e fraco, como mobília antiga, com alguma ocupação não muito definida ou talvez uma pensão do governo que me permitisse comprar pomada para minhas hemorroidas. Desconfio que Lena me sustentava, no futuro, que ela voltou para a escola, conseguiu seu Ph.D., e sua carreira como professora de física pagava nosso aluguel e nossa, sem dúvida, alta conta de bombeamento de água. E apesar de não saber os obstáculos que existirão à frente na estrada de nosso relacionamento, eu acreditava que ela e eu éramos felizes e nos amávamos. Aquela mulher que, no futuro, seria catedrática no Departamento de Física da Universidade de Washington – embora o funcionamento das universidades estivesse suspenso no mundo pós-A – e me amaria. Eu sabia disso porque eu tinha espiado o interior de nossa casinha à prova d'água e visto as capas dos livros que ela ia escrever, e os prêmios dourados reluzentes que ela ia ganhar. Por motivos que eu mal podia compreender, ela ia escolher ficar comigo, mesmo que eu fosse inevitavelmente decepcioná-la.

Em dias em que eu devia ter cuidado do bar, ou apenas ter ficado nos braços de Lena, saboreando as partes efervescentes de sua nova personalidade graças à remoção da madrasta má, inverti a direção do portal e me joguei para a frente, para o ar estranho e a estranha residência na água do futuro. Eu olhava pelas janelas, só para saber que estava tudo bem. Eu me sentia sujo. Tentava esconder isso, fingir que não era necessário. Mas meu nome é Karl John Bender, e eu sou um viciado. Viciado na calma de conhecer o que meu futuro reserva. Encontrei paz ao ver minha velhice. Minha cara feia. A textura estranha de meu futuro carpete à prova d'água. Fui confortado por Glory, a adolescente que insistia que, em 2010, Lena era casada com outra pessoa.

Aprendi algumas outras coisas, também. Amigos, vocês vão ter que esperar vinte anos por esse sanduíche: pasta de alga (recheio de um creme verde de glutamato em pão macio), coberta com rabanetes e brotos em conserva. Parece extravagante, com ecos de noções hippies de saúde e nutrição, mas é delicioso, salgado e estranho. Experimentei quando viajei para o futuro, em 2031, para ver Lena. Tinha que falar com ela, com ela aos cinquenta e dois anos, e estava com fome, por isso entrei na loja de sanduíche da Zona Cascata 1 Pós-A, um prédio que era uma cabana de plástico vermelho que vendia um sanduíche, e apenas um sanduíche. Cometi uma gafe do futuro. Quando me pediram para agitar meu pulso acima de uma caixa branca no balcão para efetuar o pagamento dos US$26,75 pelo sanduíche, precisei explicar à garota de cabelo escuro atrás do balcão que eu não tinha a caixinha de pulso. Disse a ela que tinha dinheiro, e ela disse que ninguém tinha dinheiro. Pus uma nota de vinte e uma de dez no balcão. Ela disse que não tinha como dar troco, e eu disse que estava tudo bem.

– Desculpe – gritou uma mulher. – Karl?

Eu me virei. Lena aos cinquenta e dois anos, usando um vestido florido de mangas curtas e galochas de borracha, estava parada atrás de mim, com as mãos na cintura e faixas rubras de raiva cruzando seu rosto rechonchudo. Seu cabelo era o marrom básico de móveis de madeira, com alguns fios brancos na frente. Aquilo a deixava séria e com ar de executiva.

– Olá – disse eu, movendo-me na direção da canaleta de metal de onde meu sanduíche estava previsto para deslizar (embalado em papel de arroz comestível tão doce que é chamado de papel-sobremesa). Eu não a tomei nos braços. Ela parecia basicamente a mesma aos cinquenta do que era aos trinta. Talvez algumas rugas a mais em torno dos olhos, mas estava usando óculos pretos grossos (será que eles em algum momento vão sair de moda?), então você só conseguia ver seus pés de galinha se olhasse com atenção. Ela se portava como uma mulher com certo grau de sucesso. O fato de ela ter ficado comigo todo aquele tempo fazia com que meu coração desse cambalhotas.

Ela parecia reservada. Não se moveu em minha direção e agarrou uma barra de apoio no balcão da loja de sanduíches para não cair (prédios pós-A tinham uma tendência a balançar).

– Karl, você tem me perseguido pelo tempo desde que eu tenho quatorze anos. Eu caso com você. Você não tem nada com que se preocupar. Você precisa esperar. Do mesmo jeito que você me disse na sala de espera do hospital em 1993.

– Não estou perseguindo – menti.

– Volte. – Lena deu dois soluços absurdamente altos. Ela me empurrou para longe e gritou: – Se você me ama, você vai dar a porra do fora daqui. Nos deixe em paz. Vá viver sua vida. Seja paciente. – Lena levantou a voz e disse: – Eu sei que Karl (você, agora) lhe manda mensagens. Por favor, deixe-nos em paz. Deixe Glory em paz.

Mas estou aqui porque amo você.

– Eu só quero saber – disse eu.

– Você não vai saber, está bem?

Ela se virou para ir embora. Eu a segurei pelo pulso.

– Lena, por favor. Só uma coisa. Não tem nada a ver com você nem comigo. Wayne volta? De 980? Você sabe, meu amigo Wayne DeMint? Lembra?

Ela sacudiu a cabeça de um lado para outro.

– Wayne teve exatamente o que queria. Agora dê a porra do fora daqui. Nós ainda não estamos prontos para você.

Olhei para os braços e o pescoço nus de Lena.

Ela não tinha nenhuma tatuagem.

II

TODA A DOLOROSA saga de Hana, a Madrasta Monstro pode ter sido apagada da história de Lena, mas ela ainda mantinha sua atitude sentimental intensa. Ainda assim, ela tinha feito seu trabalho: descobrira um modo de nos levar de volta a 980, depois voltar a 2010. Pelo menos foi o que disse, na estranha linguagem da física. Eu só entendia uma palavra em cinco, mas aparentemente estávamos levando junto um gerador elétrico.

As tatuagens de Lena estavam exatamente onde eu as deixara. A remoção de tatuagens pode ser realmente eficaz no futuro, mas isso não parecia explicar por que aos cinquenta e dois os braços de Lena não tinham nenhum risco. Lena gostava de suas tatuagens, falava sem parar sobre o quanto adorava seu tatuador, e o que cada uma de suas tatuagens significava para ela. Eu disse a ela que tinha ficado sem terreno aberto para tatuagens muito tempo atrás, e ela disse que viu algum espaço livre na parte de trás das minhas coxas e, de qualquer modo, já era hora de cobrir o crânio com o estandarte dizendo "Merry Death" em meu peito.

— Em termos de suicídio, escapar para uma sociedade de caçadores-coletores não é o pior jeito de fazer isso. Não é você quem escolhe o paraíso; é o paraíso que escolhe você. Mas isso seria contornar a lógica e a teologia e apenas ir direto, se sua ideia de paraíso é caçar peixe com lança com Wayne DeMint o dia inteiro — disse Lena. Ela estava usando seu casaco azul acolchoado de inverno e gorro de lã cinza com orelhas de gatinho no alto. Ela enchia os bolsos do casaco com balas de frutas Skittles, ovos de chocolate Cadbury Creme Eggs, garrafas da cerveja cara favorita de Wayne e um pequeno sabugo de milho de pelúcia antropomorfizado que Wayne comprara para mim em um posto de gasolina quando voltava de uma convenção de quadrinhos em Des Moines. Aqueles itens, decidimos, seriam a isca que atrairia nosso Wayne para casa no presente.

– Por que estamos falando de suicídio?

– Eu não tenho nada pelo que viver.

– E eu? Achei que fosse seu namorado – questionei.

– Eu sou muito ruim em relacionamentos. Mas agradeço o interesse.

– Agradece o interesse? Não estou entendendo.

– Acho que só estamos trepando.

– Estamos mais que só trepando. Por falar nisso, nós não trepamos tanto assim.

– Estou tomando antidepressivos – disse ela para a parede. – O sexo não tem sensação nenhuma para mim. Nada especial, pelo menos. – Lena virou de volta para mim. Suas bochechas estavam vermelhas. – Se ficarmos em 980, não vai ter mais Effexor. Vou ser effex-iva por minha própria conta.

– Você quer falar sobre isso? – perguntei. Lena pareceu bem interessada em fazer sexo comigo na primeira vez, depois de encontrá-la na sala de espera do hospital aos quatorze anos. Ela estava molhada e ávida por agradar, e me disse do que gostava. Na segunda vez que fizemos sexo, depois de seis minutos, ela tirou minha mão de seu clitóris, explicando que as chances de ter um orgasmo eram nulas. Então virou de costas para mim e se enroscou como um tatuzinho de jardim. Na terceira vez, ela me ofereceu uma punheta e disse que estava menstruada. Não houve uma quarta vez.

– Eu não gosto de sexo, está bem? – berrou ela. – Se quiser dormir com outras mulheres, sinta-se à vontade.

– Lena, mas que diabos?

Ela estava fazendo aquela coisa de não me olhar nos olhos. Ficava virando as costas para fazer uma coisa ou outra.

– Não quero que você ache que esta é uma viagem romântica. Na verdade, esta é uma viagem estúpida. Uma viagem perigosa. Wayne não quer voltar. Talvez eu também não volte. Talvez *você* não.

– Talvez – disse eu. Tomei sua mão e a conduzi ao banheiro. Ela apertou os lábios sobre os meus e sentou no vaso sanitário. Aí ela caiu. Escorregou direto de meus braços, tornando-se invisível pela tração. Eu desci atrás dela, meus bolsos cheios de barras de proteínas, dois carregadores solares de telefone, e minha escova de dente, confiando nela e em sua palavra de que poderíamos voltar para 2010, e que íamos querer fazer isso.

980 Mannahatta
um relato
por L. R. Geduldig, não uma Ph.D.

No dia em que Karl Bender e eu viajamos, fazia aproximadamente dezoito dias desde que Wayne Alan DeMint de Chicago, Illinois, fora equivocadamente transportado para o ano de 980 através de um buraco de minhoca. A causa desse infortúnio foi erro humano. Quem cometeu esse erro foi o muito humano e muito sexy Karl Bender – ex-membro do Axis, a banda indie feminista nº 1 com formação basicamente masculina. Ele entrou em contato comigo através do site do Departamento de Física da Northwestern e requisitou minha consultoria para ajudá-lo a trazer de volta o sr. DeMint ao presente porque ele gostou da minha camiseta.

O sistema de restrição e liberação do buraco de minhoca projetado pelo sr. DeMint (ex-membro do Departamento de Ciência da Computação do MIT) incluía uma falha de programação na qual a reversão da sequência da tração se originava em uma carga elétrica. A fonte da carga elétrica vinha de erguer o celular de uma pessoa na mão, mas era ajudada por elétrons na atmosfera descarregados por itens elétricos comuns como lâmpadas, rádios, sistemas de ar-condicionado. A América Pré-Colombiana não ter elétrons incidentais dificultava a viagem de volta.

Depois desse incidente, o sr. DeMint assimilou-se a uma tribo nativa que vivia na ilha de Manhattan e, encontrando conforto em seu modo de vida, decidiu ficar. Capaz de usar seu celular, ele enviou diversas mensagens para o sr. Bender descrevendo o modo de vida de seu povo.

OBJETIVO: Em uma tentativa de convencer o sr. DeMint a voltar ao ano de 2010, eu e o sr. Bender viajamos à ilha de Mannahatta em 980. Fiquei animada por viajar ao ano de 980 devido ao acesso sem obstrução aos corpos celestiais. Curiosidade astronômica. O sr. Bender queria o amigo de volta. Agora que escrevo este texto, sou indiferente ao sr. DeMint como pessoa, mas sou indiferente à maioria das pessoas, por isso se o sr. DeMint algum dia ler este documento, não deve tomar isso como algo pessoal.

Além dos interesses astronômicos, também estava interessada em saber por que o sr. DeMint ia querer deixar a modernidade para viver com uma tribo antiga. O que ele acharia proveitoso vivendo em meio a um povo com quem ele não podia se comunicar verbalmente usando inglês americano moderno, pessoas com quem ele não tinha laços biológicos nem sociais?

HIPÓTESE DE GEDULDIG Nº 1: Verde. Em 980, o verde das árvores é tão intenso que você tem que parar e refocalizar os olhos. Cresci em um lugar meio marrom – Butte, Montana –, por isso talvez eu tenha maior reação ao verde que outras pessoas. Ao chegar às margens da antiga Mannahatta, fui seduzida imediatamente pelo verde. Não era mais inverno, sem dúvida primavera, com flores amarelas e vermelhas crescendo no chão da floresta. Filamentos longos de luz derramavam-se do sol através das árvores. Sabendo que a tribo contava com peixes como parte de sua dieta, sugeri ao sr. Bender que circum-navegássemos o perímetro da ilha. O sr. Bender concordou e, sendo o beta dessa expedição, seguiu dois passos atrás o tempo inteiro.

Levamos cerca de uma hora para encontrar o sr. DeMint e sua família indígena adotiva. Acredito que o acampamento fique na área da West Side Highway/West 75th Street. Encontrei o sr. DeMint sentado de pernas cruzadas em um círculo com outros homens da tribo. No centro do círculo havia uma pilha de tendões recolhidos da carcaça de um animal de casco.

O sr. DeMint nos viu, modernos-modernosos (o sr. Bender estava extramásculo em seu casaco de couro com um BUTTON *ANTIGO DO AXIS NA GOLA! – dois significados culturais que ficariam perdidos para um membro da tribo lenape do século X), e imediatamente deu um pulo para me abraçar. Ele correu em minha direção gritando meu nome, embora não nos conhecêssemos. O sr. DeMint distribuiu abraços longos e com cheiro de carne e explicou que ele e os homens estavam fazendo instrumentos musicais de corda. Eles também fazem flechas, calças, carregadores de bebê, cestas e ferramentas de osso, mas por acaso chegamos no dia dos instrumentos de corda.*

O sr. DeMint recusou minha oferta de Skittles e Cadbury Creme Eggs, por isso eu os enfiei dentro de suas mãos sujas e de aspecto rústico. Ele me devolveu os presentes.

– Essas coisas são tão feias. Tão nojentas. As embalagens. E todo o açúcar e os sabores artificiais. Eu agora só como peixe e nozes e me sinto ótimo.

O sr. Bender não se aguentou. Como um verdadeiro homem do século XXI, ele gritou:

– *Vá se foder!* – *Antes de chorar em uma folhagem gigante de samambaia que arrancara de uma moita na altura do joelho.*

– *Nós não dizemos isso por aqui* – *disse o sr. DeMint. Minha primeira impressão dele foi essa: insatisfeito, se achando, excitado, mimado, incapaz de se vestir... Está bem, talvez eu esteja projetando, aqui. Pelo menos, o sr. DeMint não estava vestindo o Uniforme de Homens Que Perturbam Lena de calça cáqui de pregas e camisa de tecido Oxford para dentro da calça. Ele usava uma combinação grande e folgada de saia de couro com bermuda e um colete de pele.*

Enquanto ~~meu namorado~~ *o sr. Bender começou a repreender o sr. DeMint, saí para dar uma volta. Ouvir "BABACA EGOÍSTA ESCROTO EGOÍSTA REGISTRO DE PESSOA DESAPARECIDA SUA MÃE ESTÁ PREOCUPADA" junto do canto delicado de uma ave há muito tempo extinta não resulta na experiência perfeita de 980. Mas, fora isso, Mannahatta era o lugar mais bonito que eu já tinha visto. O inverno havia acabado e tudo estava estimulante e sedutor. Árvores altas, um carpete de musgo no chão, arbustos pesados com frutas silvestres gordas e roxas, veados saltitavam aparentemente contentes em se oferecer para você como jantar. O brilho prateado de águas não poluídas. Peixe realmente saltando para fora da água, fazendo piruetas ágeis acima do que ainda não se chamava rio Hudson. Eu me servi de um punhado de amoras silvestres de um arbusto próximo. Doçura! Pus as mãos em concha e bebi do rio. Fria, clara, suspeita. Então ouvi uma voz gritando forte.*

– *GALINHAS MORTAS!*

Voltei bem hidratada à cena da linguagem chula. Havia uma tempestade entre dois homens e, honestamente, não sou muito boa como juíza de lutas entre homens. Aquela tinha movimentos estranhos do sr. Bender ameaçando socar a cabeça do sr. DeMint, mas acabou sendo mais gritos seguidos de risos sobre alguma coisa estúpida. Os dois homens estavam parados praticamente com os narizes se tocando, gritando na cara um do outro. Eles se afastaram um do outro quando reapareci, e eu disse a eles que eu não me importava se eles quisessem se beijar.

— Estamos brigando — disse o sr. DeMint.

Perguntei por que alguém dissera "galinhas mortas".

— Isso fui eu — disse o sr. DeMint. — Estava zoando o Karl.

O sr. Bender riu.

— Piada interna, e você está de fora.

Fiquei feliz por eles estarem brincando, se estavam realmente brincando. Eu não entendo os homens.

Então o sr. DeMint nos contou com orgulho que conseguia tocar "Love Will Tear Us Apart" em seu instrumento de corda. Era um pequeno ukulele feito de madeira. As cordas, disse ele, eram feitas de coelhos. Coelhos mortos. Cordas não veganas.

— Aposto que você acha nojento, mas não é.

Cantamos "Love Will Tear Us Apart" a plenos pulmões em nossa língua nativa, que era inglês com toques de tristeza e saudades.

Reconheci minha fraqueza nesta missão: diferentemente de minha madrasta, Judy, não sou uma pessoa calorosa e encantadora. Então pedir ao sr. DeMint que por favor tornasse a se juntar a seus amigos e família no futuro teve o efeito que eu imaginei que tivesse: bem pouco. O sr. Bender se estressou por o sr. DeMint não querer voltar para casa, foi direto para o estilo de persuasão "Meu Jovem Quero Que Você Faça O Que Eu Quero". Ele não sabia que o D.P. de Chicago tem seu nome na lista de pessoas desaparecidas? Ele não sabia que era O Coração e A Alma do Dictator's Club? Ele não sabia. Ele não se importava.

O sr. DeMint finalmente havia descoberto. A utopia em seus termos. Todos nós não queremos a utopia em nossos próprios termos? A única utopia em meus termos que já tive foram festas de aniversário que minha mãe fazia para mim quando eu era criança. Era o dia da Lena, e Lena podia fazer o que quisesse, e todos os seus amigos estavam presentes. Talvez 980 para o sr. DeMint seja uma festa de aniversário sem fim na qual ele não tem que fazer coisas desagradáveis como compromissos, aparecer para trabalhar, ter o coração partido de uma miríade de maneiras. Todas as merdas com as quais a vida normal alimenta nossos cérebros haviam parado para Wayne. Todo novo dado era positivo. Aparentemente, não havia depressão em 980.

Observei pessoas apaixonadas, e seus olhos ficam extremamente nítidos. Há mudanças na química do cérebro quando uma pessoa está na presença da pessoa amada. Comecei a perceber que o sr. Bender aponta esses olhos especiais para mim (sinto um certo sorriso quente surgir em meu rosto quando estamos juntos), e posso dizer com muita certeza que o sr. DeMint está apaixonado por sua vida em 980. Está amando sua tribo. Eles, em sua opinião, estão melhores do que nós em 2010. Como um voluntário do Corpo da Paz de volta, ele encontra apenas defeitos no mundo em que vivemos. Julgamos demais. Confiamos em uma economia desumanizante. Somos egoístas e não temos ideia de como viver e compartilhar em um coletivo, mesmo enquanto expressamos nosso respeito pela palavra. Nós não sabemos o que é amor. Ele disse isso. Que tinha sentido mais amor naquelas três semanas com o povo nativo antigo do que com sua família em Wisconsin, ou no Dictator's Club.

– Qual a sensação desse amor? – perguntei ao sr. DeMint.

– Ele tem um cheiro – disse ele. – Você alguma vez fez marshmallows artesanais?

Eu disse a ele que não. O sr. Bender disse que a irmã dele tinha feito, e aí perguntou ao sr. DeMint se ele gostaria de se casar com sua irmã. (Resposta: não.)

– Sabe quando você está, tipo, saindo com alguém, e com o tempo a soma de seus defeitos faz com que você comece a procurar outra pessoa? Alguém com menos defeitos?

Eu disse a ele que sim.

– É como se aqui não houvesse defeitos. Não há como estar errado. Não há nenhuma decepção, nenhum desejo de posse nem inveja. Nada *de filigranas. Nada de análise. Nenhuma expectativa além de ser bom e verdadeiro.* – Enquanto dizia isso, uma ave cinza de pernas compridas caminhou até ele, sem medo.

– Eu pesco com esse cara – contou-me ele, apontando para a ave. – Ele é meu parceiro de pescaria. *Também Kelho e Teranhatmo, os dois caras ali com as duas coisas parecendo forcados. É aquilo que usamos para pescar. Forcados.* – Dois homens baixos e carecas com sobrancelhas muito grossas em saias de pele/couro estavam caminhando com forcados ao longo da margem do rio.

Está bem, eu perguntei. Essas são todas negativas. Quais são as positivas?

– Tudo é compartilhado. Esses caras não conhecem nenhum inimigo além do clima e de animais selvagens. A comida é abundante. Mulheres são levemente mais reverenciadas que os homens, pois têm o poder de dar à luz. Todos dormem em um grande amontoado de corpos no interior de uma cabana aquecida com brasas acesas. Penso em quantas noites dormi sozinho, ou ao lado de alguém que eu tinha certeza de não querer estar dormindo ao meu lado, e penso, uau. Que vida triste eu tive.

– Você teve uma vida boa – disse eu.

Ele discordou veementemente, sacudindo a cabeça de um lado para outro. A ave, seu parceiro de pescaria, copiou seus movimentos.

– Eu só quero amor sem julgamentos. Onde vocês vivem, o amor é condicional. O amor incondicional não existe.

Eu olhei para o sr. Bender, que estava prestes a perder a calma outra vez, com lábios estremecendo loucamente. O que, eu acho, era uma forma de julgamento. Ou, pelo menos, de privilegiar o que ele queria acima do que queria o sr. DeMint, o que era um grande problema em 980.

– Ei, Wayne, você tem alguma ideia do quanto significa para Karl? – perguntei. – Quer dizer, sua amizade? Olhe para Karl! É como se ele estivesse em seu enterro.

O Sr. DeMint olhou para o corpo trêmulo do sr. Bender.

Fiquei impressionada por o sr. DeMint estar chorando também.

– Ele está em meu enterro – disse o sr. DeMint, em seguida caminhou até ele e jogou os braços em torno do sr. Bender, e o sr. Bender o afastou.

– Você é um grande hipócrita – disse eu. – Fica falando sobre amor incondicional, mas trata seu próprio melhor amigo como uma inconveniência. Você não ama Karl? Karl está chorando! Você entende como esse homem tem que estar abalado para chorar abertamente?

– Homens aqui choram o tempo todo. Eu não posso chorar em Chicago.

– Homens choram no meu bar o tempo todo – disse o sr. Bender.

Abracei o sr. Bender e deixei que chorasse em meu peito. Espero que ele tenha sentido meu amor puro e incondicional e, acima de tudo, real. Eu tenho que trabalhar muito duro, infelizmente, para demonstrar ser amorosa. Mas estou tentando. Espero que o sr. Bender perceba.

Até encontrar o sr. DeMint em 980, nunca tinha me ocorrido considerar meus amigos 100% responsáveis por minha felicidade e bem-estar, e então reclamar com eles quando não correspondiam. Talvez seja por isso que eu tive historicamente tão poucos amigos: eu os tinha em consideração baixíssima. (Esta é a parte em que estou tentando ser engraçada. O sr. Bender e eu devíamos simplesmente aceitar que somos engraçados e inconsequentes, que nenhum de nós merece que se desista de uma vida com duas luas e peixe ilimitado com qualidade de sushi.)

– Vocês dois deviam ficar – disse o sr. DeMint, brincando com uma ferramenta que parecia uma espécie de faca. – O que vocês têm para voltar? Nenhum de vocês é muito próximo da família. Você não está mais na pós-graduação. Fiquem e esfolem alguns coelhos conosco.

– Não – disse eu.

Observei o sr. Bender cerrar os punhos.

— Lena tem a ciência, e eu tenho Lena — disse ele.
— Pfffff — disse o sr. DeMint.

De repente, era HORA DE IR EMBORA, como uma festa ruim em que uma briga estivesse prestes a começar. Mas eu também meio que queria ficar. Eu não tinha terminado de sorver o verde e a limpeza extremos, e o céu noturno estava absolutamente perfeito para investigações astronômicas sérias. As estrelas pareciam milhares de diamantes, uma visão bela e perfeita de nosso cosmo. Eu não podia dormir porque o céu estava muito vivo com brilho. Todo o tempo passado olhando em um microscópio para ver aquilo, e ali estava, bem diante do meu rosto. O céu noturno em um turbilhão roxo com uma estrutura elegante de estrelas e planetas. Vênus. Júpiter. Bem ali. Iluminados. Próximos. De tirar o fôlego. Eu não podia dormir porque o trabalho de toda minha vida estava dançando diante do meu rosto, lembrando-me do motivo pelo qual escolhi corpos celestiais como campo de estudo. Eu me arrependi de não ter levado comigo caneta e papel. Tão estranho... meu primeiro impulso foi me levantar e encontrar uma loja para comprar caneta e papel. Em 980. Eu, porém, tirei algumas fotos.

Há o impacto de um asteroide contra a Terra projetado para o ano de 2029. Tem sido uma obsessão para mim há anos. Acho que eu vi meu asteroide. Uma rocha pequena e flamejante no céu, tão alarmantemente próxima da Terra que eu podia vê-la com meus próprios olhos, mas não perto o suficiente para alterar a temperatura da superfície da Terra. Ele parecia uma segunda lua, apenas ali parado junto da lua verdadeira, calmo mas furioso. Estou curiosa para saber por que sua trajetória foi paralisada mil anos atrás. Tirei várias fotos dele. O céu estava claro demais, repleto de estrelas como aqueles adesivos que brilham no escuro que costumávamos colar no teto de nossos quartos.

O sr. Bender estava com o olhar de alguém ferido. Como se não estivesse dizendo no que estava pensando.

O sr. DeMint e eu nos abraçamos, e não me importei com seu cheiro de carne velha. Ele meio que me abençoou, acho, como um homem santo. Não acredito em céu nem em inferno, mas isso pode ter sido o mais perto que cheguei de conhecer um deus. O sr. DeMint me contou que pessoas acham que ser rico é a resposta, mas ele apenas gesticulou para as garças com peixe nos bicos que tinham se reunido ao nosso redor, como se para ouvir poesia, e disse que isso era a resposta. Aves de bico afiado e peixe. Ele decidiu aceitar minha oferta de guloseimas americanas, no fim das contas, devorou os Skittles e me deu a embalagem para jogar fora em 2010 (sem depósitos de lixo, disse ele, e me repreendeu por tentar poluir suas terras). Ele me contou sobre seus videogames e programas de TV favoritos, e como às vezes quer um burrito de feijão do Taco Bell, embora sejam nojentos.

Conheci muitos homens com raiva na vida. O sr. DeMint não estava com raiva. O sr. Bender, sim. E escolhi o sr. Bender e sua raiva em vez de o sr. DeMint e seus peixes. Não sei ao certo por que deixei de ser seduzida pela Utopia do jeito que o sr. DeMint estava. Talvez eu conheça meu lugar em 2010. Talvez eu não esteja pronta para me aposentar. Talvez tenha sido a ideia de nunca mais ouvir Joy Division outra vez exceto em um ukulele *artesanal.*

– Leve isso de volta com você – disse o sr. DeMint colocando seu iPhone na palma da minha mão. Ele sacou o carregador solar do telefone do bolso da calça de couro. – Chorem por mim como se eu estivesse morto.

O sr. Bender mostrou os punhos cerrados para o sr. DeMint.

O sr. DeMint deu de ombros para o amigo e perguntou:

– Vocês têm algum papel? Uma caneta?

Eu disse a ele que precisavam ter alguma loja de conveniência naquela aldeia tribal. Consegui, porém, encontrar um guardanapo, em um dos bolsos do meu casaco, e ele pegou um graveto queimado e o usou como lápis.

"*Caros policiais, cometi suicídio*", *escreveu ele*. "*Wayne Alan DeMint disse não à vida. Morto! Com amor, W. DeMint, 4 de junho de 2010.*"

Caso alguém do Departamento de Polícia de Chicago acabe lendo isso, tenho em minha posse algumas fotografias tiradas em 980 para provar que o sr. DeMint realmente se suicidou por viagem no tempo. Meu coração sofre por sua mãe.

Ele enfiou o papel no bolso do meu casaco. O sr. DeMint e eu tínhamos terminado. Ou melhor, ele tinha terminado comigo. E com o sr. Bender que, eu sabia, ia precisar de sérios cuidados pós-viagem e abraços quando chegássemos em casa.

Observei o sr. Bender gritar com o sr. DeMint que ele se arrependia do buraco de minhoca, que ele tinha feito mais mal do que bem, e que, nas mãos erradas, ele ia acabar sendo uma ferramenta para ações egoístas em vez do bem coletivo.

Mas aí entra a questão do sr. Bender e da srta. Geduldig. Sem o buraco de minhoca, o bem coletivo de Karl e Lena, O Super Casal Viajante no Tempo, não existiria. Odeio pensar que o sr. Bender gostaria de destruir a coisa que nos uniu.

O sr. DeMint correu de volta para sua tribo, que estava cozinhando e trabalhando e tocando música estranha em uma clareira na floresta. Pulando, como um garotinho, banhado em raios de sol. Eu, como uma mãe, segurando um punhado de suas embalagens de doce, sentindo-me queimada.

12

RECEBI O RELATO de Lena uma semana depois de voltarmos. Isso, depois de uma ordem dela de uma semana sem contato. Ela alegava que "precisava de espaço" e que a viagem a 980 tinha "embaralhado seu cérebro". Eu disse a ela que podia respeitar isso, embora estivesse com medo de tal ordem significar algo mais cruel. Lena era minha melhor amiga, com toques íntimos ou não, e não poder sentir o cheiro de seu cabelo ou passar o dedo pelas curvas vermelhas e pretas da tatuagem em seu ombro não me trazia pouca tristeza. Mas desde nosso retorno à era moderna – surgindo na porta do Dictator's Club – eu não parecia falar com ela, também. Dizer adeus a Wayne tinha transformado minha boca em um buraco morto e cheio de algodão. E eu não conseguia respirar. Meus pulmões ainda cheios de todo aquele ar limpo de Mannahatta, minha pele ainda quente da queimadura da rejeição. Recalibrar para 2010 depois de viajar tão longe de volta no tempo era difícil. Mas eu também queria conversar sobre 980 com a única pessoa no mundo que entendia as estrelas. Ou por que diabos, para começar, eu tenho esse buraco de minhoca.

Eu sentia muito por ter que viver o resto da eternidade sem Wayne DeMint. Eu havia levado o bilhete de suicídio que ele nos dera à polícia, que rapidamente encerrou o caso. (Eu esperava mais investigação da Elite de Chicago, mas aparentemente um bilhete rabiscado em um guardanapo era prova suficiente para eles de que não houvera crime.) Fechei o Dictator's Club por uma semana de luto, colando um aviso na porta da frente explicando por que estávamos fechados, com a cópia de uma foto do rostinho doce de menino de Wayne e "Wayne A. DeMint, 23 de outubro de 1973 – 4 de junho de 2010" escrito abaixo dela.

Eu precisava organizar meus pensamentos e ir trabalhar. Precisava parar de viajar no tempo... mas também precisava de uma última viagem. Programei o buraco de minhoca para me mandar para West Hartford em 1976, para minha casa e minha mãe há muito tempo morta.

Espiei pelas janelas da casa de minha infância e observei minha mãe fumar seus cigarros extralongos e assistir a *The Young and the Restless* na televisão pesada e de madeira que ficava no chão com botões prateados volumosos. Quis abraçá-la, tocar sua massa comprida de cachos louros cheia de spray fixador e sua gola pontuda de poliéster, mas fiquei do lado de fora, meus joelhos roçando os galhos afiados daqueles arbustos retorcidos da altura da cintura onde cresciam frutinhas vermelhas que minha mãe me encorajava a comer quando eu fazia algo errado. Fiquei ali observando, sem querer perturbar a normalidade de Melinda Bender, trinta e cinco anos, enquanto levava seus cigarros delgados à boca e depois até o cinzeiro de vidro âmbar para duas batidas, seus poucos momentos de prazer quando os pirralhos não estavam atormentando o lugar, e o marido não estava atormentando sua vida, sem saber quando morreria (1993) ou o que seus filhos se tornariam. Chorei, claro, e quis ficar mais algumas horas na esperança de ir até a janela da cozinha e ver minha mãe misturar atum e sopa de cogumelos em lata no macarrão, seus pensamentos em outro lugar enquanto enfiava o prato em seu forno cor de caramelo. Mas, depois de algum tempo, percebi que o corpo continua a chorar pela mesma coisa para sempre. O cérebro humano, quando exposto a anos de tristeza, nunca compreende nada nem se aperfeiçoa, e viagens no tempo só pioram as coisas.

QUANDO EU ESTAVA me sentindo tranquilo e pronto para retomar meu relacionamento com Lena e Clyde e o bar, recebi um e-mail de Milo Kildare, com uma foto de duas crianças de aspecto deprimente, de cartola e óculos de proteção, ao lado de um bebê com tubos no nariz, deitado em um berço.

> Tem um outro pequeno bad boy na área.
> Declan Ulysses Kildare
> Nascido em 20 de julho, pesando 1 kg
> Muito amor de PDX,
> A Família Kildare
> Milo, Jodie, Edgar e Viola
>
> P.S.: Não o chamem de Elvis, por favor. Nem de Napoleon Dynamite.

E depois:

> Irmão Karl,
> Cinco palavras: Turnê de reunião do Axis.
> Sei que você vai dizer não, então mais quatro palavras: papai precisa de dinheiro.
> Não faça isso por mim. Faça isso por Declan. Faça isso por Jodie. Por favor. Isso é a coisa mais difícil com a qual eu tive que lidar. Esse homenzinho que Jodie e eu fizemos, este homenzinho velho e enrugado e mal--humorado que não consegue respirar, Declan. Não consigo olhar para ele sem querer arrancar meus próprios pulmões do peito e enfiá-los por sua garganta para que o homenzinho possa conseguir algum ar. Declan tem uma deformidade nas paredes do tórax e seus pulmõezinhos estão

cheios de problemas. Ele está no hospital com tubos enfiados no nariz e nem mesmo chora. Ele não consegue respirar sozinho. Precisamos esperar alguns anos para fazer a cirurgia, e claro que não temos seguro. Ele devia nascer em outubro. Anexei uma foto. Por favor, diga sim à turnê. Não temos como pagar por isso. Meu bebê está cheio de tubos, e os outros dois são monstros. Edgar quebrou uma de minhas guitarras, e Viola não para de chorar nem por, tipo, um segundo. Eu não durmo há um mês.

Vi fez um desenho para você. Vou enviar se você me der seu endereço. DIGA SIM, BENDER. SIM, BENDER, SIM.

Você sempre foi o inteligente.

Com amor,
Milo

P.S.: Me adiantei e contratei a empresa de agenciamento de shows de minha amiga Jill. Começamos em Chicago dia 28 de agosto. Bem conveniente para você. Depois Boston e Nova York, depois a Costa Oeste com TRINA. Berkeley/Portland/Seattle. Tentando datas em Filadélfia/Providence também. DIGA SIM!

O Axis fez sucesso, para uma banda indie da Costa Leste do fim dos anos 1990. O fato de a banda ter fãs e ganhar qualquer dinheiro se devia ao carisma de Milo, o vocalista descrito pela revista *Puncture* como "um elástico humano com vibrato e insolência que seduz os fãs de Morrissey com senso de humor". Milo era, no pior dos casos, um cara desesperado por atenção que compensava a falta de talento com uma coragem e uma presença de palco impressionantes que, naturalmente, apequenavam as outras três pessoas no palco. Sam Hecker, o baterista, e eu lidávamos com isso sem problemas, mas quando Sam teve a oportunidade de se juntar a outra banda e viajar em turnê para a Austrália, Milo o acusou de "botar fralda para bater punheta" no meio de um show, na frente da plateia lotada de um clube de DC. Sam chorou. Quando comentei isso com Milo, ele disse:

– É. Acho que eu não devia ter contado a todo mundo esse lance da fralda.

Trina Aquino, que também estudava em Tufts e respondeu a um anúncio meu à procura de baixista, deixou a banda para ir para a Faculdade de Direito em sua cidade, San Diego, pouco antes de a Frederica Records lançar o último álbum da banda, *Big, Bigger Love*. Trina mais tarde escreveu um artigo para a *Pitchfork* sobre mulheres negras na cena indie do fim dos anos 1990 e chamou Milo de "maníaco; o ser humano mais egoísta que já encontrei". Os pais advogados de Milo abriram um processo de calúnia e difamação, mas Milo se recusou a processar Trina, citando a liberdade de expressão como essência dos valores americanos. Trina e eu ficamos uma vez, atrás do 40 Watt Club, em Athens, encostados em um Ford Fairlane estacionado.

Perto do fim da minha época com Milo, ele decidiu unilateralmente que o Axis devia fazer um álbum conceitual sobre seu amor por mulheres de proporções amplas, e Milo pôs a culpa da minha saída da banda depois do fim da turnê Big, Bigger Love no meu desconforto com o tema escolhido por ele. Milo, um cara muito magro com quadris tão estreitos que costumava procurar na seção infantil dos brechós calças pescando siri que vestissem justas em torno de sua estrutura, tornou pública sua preferência sexual por mulheres grandes em um show em Atlanta. A multidão ficou louca. Completamente alucinada. Meninas escreveram com batom "AMO VOCÊ MILO!" nos peitos extragrandes. Entre as músicas, ele gesticulou para o que estava se projetando da virilha de sua calça de poliéster marrom e disse:

– Estão vendo? As garotas de Atlanta me deixam de pau duro. Implorei para que ele não fizesse merdas como exibir suas ereções no palco, disse a ele que era bizarro, e provavelmente ilegal, mas ele nunca me deu ouvidos, nem por um minuto, jamais, nem antes de subir ao palco para cantar pela primeira vez a música mais tocada do Axis, "Pin Cushion".

Sua predileção por mulheres pesadas era algo que eu tinha percebido ao longo dos anos, mas nunca pensara em dizer em voz alta. Suas namoradas eram sempre gordinhas, hipsters de bochechas rosadas que enfiavam seus corpos roliços em vestidos de brechó tamanho grande. Mas um dia ele simplesmente despejou tudo em uma música, e devido à reação que teve em Atlanta, esperava que eu tocasse a guitarra solo em faixas como "Pin Cushion" e "Jodie's Song (The Softest Love)".

Minha última conversa com Milo como membro do Axis foi mais ou menos assim: ele tinha nos alugado um espaço para ensaiar em Roxbury e pusera uma foto dele no espelho do banheiro masculino com um balão de diálogo dizendo: "CUIDADO, VOCÊS AGORA ME PERTENCEM." Ele também retirou quarenta dólares da minha carteira, para pagar por seu remédio de herpes, porque ele achou que o pai podia descobrir que uma de suas trepadas carnudas havia contaminado seu pau de menino rico se ele usasse cartão de crédito, que sua família ainda pagava, embora Milo tivesse passado dos trinta, e por algum tempo, ao menos, estivesse ganhando o suficiente para pagar as próprias contas.

Antes de entrarmos em estúdio para gravar *Big, Bigger Love*, tentei fazer com que Milo reconsiderasse.

– Não me importa que você goste de mulheres grandes. Estou só dizendo que isso é uma ideia ruim para a banda. As pessoas vão rir disso. Além do mais, sinto como se você estivesse tentando usar minha mão para te bater uma punheta, e não gosto disso.

Milo era sempre um filho da puta irritante, e estava praticamente fazendo uma dancinha no estacionamento do estúdio quando disse para mim:

— Alguém se importa que Rivers Cuomo faça álbuns conceituais sobre seu amor por mulheres japonesas? Toda música é sobre ele comendo alguma garota japonesa. — Eu lhe disse que não sabia do que ele estava falando, e ele continuou a falar sobre Rivers Cuomo, então parei de falar porque não havia sentido.

Miles Oglethorpe Johnston V, descendente de proprietários de escravos e donos de plantação na Geórgia, batizou-se de Milo Kildare do mesmo modo que James Osterberg se chamou de Iggy Pop. (Ele rejeitou outros pseudônimos que tinha inventado para si mesmo, como Dick Suicide e Johnny Velvetone, por soarem sexuais demais ou Las Vegas demais.) O jovem Milo colecionava pratos de porcelana e lenços de renda, e adorava horrorizar as garotas com quem saía dizendo a elas ter crescido em uma casa com criados afro-americanos e que costumava chegar em casa e ver o pai transando com Anita, a babá, ao lado ou dentro da piscina da família. Ele cantava mulheres dizendo que tinha aprendido a tocar guitarra porque gostava de ficar com a mão perto da virilha. Ele escreveu cartas extremamente pessoais de fã para Michael Stipe e dizia ser bissexual de 1991 a 1993. Ele teve um caso rápido com um professor de antropologia com mais de sessenta, e uma vez, na época em que dividíamos um apartamento horrível em Somerville, entrou em meu quarto às três da manhã, completamente doidão, para contar a mim e a Meredith sobre pagar seu primeiro boquete. Nós largamos Tufts porque íamos fazer sucesso com aquilo de música, e também porque estávamos tirando notas ruins e estávamos prestes a ser jubilados. Milo me comprou uma guitarra, uma Danelectro, vermelha e branca. Estávamos começando uma banda porque ele precisava fazer alguma coisa para conseguir que Michael Stipe o amasse. Milo nunca fumou, mas tinha uma fixação oral parecida com pirulitos, normalmente sabor *root beer*.

– Você ia gostar mais do álbum se ele se chamasse *Amo vadias anarquistas com chatos que roubam meu dinheiro?* – perguntara Milo.

Ergui o punho com a intenção de prosseguir com um soco na boca de Milo, com pirulitos e tudo mais, mas eu sabia que ele era um menino rico e fraco, acostumado com seu pai cretino lutando suas batalhas. Um soco, eu sabia, ia acabar com o rosto de Milo envolto em bandagens, e Miles IV enfiando vinte advogados no meu rabo, tomando até a última corda de guitarra que eu tivesse em meu nome.

– Minha nossa, Bender. Abaixe esse punho. Você é de West Hartford, pelo amor de Deus.

– Estou cansado das bobagens que você diz, Milo. Você vai acabar com a reputação de nossa banda se continuar a falar desse jeito, e eu na verdade estou com nojo de você.

Ele me ignorou.

– Pense em todas as mulheres grandes e bonitas que virão a nosso show e vão comprar este disco. Estamos só fazendo com música o que a sedutora Jodie Simms, com quem me correspondo, está fazendo com seu zine de aceitação do tamanho e seu site, no Reed College, lá longe no Oregon. Meu Deus, ela é gostosa. Eu sou um alfinete, e ela minha alfineteira. Enfim, é um nicho de mercado inexplorado, além disso, *além disso*, Bender, eu falo sério. Estou sendo sincero aqui. Você está sendo um escroto que só faz dizer não. O Axis é minha banda, e você faz o que eu mando.

– É mesmo?

– É. Eu a montei. Paguei por todo o equipamento, marco os shows, tirei você daquele apartamento imundo e daquela sapatão sem-teto idiota que você estava comendo. Salvei a porra da sua vida. Até dei à sua irmã algo para se lembrar de Boston, e você, você fica só aí sentado como o Rei dos Imbecis.

É desnecessário dizer que eu lhe disse exatamente o que sentia em relação a ele, botei meu amplificador no banco de trás do meu Honda Civic e acelerei. Por contrato, porém, eu estava obrigado a tocar na turnê, e precisava do dinheiro, por isso cerrei os dentes e voltei. Garotas gordas de Dallas a Duluth jogaram suas calcinhas GGG para ele na turnê de *Big, Bigger Love*, e depois, após o fim oficial do Axis, ele se mudou para Portland e se casou com sua paixão a distância de muito tempo, Jodie Simms, proprietária do *Fanny*, um famoso zine riot grrrl independente sobre aceitação do corpo que continha moldes de vestidos tamanhos acima de quarenta e oito e fotografias em preto e branco de carne nua e ondulante.

LENA LIGOU E DISSE que estava pronta para vir à minha casa. Ela me permitiu um selinho e anunciou que estava menstruada. Perguntei a ela se queria comprar comida, e ela disse que não, não estava com fome. Por isso, fomos para a cama, totalmente vestidos, eu lutando contra as lágrimas e lendo uma daquelas velhas revistas *Puncture* que guardava havia anos (a com o Neutral Milk Hotel na capa), ela tricotando um gorro de inverno. Suas únicas palavras para mim na primeira hora de tudo aquilo foram:

– Não sei por que estou fazendo este gorro. Odeio inverno.

Meu telefone tocou. Um número com prefixo 503. Eu o passei para Lena.

– É Milo Kildare. Atenda para mim.

– Sério? Eu vou poder falar com ele? – O fato de ela estar animada por falar com ele, mesmo depois de eu ter contado como ele era um idiota narcisista, me deixou um pouco triste.

– Alô? Aqui é Lena. Namorada de Karl. É, eu sei quem você é. Você é um alfinete, e eu sou sua alfineteira. – Minha namorada estava toda elétrica e feliz, agora, com a voz de Milo entrando por seu ouvido. A porra do Milo. Apesar de ser um estranho, ele deixou o rosto de Lena todo vermelho ao telefone. Eu nunca considerei Lena uma garota interessada em sexo com celebridades, mas ali estava ela, interessada em uma celebridade do jeito mais traiçoeiro. – É, vi você tocar em Chicago alguns anos atrás. A coisa do piano de brinquedo. E vi você em Portland em 2001. Perdi um pouco de peso, mas só porque era uma péssima estudante de pós-graduação até cerca de dois meses atrás. Agora sou uma empresária. Jodie sempre foi uma heroína, para mim. Por favor, mande lembranças... Não sei, você vai ter que falar com o Karl sobre isso. Ele está por aqui em algum lugar. Espere um pouco.

Ela deu um sorriso furioso e cantou em voz alta "This is the start of a revolution! I'm the pin and you're my cushion!" antes de deslizar da cama e ir até o banheiro.

– O que você quer, Milo? – disse eu.

– Recebeu meu e-mail? – A voz dele parecia fraca como a de um velho.

– Recebi. Sinto muito pelo seu filho.

– A pior parte disso tudo é como está sendo difícil para Jodie. Ela está péssima, meu irmão. O cabelo dela agora está todo grisalho. Viola perguntou se ela tinha virado uma bruxa. Não estou brincando. Minha casa é como um mausoléu cheio de gente. Vou fazer uma vasectomia na sexta-feira. Chega de descendência Kildare. Ei, gostei da sua namorada. Qual o nome dela? Tina? Gina? Nina?

– Lena. Imagino que você esteja ligando pela turnê.

– Cara, Sam disse não.

– Você o tratou como lixo. Lembra? "Botar fralda para bater punheta"?

– Sam tinha alma. Eu não o culpo, de verdade. Consegui outra baterista, Eve Showalter. Dos Dixie Lizards e do Holy Anna. Bandas de Portland. Você vai gostar dela. Lésbica. Muito boa em palavras cruzadas. Toca muito. Além disso, tem uma ameixeira no jardim.

– De quanto dinheiro estamos falando? – Tentei parecer ao menos um pouco rude.

– Eve Showalter cuida muitas vezes dos meus dois filhos mais velhos. Ela é muito legal. Cuida deles até de graça, porque além de algum dinheiro do Axis que ainda pinga, e do meu trabalho de web designer, que secou porque não consigo me concentrar depois que Declan foi pro hospital, tenho renda zero. Jodie tem nos sustentado. Merda, cara, até Trina topou entrar nessa. E ela é, tipo, uma advogada. Ela vai tirar uma licença do trabalho para tocar nas nossas datas de Portland, Seattle e São Francisco. Trina é uma deusa.

– Vai ser bom ver Trina outra vez.

Milo começou a falar ainda mais rápido.

– Estamos vendendo nossa casa. Vamos nos mudar para Macon para viver com meus pais. Karl, você se lembra do meu pai? O Grande Papai Johnston? Ele ainda está comendo a Anita, depois de todos esses anos. Amor verdadeiro. Sério, amigo, não quero criar meus filhos na frente daquele homem. Isso é só... Quer dizer, amo meus pais, mas uma das condições que impuseram para que fôssemos morar lá em seu palacete é que mudemos o sobrenome das crianças para Johnston, e meu irmãozinho é, tipo, esse terrorista doido que acredita em teorias da conspiração e vive na casa dos fundos com cinquenta armas e uma garota que conheceu no AA, e minha mãe, bom, não adianta dizer nada sobre ela além de agradecer a Jesus pelo Xanax. Mas Declan, você sabe, ele precisa de pulmões, por isso...

– Se vou me afastar por algum tempo do meu negócio, isso vai me custar dinheiro, por isso preciso saber o que vou ganhar com tudo isso.

– Esta é a turnê de Declan, cara. É tudo para Declan.

— Tenho que tocar um negócio... — disse eu. Lena, que tinha voltado ao pé da cama, fez um ruído de reprovação com a língua.

— Se meu filho morrer — disse Milo, naquele tom de voz agudo e infantil, o tom que arremessou minha caixa interna de raiva na direção dele. — Se meu filho morrer, e aí? Você vai se sentir bem com isso?

Ouvi Jodie dizer ao fundo:

— Milo, me dê isso.

— Karl? É Jodie. Oi.

— Oi, Jodie. Sinto muito sobre seu bebê.

— É, Karl. Olhe, não saia em turnê. Milo só está procurando uma razão para se afastar de mim e das crianças. É compreensível. Ele contou a você que está se mudando para Macon para morar com os pais?

— Contou.

— Mal posso esperar para criar minha filha naquela casa. Edgar vai ser tratado como um rei, mas Vi vai ter que aprender desde cedo a desenvolver um transtorno alimentar se quiser um par no baile das Filhas da Confederação, do qual a mãe de Milo é presidente. Declan... — A voz dela se esvaiu. — Declan vai ser tratado como lixo por não ser atlético ou algo assim.

— Sinto muito, Jodie.

— Todo mundo sente. Todo mundo sente muito, e Declan pesa um quilo e meio, e eu não durmo há meses. Não vá na turnê. Turnês de reunião são embaraçosas. Aqui está Milo outra vez. Tchau.

— Sinto muito — disse eu.

— Bendo, olhe, vou ser honesto com você. Tenho muito por que me desculpar. Fui um babaca, fui egoísta, não devia ter dito algumas coisas que foram ditas. Mas, cara, você também me deve desculpas.

Milo não estava exatamente errado nesse ponto, mas à luz da situação, e à luz da superfã de Milo no quarto, cujas mãos estavam envolvidas em linha cinza de lã, eu não estava disposto a reviver o passado.

– Você deixou a banda porque não queria fazer *Big, Bigger Love* – disse ele.

Cobri o fone do telefone com as mãos para que Lena não ouvisse.

– Não é por isso. Você estava sendo supercontrolador...

Milo levantou a voz.

– O álbum constrangeu você. Tudo bem. Mas sabe de uma coisa? O disco salvou vidas. Mulheres escreveram cartas para mim e para Jodie, dizendo que *iam* se matar, que se sentiam feias porque eram gordas, que significava algo para elas um cara em uma banda legal estar loucamente apaixonado por uma mulher que se parecia com elas, e que se não fosse por aquele álbum, se não fosse por um cara famoso como Milo Kildare dizer que garotas gordas são bonitas e merecedoras de amor e sexo e vidas bonitas...

Coloquei o telefone no viva-voz para que Lena pudesse ouvir. Queria que ela se aninhasse ao meu lado, botasse a cabeça em meu ombro, deixasse que eu pusesse a cabeça na maciez de seus seios. Ela sentou em seu quadrante da cama, mergulhada em desapontamento. Ela silenciou as agulhas de tricô.

A voz metálica de Milo prosseguiu.

– Há pelo menos cinco garotas por aí cujas vidas nós salvamos. Eu salvei. Que nós sabemos. Então, sabe de uma coisa? Não preciso de desculpas. Meu filho está doente. Faça a turnê e me ajude a salvar a vida do meu bebê.

Olhei para Lena. Seus olhos estavam cheios de lágrimas.

– Meu melhor amigo se matou recentemente – disse eu. – Por isso as coisas por aqui estão muito sensíveis.

Milo fez uma pausa.

– Sinto muito por isso, cara.

Cobri o fone do telefone.

– Você escreveu uma carta para Milo sobre *Big, Bigger Love*?

Os olhos de Lena se arregalaram. Uma lágrima escorreu de seu olho.

– Escrevi, mas nunca mandei.

Lena, em seu quadrante da cama, não precisava dizer. Se eu não fizesse a turnê com Milo, ela ia me apunhalar com uma agulha de tricô. Ou pior. Eu tinha perdido Wayne. Não queria perder Lena.

– Lena quer que eu faça a turnê. Você salvou a vida dela. – Olhei para ela. O rosto de Lena não traía nenhum reconhecimento dessa afirmação. – Preciso pensar sobre isso.

– Se meu filho morrer, eu vou me matar. Não acho que você saiba realmente qual a sensação de tudo isso, Karl. Karl? Alô?

Lena largou seu tricô.

– Não posso acreditar em você. Não posso acreditar que você precisa ser convencido. Meu Deus, do que você precisa? Um boquete e dez mil dólares e um afago de quinhentos volts no ego?

Desliguei o telefone e o coloquei de lado.

– O quê?

– O que o quê?

– O bar não funciona sozinho, Lena. Se quero pagar meu aluguel e comer, o bar precisa ficar aberto. Além disso, uma turnê vai mesmo ganhar dinheiro para pagar as contas de Milo? Se você botar a gasolina e o percentual que os locais cobram...

Seu lábio inferior estremeceu.

Lena mergulhou para pegar rolo de papel higiênico que eu mantinha na mesa junto da cama e puxou várias voltas, usando para secar os olhos.

– Por que é tão importante para você que o buraco de minhoca seja usado apenas para ver shows de rock? Podemos consertar tudo de ruim no mundo e não fazemos isso, porque você tem fixação por música e por controle. Usei o buraco de minhoca para viajar até Butte, ontem, só para surpreender papai e Judy. Peguei o buraco de minhoca em vez de ir de avião. Você prefere ser pobre e incompreendido em vez de ir contra seu conjunto sem sentido de morais. Contei a papai e Judy...

Judy. Só de Lena dizer o nome de sua outra e melhor madrasta me deu vontade de me jogar na frente de um ônibus.

– Judy! Bom para você que eu acidentalmente lhe consegui uma madrasta que não a tratava como Cinderela. Mesmo assim você largou Stanford e estragou as coisas. O que mais você quer, Lena? O que mais não funcionou direito para você nesta vida?

Ela enxugou um pouco mais as lágrimas.

– Você não tem direito de ser mau comigo.

– O que você disse a seus pais? – exigi saber. – Sobre o buraco de minhoca?

– Nada – respondeu rispidamente, e não acreditei nela. – As pessoas neste mundo estão sofrendo, e nós podemos ajudá-las. O bebê do seu amigo está morrendo. Você não quer ajudar as pessoas nem quer ganhar montes de dinheiro com o buraco de minhoca. Mas você ganha dinheiro com ele, então se você fechar ou não o bar por algumas semanas, isso não vai tirar comida do seu prato. Você podia ter tanto dinheiro que não saberia o que fazer com ele. O suficiente para dar um cheque a Milo e dizer: "Aqui está, as despesas médicas estão resolvidas!"

Sua decepção comigo era insuportável.

– Eu não entendo. Quem é você? – Lena rastejou por cima de mim para sair da cama, deu dois passos barulhentos e pesados de pés descalços pelo chão do quarto, pegou a bolsa e se dirigiu à porta.

— Quem sou eu? – perguntei. Eu a observei enfiar os pés nos velhos tênis All Star caindo aos pedaços. Eu queria comprar um par novo para ela.

— Não quero esse tipo de poder. Você acha que eu quero a responsabilidade que vem com, digamos, destruir a indústria de transporte aéreo? Com enfrentar o governo pelo poder de viajar no tempo?

— Você não aguenta perder. Por isso, não joga. E não dá a mínima para seus amigos.

— Milo e eu não somos amigos. Desculpe estragar a mitologia do Axis para você, mas não falo com ele há mais de cinco anos.

— O filho dele está morrendo. – Eu fui atrás dela pelo corredor, onde estava sentada no chão de pernas cruzadas, amarrando os cadarços dos tênis.

— Aonde você vai? – O medo nauseante e amargo de ser deixado por ela subiu do meu estômago até a boca.

— Não sei, Karl. Tenho meu próprio buraco de minhoca. Posso ir a qualquer lugar. Fazer qualquer coisa. Mas não se preocupe. Também não sei o que fazer com o poder.

— Por que estamos brigando? – perguntei. Eu amava Lena e queria ser um bom namorado para ela, mas ela estava sendo difícil de todos os jeitos.

— Faça a turnê. Você não teria me conhecido se não houvesse *Big, Bigger Love*. Vá fazer serenata para algumas garotas gordas. Faça com que elas se sintam sexy por cinco minutos – disse, batendo a porta com tanta força ao sair que uma parte da minha área de estantes de vinis de blocos de concreto e compensado desabou, espalhando capas manchadas e desgastadas pelo chão da sala.

Decidi deixar aqueles discos bagunçados. Valor simbólico, ou algo assim. Talvez se os deixasse ali, espalhados pelo chão, Lena voltasse.

E-mails que mandei depois de decidir fazer a turnê para Declan, Jodie, Milo e Lena:

DE: dickbartender@hmail.com
PARA: merrydeathmccabe@hmail.com

Querida Meredith,
Obrigado outra vez por nos visitar no velho Dictator's Club. Desculpe por aquela agressão inesperada na rua. Sabe de uma coisa? Acordei algumas manhãs atrás espirrando sangue. Fui a uma emergência e, droga!, fissura no nariz. Eu me pergunto como isso aconteceu. Bem, um pagamento de coparticipação de US$100 dólares e um vidro de Vicodin depois, e aqui estou, caminhando com uma rachadura na napa. Que beleza. Com certeza perdi minha autoridade e meu charme de *bartender* com essa coisa. Achei que você gostaria de saber.
 Espero que você esteja bem. Chicago é uma cidade perigosa.
 Lembranças para Garrett e sua filha (como diabos você escreve o nome dela? Soiearshe? Sardinha? Shoyu?).

Karlito

P.S.: Se há alguma música que já salvou sua vida, você poderia me dizer qual é?

DE: dickbartender@hmail.com
PARA: brookemariebender@hmail.com

Querida Brookie,
Desculpe por passar tanto tempo sem ligar. Sei que provavelmente você não está satisfeita por papai estar encarcerado, mas quando recebi sua mensagem, comemorei sozinho. Os policiais só estão fazendo seu trabalho, e o próprio papai procurou isso tudo. Uma ameaça de bomba? Mas que M?

Enfim, pergunta: se há alguma música que já salvou sua vida, você poderia me dizer qual é? Estou fazendo uma enquete informal.

Amo você, Brookie Cookie. Você é minha irmã favorita.

Beijos,

Karl

DE: dickbartender@hmail.com
PARA: Jodie Simms fannymadness@hmail.com

Jodie:
Sei que agora você está ocupada, mas preciso lhe fazer uma pergunta rápida: se há alguma canção que já salvou sua vida, você poderia me dizer qual é?

Bj,

Karl

DE: dickbartender@hmail.com
PARA: Karl Bender do futuro benderkarljohn03201970@zonacascata1posa.vpx

Você tem sessenta e um. Qual a música que salvou sua vida?

DE: merrydeathmccabe@hmail.com
PARA: dickbartender@hmail.com

Karl,
Sinto muito pelo nariz. Além de alguns arranhões e um hematoma na bunda, estou bem. Não estou interessada em procurar minha agressora pois acho que sei quem é ela.

S-A-O-I-R-S-E.
"Don't Dream It's Over", do Crowded House.

MM

DE: brookemariebender@hmail.com
PARA: dickbartender@hmail.com

Oi, irmãozinho!
Como é bom ter notícias suas. Não tem acontecido muita coisa por aqui, só trabalho e o cachorrinho novo. O nome dele é Rex, e ele é muito fofo (foto anexa). Nosso pai não tinha uma bomba. Não tenho ideia de por que ele fez uma ameaça de bomba por telefone ao Walmart, mas ele fez isso e está na cadeia. Seus advogados estão me sugando completamente. Sei que você não vai mandar um centavo para ajudar, mas se pudesse ter a compaixão de ME ajudar, e não a ele, e mandar algum dinheiro, eu agradeceria. Ele tem uma audiência em novembro. Não havia nenhuma bomba, é claro. Ele é só conversa. Está sempre com raiva de alguém ou alguma coisa. Você sabe que eles suspenderam sua aposentadoria, por isso, basicamente, ele não tem renda, certo?
Não sei se eu tenho por si só uma música que salvou minha vida, mas acho legal Milo ter escrito aquela canção sobre mulheres gordas. A música com "this is the start of a revolution"? Ele escreveu essa sobre mim? Não sei se você sabe disso ou não, mas transei com Milo anos atrás, naquela vez que ele veio de Tufts visitar você. Ele foi muito, uhm, atirado. (inserir Brooke corando.) Eu na verdade nunca gostei muito do Axis, mas fico muito feliz que a música exista, e não só porque o vocalista e eu tenhamos feito aquilo! Acho que minha música favorita é "The Greatest Love of All", da Whitney Houston. Vá em frente e ria de mim o quanto quiser. Sei que você está aí sentado enfiando o dedo na boca fazendo o gesto de quem vai vomitar.

Meu namorado, Sean, e eu vamos à Disney World na semana que vem e vamos levar o cachorro conosco. Espero que, de agora em diante, papai não se meta em problemas.

    Deseje-me sorte!

Beijos,

    Brookie

DE: Jodie Simms fannymadness@hmail.com
PARA: dickbartender@hmail.com

Karl,
Para mim, é "Rebel Girl" do Bikini Kill, mas algo me diz que a pergunta é sobre Pin Cushion. Estou certa, não estou?
    Milo viaja amanhã para Chicago. Boa sorte na turnê.

    Jodie

    P.S.: Declan manda dizer obrigado!

DE: Futuro Karl Bender benderkarljohn03201970@zonacascata-1posa.vpx
PARA: dickbartender@hmail.com

Karl,
Nenhuma música salvou minha vida. Você não acredita nessa merda, nem eu. Entretanto, a música que arruinou minha vida é "Fade Into You", da porra do Mazzy Star.
    Atualmente, gosto da Banda de Garrafões da Federação Pós-A. Quando você passa os dias em botas impermeáveis de perna inteira escavando lama e com a Equipe Dourada (a divisão de escavadores de

lixo e artistas de trabalhos manuais de sessenta a setenta e dois anos) você quer cantar um tipo especial de canção de trabalho, e acho que a Banda de Garrafões da Federação Pós-A acerta em cheio no ponto. Sim, eles tocam garrafões. A realidade econômica pós-A exige que você faça música como um membro da tribo lenape em 980 em um instrumento feito de carcaças de coelho. O suprimento nacional de cordas de guitarra secou há muito tempo. Há dois anos, troquei meu último pacote de Ernie Balls por uma caixa de leite de soja para que Lena e Glory pudessem comer algum cereal, porque isso é amor.

Vocês hipsters de merda de 2010 podiam ter levado a canção de trabalho a um novo nível hipster de merda, mas não havia necessidade, eu acho. Você não sabe o que tem até perder.

Aproveite para dar a descarga em seu vaso sanitário e ver seu cocô desaparecer! Ah, bons tempos.

Karl

13

ÀS 3:15, a porta da frente do Dictator's Club abriu e, enquanto a escuridão do bar engolia os raios de sol que penetravam, surgiu a silhueta de Milo Kildare. Dez quilos mais pesado? Confere. Cachos castanhos agora com fios grisalhos? Pode apostar. Cardigã antigo com furos nos cotovelos, como antigamente? É claro. E, a reboque, recusando-se a segurar sua mão, o filho de seis anos, um menino que choramingava com uma cabeleira castanha e olhos baixos, levando na mão uma maleta xadrez.

– Velho amigo – disse ele, estendendo os braços e tomando minhas mãos nas dele. Registrei um leve sotaque sulista na fala de Milo com um toque de alegria nostálgica. Com uma expressão de gratidão que eu nunca tinha visto em seu rosto mais jovem, ele beijou o bolo que fizera com minhas mãos. – Karl John Bender, o guardião dos meus segredos, o guardião dos meus rifes. Conheça meu filho mais velho, Edgar Ian Simms Kildare. Edgar, estenda a mão para que tio Karl possa apertá-la. Pronto. É assim que se faz. Apertar as mãos. – Apertei a mãozinha fria de Edgar, e ele apertou a minha, só que ele a limpou na camisa ao terminar.

Milo pôs Edgar sentado em um dos bancos do bar e me fez servir para ele um refrigerante. Edgar parecia um mini-Milo, ou melhor, um mini-Milo de vinte anos, com seus olhos azuis e cachos escuros caindo além das sobrancelhas. Milo o vestira com uma camiseta branca e jeans. Droga, até Milo estava vestindo camiseta branca e jeans, e aquele velho cardigã laranja terroso do qual eu me lembrava dos velhos tempos, só que ele havia removido o girassol de tecido que uma de suas admiradoras lhe dera, que antes escondia o logo de jacaré da Izod. Eu dei uma olhada em Milo e vi que toda sua onda, seu teatro e sua energia – o que fazia de Milo insuportável, mas um sucesso, infeliz, mas admirável – haviam evaporado.

– Bom, eu pareço velho e acabado ou o quê, meu velho? Você está com a mesma cara. Devem ter sido o vinho, as mulheres e a música que o conservaram em âmbar por todos esses anos. Na verdade, não, é que você não teve filhos. Filhos o envelhecem. Filhos são pequenas câmeras Amish, roubando sua alma. Eu estou certo, homenzinho, ou o quê?

– Sim, papai – disse mecanicamente a criança. Edgar tinha aberto sua malinha xadrez e removera um laptop que pusera sobre o balcão. Ele sentou sobre os joelhos e abriu um desenho.

Para Milo, que parecia ter envelhecido cerca de trinta anos desde a última vez que eu o vira, servi um Makers. Milo baixou a cabeça entre as mãos e desabou em cima do balcão. Milo explicou que Edgar ia ficar com amigos de Jodie que viviam em uma fazenda perto de Madison enquanto fazíamos a parte do Meio--Oeste da turnê.

Milo pôs a mão na cabeça do menino.

– Vai haver cavalos na casa de Matt e Kimmy, certo, Edgar?

Edgar balançou a cabeça afirmativamente e chupou com mais força o canudinho de seu refrigerante.

– Cavalos e o que mais?

Edgar tirou o canudo da boca, um fio reluzente de saliva se estendia de seu lábio ao canudo.

– Ovelhas.

– E o que mais?

– Iris.

Milo ergueu o os olhos do filho e encontrou os meus.

— Iris é a filha de Matt e Kimmy. Kimmy era companheira de quarto de Jodie em Reed. Ótimas pessoas. Estão ajudando a mim e a Jodie cuidando de Edgar por uma semana.

— Entendi.

— Viola, minha menina, devia ir para a casa de Matt e Kimmy, também, mas quando lhe contamos, ela surtou e não quis deixar Declan, por isso ela está em Portland. Ajudando. Vi gosta de ajudar. Ela está com quatro anos e tem uma centena de aventais.

— Eu sinto muito por tudo isso, Milo.

— Esta é a primeira visita de Edgar a um bar. Que honra e privilégio ter essa experiência no Dictator's Club. Tão másculo. Uma pena que o tio Karl não esteja vestindo camisa de manga nem um bigodão com as pontas enroladas para cima. Certo, Edgar?

Edgar clicou o pequeno laptop e ignorou o pai.

— Ei, Edgar! Karl era meu melhor amigo na faculdade. Ele tocava no Axis. Qual sua música favorita do Axis?

Edgar ergueu os olhos do laptop.

— A sobre a mamãe.

— Elas são todas meio que sobre a mamãe — disse Milo ao filho.

Não era exatamente verdade, mas não quis estragar seu momento pai-filho. Por um segundo, fiquei com ciúmes por Milo ter um filho com quem compartilhar as lendas de sua vida. Eu nunca me interessara pela paternidade, principalmente porque minha dupla de pais tinha sido uma grande merda, mas ali estava: uma pontada delicada de desejo de ser chamado de papai por alguém pequeno.

— Karl, você tem café? Eu provavelmente não devia beber. Estou cansado demais.

— Não, mas posso pedir a Clyde para buscar um para você.

— Eu não durmo há meses. — Milo olhou por algum tempo para o espaço.

– Papai está cansado – contou-me Edgar, apontando o dedinho para a cabeça do pai.

– Posso perceber.

– Ele está cansado porque Declan vai morrer.

O corpo de Milo se enrijeceu.

– Edgar, não, amiguinho. Não diga isso. Já falamos sobre esse assunto.

– É por isso que minha irmã chora o tempo todo – contou Edgar. Ele empurrou o copo vazio em minha direção. – Posso beber mais?

– Sabe – disse Milo para mim, esfregando os olhos por baixo dos óculos. – Não sei o que fazer em relação a isso. Estou tão cansado que não consigo pensar direito, e sei que devia dizer algo para evitar que esta situação, aqui, degringole, mas o que posso fazer? Você podia... você podia corrigi-lo?

Milo olhou como se fosse ele quem estivesse para morrer. Eu me virei para Edgar.

– Declan não vai morrer – disse eu. – Os bebês, às vezes, precisam de reparos. Ele só está no hospital para conserto, como um carro velho. – Edgar fixou os olhos em seu desenho e me lembrou de que precisava de um segundo refrigerante.

Olhei para Milo em busca de indícios de que minha assessoria paternal tinha sido ao menos parcialmente bem-sucedida, mas seus olhos estavam fechados, a cabeça deslizara de suas mãos para o bar.

– Nós temos mesmo nosso primeiro show em dois dias?

– É, parceiro – disse eu. – Vá tirar um cochilo no sofá do meu escritório.

– Preciso pegar o trem para... como é? Eu tenho anotado... em algum lugar ao norte daqui, e entregar meu filho para Matt e Kimmy esta noite. E depois, podemos ir ensaiar. Aquele garoto de quem você me falou vai tocar conosco?

– Clyde? Ele está se borrando na calça por conhecer você.

Milo pareceu satisfeito com a notícia.

– Isso é legal. Ninguém mais quer me conhecer. – As pálpebras de Milo adejaram, e isso me lembrou que aquele antigo rumor era verdade: ele tinha tatuado delineador nos olhos. – Boa noite. Amo você, Edgar. Tio Karl vai ficar de olho em você.

Milo Kildare, que era fogo e fúria, escárnio e entusiasmo, agora estava acabado, parecido com meu pano de limpar o balcão. Não fazia ideia de como ele ia conseguir fazer um show do Axis. Eu me segurei para não dizer: "Voltei no tempo e nos vi tocar o show Big, Bigger Love em Portland, em 2001, com minha namorada, que chorou quando você pediu Jodie em casamento no fim. Duas vezes. Na primeira vez em que aconteceu, e de novo, há alguns dias, quando voltamos no tempo e assistimos a ele."

A principal razão de Lena e eu termos voltado àquele show em 2001 era para que eu pudesse vê-la, aos vinte e dois anos, dez quilos mais gorda em um vestido vermelho xadrez, de mãos dadas com sua namorada da faculdade mais pesada e também vestida de xadrez, gritando e chorando na primeira fila enquanto Milo falava sobre começar uma revolução. Lena e eu circulamos pelo público, eu evitando meus olhos do palco, sem querer olhar para a figura recurvada à esquerda de Milo, tocando envergonhadamente as cordas da guitarra em um canto enquanto todas as garotas gordinhas do local tinham um orgasmo coletivo de indie rock.

– Você precisa entender – gritara Lena em meu ouvido acima da música, parada a um metro de distância de seu eu mais jovem que pulava aos gritos. – Os caras no meu colégio jogavam comida em mim na cantina e me chamavam de porca e de vadia. Um cara me segurou no chão e disse que eu era feia demais para ser estuprada. Mas fez isso mesmo assim. A única pessoa com quem eu podia ser sexual era uma mulher que parecia poder ser minha irmã, e mesmo assim era difícil. Aí ouvi essa música, e aquela atitude mental em que eu estava, de que eu era horrível e não merecia o amor, começou a mudar. Tem sido um processo lento, mas foi mesmo o início de uma revolução, para mim.

Eu a abracei e gritei mais alto que o som.

– Você é linda! É mesmo – disse a Lena outra vez que ela era bonita, como se eu estivesse esfregando essas palavras em seu rosto, fazendo-a tomá-las como remédio. Eu a amava tanto, no íntimo de sua dor e sua redenção, e não sabia se ela podia me ouvir, por isso disse a ela outra vez que a amava, e outra vez que ela era bonita. O rosto de Lena ficou pálido.

– Você pode dizer isso o quanto quiser, mas nunca vou acreditar – disse ela, e virou o rosto.

Eu devia ter contado essa história para Milo. Ele salvou mesmo a vida de Lena. Nossa banda salvou. Foi por isso que concordei em fazer a turnê. Para que, com o tempo, eu pudesse contar a ele. Mas agora o coitado estava dormindo com a cara em cima do balcão.

Levei Milo até o sofá no escritório e servi outra rodada de refrigerante para Edgar, para que eu pudesse ligar para Lena.

– Alô – disse ela, fria como gelo.

– Oi.

– O quê?

– O quê? O que quer dizer com *o quê*? Tudo bem com você?

Ela esperou alguns segundos para responder.

– Tudo péssimo. E você?

– O que aconteceu?

– Nada. Esqueça que eu disse isso. Tudo bem com você?

– Me diga qual o problema – disse eu. – Estou preocupado.

– Coisas normais em relação à minha vida. Nada que você já não saiba.

A monotonia em sua voz me assustou.

– Tudo bem. Milo está aqui. Começamos a turnê de reunião no sábado. Quer vir até aqui e conhecer Milo e seu filho?

– Não posso.

Houve uma pausa, uma pausa que me deixou preocupado. Lena em um dia bom estaria no trem em cinco segundos para chegar aqui e conhecer Milo.

– Vou ter que perder o show – disse ela.

– O quê? Por quê?

– Karl, desculpe. Eu tentei. Achei que conseguisse fazer isso, mas não consigo.

– Não consegue fazer o quê?

– Tenho uma entrevista de emprego na segunda-feira em San Diego.

– O quê?

– Preciso sair de Chicago. Pela minha própria sanidade.

– Lena... você está de brincadeira comigo? Eu pensei...

– Tenho uma entrevista para um emprego de professora em uma faculdade comunitária, lá. É necessário apenas mestrado para isso, e preciso de um emprego. Não posso operar um buraco de minhoca ilegal para sempre.

– Lena. Por favor, não vá embora.

– Karl. – A voz dela se interrompeu brevemente ao telefone. – Não podemos ficar juntos. É impossível alguém ficar comigo. Não posso viver um relacionamento.

– Não podemos pelo menos tentar? Quer dizer, achei que estivéssemos tentando. Pensei... Olhe, estou saindo em turnê para salvar Declan. Quer vir na turnê? Eu quero muito tentar. Quero mesmo que você esteja na turnê.

– Não – disse ela sem pestanejar. – Não posso ir à turnê nem posso ficar em Chicago. Não posso ser sua namorada. Sou um robô, lembra?

– Pare com isso. Você é uma mulher. Um ser humano inteligente e maravilhoso. O que está acontecendo, afinal? Eu a livrei da vaca de sua madrasta e arranjei para você uma melhor.

Eu percebi que ela estava segurando as lágrimas. Ela não precisava lutar contra as lágrimas. Comigo, ela podia deixar que vencessem.

– Bom, obrigada. Acho que devo uma a você.
– Você não me deve, mas preciso que fique.
– É simplesmente melhor assim. Justin Cobb está abrindo um processo civil contra mim. Ele acabou de conseguir seu Ph.D. e um pós-doutorado em Princeton e não consegue tirar a droga das garras de mim. Preciso sair de Chicago.
– Então venha à turnê conosco – disse eu. – Você pode ser uma *roadie*.
– Eu vou a essa entrevista, Karl. É na verdade o último jeito de salvar minha carreira. E agradeça a Einstein e Rosen, porque tive que fazer um cheque alto, um cheque nojento para um advogado por causa de Justin Cobb. Todo o dinheiro que ganhei de Sahlil está indo para pagar advogados.
– Lena, você pode mudar isso tudo. Conserte.
– O quê?

Eu enterrei meu orgulho, minhas regras. Minha voz vacilou, mas eu disse:

– O buraco de minhoca. Você pode mudar ou fazer qualquer coisa.
– O que você está dizendo, Karl? Voltar no tempo e simplesmente matar Justin Cobb? Ah, ei, Sahlil voltou. Acho que ele e Freddie Mercury romperam. Ele não me diz o que aconteceu, mas está de volta. Ele às vezes me liga e quer conversar, como amigos. Sua mulher ainda acha que ele está morto. Ele está escondido da polícia. Na verdade, ele não se deu conta de que forjar sua morte traria todo tipo de dificuldades legais, como fraude de seguro.

Respirei fundo.

– Use o buraco de minhoca. Livre-se de Justin, mesmo que precise matá-lo.

A gargalhada penetrante do riso de Lena explodiu em meu ouvido.

– Uau, assassinato? Sério? Quem você acha que eu sou, Karl? Além disso, achei que você tinha objeções morais em relação a mudar o passado. Você nem queria impedir o assassinato de John Lennon.

– Olhe, apenas... o que quer que seja necessário – disse eu, sentindo o suor do desespero brotar em minha testa. – Só volte e se livre desse cara, o Justin, para você poder terminar o curso. Tire ele de cima de você. Você devia vir aqui e conhecer Milo.

– Um Ph.D. não vai me deixar feliz. Nada vai. Esse sempre foi o problema.

– Amo você, Lena – disse eu, as palavras provocando a sensação de queimação de cem agulhas de tatuagem. – Amo você e preciso estar com você.

Tudo ficou em silêncio do outro lado.

– Tem certeza de quer isso mesmo, caubói?

– Tenho.

– Acho que você não sabe o que está dizendo – disse ela.

– Você não me ama também? – perguntei. – Já ouvi você dizer que me ama. Você olha para mim com olhos apaixonados. Quer que eu implore?

Silêncio.

– Por favor, não vá embora de Chicago.

Ela ficou em silêncio por um tempo.

– Ainda vou à minha entrevista em San Diego. Não posso simplesmente não aparecer. Eles provavelmente não vão me contratar, mas tenho que ir.

– Está bem – disse eu. – Boa sorte.

– Quando eu vou conhecer Milo? – perguntou ela.

– Agora mesmo. Venha ao bar. Ele está dormindo no sofá do meu escritório. Estou cuidando de seu filho.

Eu queria que Lena viesse. Queria estar com ela, mesmo que fosse apenas para que ela babasse por meu velho colega de banda por dez minutos e depois partisse.

— Estou fazendo as malas. Meu voo é às seis da manhã. Ah, bom. Posso viver sem conhecer Milo Kildare.

Ela ficou em silêncio por algum tempo. Em seguida, disse:

— Você nem me quer, mesmo. Você quer quinze anos atrás, e eu quero ser deixada em paz.

Eu ouvi o clique. Ela tinha desligado.

Alguns minutos se passaram. Lutei contra a vontade de viajar para o futuro e ver Lena na terra pós-A. Se eu não tivesse o show do Axis naquela noite, teria feito isso, viajado para a frente para fazer a dor ir embora. Mas não fiz isso, fiquei onde estava e me forcei a permanecer ali. A coisa boa de se trabalhar em um bar é que sempre há alguma coisa para limpar: mesas, o bar, as partes de metal do bar, respingos de mijo nos banheiros, as poças de sabão líquido parecendo porra que se acumulam embaixo das saboneteiras. Comecei a limpar o balcão, erguendo metodicamente copos e porta-copos de papel, desviando de Edgar Kildare enquanto ele desenhava em seu laptop tamanho infantil. Eu gostava de aprofundar as fendas na madeira através da combinação poderosa de umidade e da força exercida pela droga da minha mão. Eu tinha sido largado pela única pessoa que sabe operar um buraco de minhoca. *Minha futura esposa.*

— Todos os adultos são tristes — disse Edgar, tirando os olhos da tela do computador e olhando para mim.

— São — disse eu, honrando a observação do homenzinho. Eu me forcei a sorrir e a parecer ocupado. Um garoto de seis anos em situação muito pior que a minha estava observando, afinal de contas, seus olhos úmidos me seguindo por baixo de seu boné de caminhoneiro de *pied-de-poule*.

Reconheci a música que saía do laptop de Edgar.

– O que você está assistindo, Edgar?

Ele girou o laptop para me mostrar. Estava no site da Frederica Records assistindo a um vídeo intitulado "O Axis no T.T.'s, em Cambridge, 30-09-1999".

Seu dedinho tocou a tela, deixando uma marca.

– Esses são você, papai e tia Trina – disse ele.

– É. Você gosta disso? Gosta da nossa música? – No vídeo, o público estava aos berros enquanto Milo enxugava a testa com uma toalha branca depois de uma performance especialmente desgastante da música "Trina's Tarantella".

Edgar sacudiu a cabeça e fechou o laptop.

– Não, eu só gosto de ver meu pai quando está feliz.

14

TRINTA E SETE INGRESSOS vendidos antecipadamente para o Axis com o Small Factory no Schuba's, até as três horas.

Clyde fez pesquisa no Google e fuçou blogs e sites de indie rock – uma missão de inteligência em meu nome. Aparentemente, alguns fãs hard-core do Axis planejavam voar para Chicago de Phoenix para o primeiro show de reunião. Alguns expressavam alegria por nosso retorno, e outros expressavam desprezo só pela ideia de velhos decrépitos como nós acharmos que tínhamos o direito de algum dia nos aproximar outra vez de baterias, guitarras e microfones. Fizeram referências a calcinhas tamanho grande e sutiãs com bojos grandes como paraquedas viajando pelo ar e aterrissando com um baque surdo, seco e pesado aos pés de Milo. A *Pitchfork* fez uma pequena matéria sobre os problemas médicos do filho de Milo e linkou um site onde fãs podiam doar dinheiro para as despesas médicas de Declan.

Quarenta e um vendidos às quatro.

– Tem certeza de que eles não estão vindo pelo Small Factory? – perguntei. – O Small Factory não toca aqui há muito tempo.

– Não, não, eles vêm pelo Axis – assegurou-me Clyde.

Eu tinha deixado seis mensagens para Lena, enviado três e-mails e feito questão de que soubesse que seu nome estava na lista de convidados, embora ela tivesse me dito que não ia. Sem resposta. Olhava nervosamente meu telefone à procura de sinais de Lena a cada cinco minutos.

Ela podia estar em qualquer lugar, em qualquer momento, fazendo qualquer coisa.

Cinquenta ingressos vendidos às cinco horas. Eu não sabia que tínhamos cinquenta pessoas dispostas a pagar vinte e cinco dólares para nos ver tocar.

– Pare com essa falsa modéstia, cara – aconselhou Clyde. Ele vinha estudando as linhas de baixo de todas as músicas do Axis desde os quatorze anos, e ia tocar conosco nos shows de Chicago e da Costa Leste.

Eu estava ansioso, mas não pelos shows. Estava em paz com o fato de que eu era um guitarrista medíocre. Questionei se o Axis tinha o direito de chamar aquilo de turnê de reunião quando só duas das quatro pessoas tocando nesses shows estavam na formação original, e com um baixista contratado nascido em 1989. E eu não tinha moral para julgar Milo, mas o cara não estava na melhor forma.

– Como estão as coisas? – perguntei.

Ele parecia atordoado.

– Bem. Peguei um trem para o norte para entregar Edgar para Kimmy e Matt. Só uma pequena quantidade de ansiedade pela separação, ali. Acabei de falar com Jodie. Nenhuma mudança com Declan, hoje. Você sabe. Estou meio que me sentindo um pai horrível por não estar com Declan nesse momento, mas papai precisa ganhar dinheiro para não passarmos fome, certo?

– Não sei, cara.

A velha angulosidade de Milo tinha se arredondado. Ele parecia inchado e abatido.

– Não tenha filhos. Eles só lhe trazem sofrimento.

– Acho que não preciso me preocupar com isso – disse eu, sabendo que não era verdade. *Os filhos de Milo são amigos da sua filha.* Mesmo que Glory não fosse minha filha biológica, ela de certa forma ainda ia ser minha. Eu fiquei arrasado porque, em cerca de dois anos, Lena ficaria grávida de outro cara, um físico chamado Park.

— Conte-me sobre seu amigo que morreu — disse Milo. — Você disse que tinha um amigo que se matou não faz muito tempo. Tudo bem perguntar sobre isso?

— Sim — disse eu. — Está bem.

— Não quero me matar. Mas penso muito no assunto. Isso não ia resolver nada, o negócio é esse. Esse cara não tinha filhos, certo?

— Não.

— Filhos tornam você permanente. Odeio a permanência. É estranho. Eu não tive nenhum problema em me comprometer com Jodie. Não tenho interesse por outras mulheres. Mas a permanência ainda me incomoda. Lembro quando uma caneta estourou em minha roupa durante a lavagem na faculdade. Na minha roupa de baixo. Você se lembra? Eu tive um ataque, todas as minhas preciosas cuecas ficaram cinza. Eu tinha esses problemas, na época.

Eu ri.

— Você tinha seu charme.

Milo esfregou os olhos. Ele parecia exausto.

— Não quero ser lúgubre, mas como seu amigo fez isso?

— Uhm. — Eu pensei no que Lena dissera sobre ajudar Milo. — Viagem no tempo.

— O quê?

— Ele viajou no tempo para longe de nós. Ele decidiu ficar no passado. No ano de 980, para ser exato.

— O que isso significa? Que ele na verdade não está morto, mas em um hospital psiquiátrico? Ou você só não quer falar sobre isso? — Milo bocejou e fechou os olhos.

— Não. Significa que ele viajou no tempo. Nós tínhamos... uma coisa chamada buraco de minhoca. Ele funcionava mesmo. Ele viajou no tempo de volta ao ano de 980 e decidiu ficar. Ele vive com uma tribo nativa na ilha de Manhattan e pesca o dia inteiro. Minha namorada... Está bem, provavelmente minha ex-namorada... Ela e eu viajamos a 980 para tentar fazer com que ele voltasse para o presente, mas ele se recusou. Posso lhe mostrar o relatório que ela escreveu sobre a experiência, e as fotos que tirou do céu. Havia duas luas.

Milo se levantou bruscamente e ficou de pé. Milo tinha talvez 1,70m sem sapatos, mas ocupava mais espaço que eu, especialmente quando estava puto.

– Vá se foder, Karl. Vá se foder um milhão de vezes. Vá se foder! – Ele jogou o laptop nas almofadas na extremidade do sofá e se ergueu para me encarar.

– Não estou mentindo.

Os olhos de Milo estavam saltando das órbitas. Uma veia azul gigante surgiu em sua testa.

– Ah, meu Deus, Bender, você é um pedaço de merda mentiroso e manipulador pendurado no cu da decência. Seu amigo morreu e você tem a coragem de inventar uma história dessas, para me sacanear? Vou lhe dar uma notícia: não estou no clima para ser sacaneado, agora.

– Milo, eu não estou mentindo. Juro. Ele viajou no tempo. Eu posso viajar no tempo.

O rosto flácido de Milo ficou da cor de ameixas. Eu meio que esperava que ele me batesse. Eu podia aguentar um soco dele se isso fosse dar alguma paz ao homem.

– Tenho um feto semimorto em uma caixa de plástico como filho, estou devendo trezentos mil em despesas médicas, e você está aí sentado me dizendo que seu amigo morto morreu de viagem no tempo?

Deixei que Milo fizesse com que eu me sentisse pequeno.

– Não sei por que pedir desculpas aqui, mas desculpe se ofendi você. Estou dizendo a verdade. Foi assim que perdi Wayne.

Milo chutou meu sofá. Seis chutes em rápida sucessão, com o bico de sua bota de caubói.

– Sei que você tira onda com a minha cara. Sei que não somos mais amigos. Sei que meu disco sobre aceitação da gordura lhe dá vontade de vomitar. Mas, pelo amor de Deus, Bender, será que você podia, talvez, apenas me agradar? Podia, pelo menos uma vez, ser o homem maior, aqui? Já lhe ocorreu, senhor "nunca se casou porque se recusou a superar a namorada anarquista infestada de insetos de quinze anos atrás", que minha melhor amiga, minha mulher, é a única pessoa no mundo com quem não posso conversar sobre o que estou sentindo agora?

– Milo, minha namorada pode estar em qualquer lugar do *continuum* espaço-tempo. Deixe-me explicar: você podia voltar no tempo e ver um show do Miaow/Durutti Column no Haçienda.

Milo me deu as costas.

– Preciso ir ao banheiro.

Eu fui atrás dele enquanto abria a porta do banheiro masculino. Ele entrou em um dos reservados com divisórias vermelhas e bateu a porta.

– Nós não precisamos de uma máquina do tempo para viajar – disse eu. – É isso o que estamos fazendo esta noite, certo? Tocando nossas músicas antigas. Não tocamos juntos há nove anos. Não temos material novo. Vamos fingir que o tempo não passou, apesar de estarmos velhos e sermos irrelevantes.

Milo berrou através da porta do reservado.

– Você pode ser velho e irrelevante, mas não me envolva nisso.

– Ah, me desculpe, Milo. Você tem vinte e sete anos e está no auge das suas habilidades.

Ele chutou a porta.

– Será que um homem pode cagar em paz, por favor? Vá embora.

– Está bem. Vou estar aqui fora quando você terminar. – Eu me virei, mas antes que pudesse voltar ao bar, a porta do reservado se abriu, revelando Milo, ainda levantando a calça. Ele pulou na minha frente e bateu a porta do banheiro.

– Prove. Mostre-me que você pode viajar no tempo. Eu quero fazer isso.

Eu não respondi.

Milo me pegou pela nuca.

– Se você está escondendo as coisas de mim por alguma razão, Karl, vou matar você. Vou matar você com estas duas mãos. – Sua calça desabotoada caiu até os tornozelos. – Meu desejo de viver nestes dias é bem mínimo, por isso não ache que estou blefando.

Ergui as duas mãos para mostrar inocência.

– Não estou escondendo nada. Eu juro.

Milo levantou e abotoou a calça.

– Nós vamos – disse ele.

– Nós vamos – disse eu, e então fomos.

MILO OLHOU PARA O CLOSET, para minha tecnologia artesanal vagabunda e a mancha negra do escapamento do acelerador nas paredes.

– É isso? É um armário.

– É um buraco de minhoca. A ponte de Einstein-Rosen. Não uma máquina, mas um portal, um lapso no espaço-tempo.

Ele balançou a cabeça afirmativamente, passando o dedo por uma mancha negra grossa na parede.

– Baixa tecnologia. O que é essa coisa preta no meu dedo?

– Resíduo do acelerador. Carbono, basicamente.

– Por que ele faz isso?

– Não sei. A força do buraco expele essa fuligem preta, e ela cobre todas as minhas paredes. – Lena nunca explicou exatamente esse fenômeno para mim, mas ela era melhor em limpar as paredes do que eu jamais fui.

— Está bem, para onde você quer ir? — perguntei.

— O futuro — disse ele. — Quero ver meus três filhos como adultos.

— Milo, não. Nada de ir para a frente, só para trás.

— Foda-se para trás. O que é passado fica no passado. Quero ver meus filhos. Quero saber que Declan vai ficar bem.

— Ele só vai para trás — menti.

— Está bem, talvez eu gostasse de voltar e conhecer Jodie, de novo. Esse foi meu dia favorito de todos. Conhecer Jodie. Estávamos nos correspondendo havia mais de um ano depois que ela me entrevistou para o *Fanny*. Cartas incríveis, lindas. Ela me levou àquele restaurante etíope na Hawthorne no qual não vamos mais, já que os garotos não comem nada apimentado. Ela estava tão bonita naquele vestido de verão amarelo e sapatinhos de boneca, seu cabelo cheio de chuva. Nossa... Sabe, honestamente, cara, eu prefiro só reviver isso na minha cabeça. Não preciso ver a mim, idiota, enfiando mãos cheias de pasta apimentada na boca, tentando não parecer um babaca na frente da Jodie de vinte e dois anos, que era tão confiante e maravilhosa.

— Bom, vamos ver uma banda tocar. REM, Athens, 1980, na igreja.

— Por quê? É sério, mesmo, por quê? Eu tinha nove anos quando eles fizeram esse show. E esse show foi uma droga.

— Bill Berry tocou nesse show.

— Stipe não sabia cantar nessa época. Aposto que ele deixou todo mundo desconfortável.

— Você tinha o maior tesão pelo Stipe!

— Eu tinha tesão por qualquer coisa. Eu tinha vinte anos.

Milo passou o dedo outra vez pela fuligem do acelerador.

— Porque o que importa no rock é a lenda. É tudo artifício. Quer dizer, sério, estamos fazendo essa turnê de reunião, certo, e todas essas pessoas vão aparecer, e vamos tocar alguma merda de *Big, Bigger Love* e *Dreams of Complicated Sorrow*, e talvez façamos um *cover* de "Bela Lugosi's Dead", só para deixar o público empolgado, e todo mundo vai aplaudir educadamente e depois ir para casa para suas vidas e suas famílias e olhar fixamente para suas geladeiras e tentar decidir se o leite está ou não azedo, ou se precisa ir ao dentista, ou se está prestes a ficar sem papel higiênico. A fuga da realidade que um show de rock fornece é tão temporária quanto qualquer merda de viagem no tempo que você esteja anunciando. Mesmo que seja real.

– Está bem, certo. Você quer voltar para o bar e ensaiar?

Milo apertou o nó do dedo contra a parede, como se testasse sua maciez caso ele resolvesse socá-la.

– Quero que meu filho fique bem. É tudo o que eu quero. Essa turnê é para ele. Não quero mesmo mais nada. E esse é um sentimento que me assusta pra cacete.

– Quero ajudar você. Não pense nem por um minuto o contrário. Eu só não sei como fazer isso sem simplesmente apagá-lo. Fazer com que ele nunca fosse concebido, nunca nascesse.

Milo esfregou a manga nos olhos.

– Não quero apagá-lo. Quero que ele fique inteiro.

Disse a ele que ia mandá-lo de volta para 1998, para a primeira vez que se encontrou com Jodie Simms, naquele dia de verão em Portland. Eu me lembro de Milo fazer essa viagem – de levá-lo ao aeroporto depois de um show que fizemos em Salt Lake City, entre todos os lugares, e depois de ir a Portland na semana seguinte para fazer um show do Axis e ver Milo e Jodie juntos pela primeira vez. Quando Milo não estava no palco, eles estavam se beijando e de mãos dadas. Como estavam apaixonados, e como pareciam fofos e engraçados, Milo de calça 34 e Jodie Simms, a alfineteira original, seu *big, bigger love*. Eu queria ter tirado uma foto. Meias diferentes por fora, mas um par perfeito por dentro.

Olhei para eles, sentados um ao lado do outro no pequeno palco de madeira do clube, Milo na ponta dos pés para beijar Jodie enquanto nós devíamos estar passando o som, tão certo de que eu nunca ia encontrar meu par de meia, meu grande amor. É uma bênção ou uma maldição meu buraco de minhoca poder levar uma pessoa de volta ao momento mais perfeito de suas vidas? Para mim, eram os dois. Por mais que eu amasse voltar e ver meu eu mais jovem abraçado com Meredith McCabe no T.T.'s enquanto o Galaxie 500 tocava "Blue Thunder", também era doloroso ver o quanto eu havia mudado, o quanto eu havia perdido. Eu esperava que Milo achasse que a viagem de volta a 1998 fosse uma bênção. Era tudo o que eu podia dar a ele.

Milo se aprumou.

– Está bem. Mande-me para Portland. 3 de junho de 1998. Melhor dia da minha vida.

Então mandei meu velho amigo de volta para ver seu melhor momento mais uma vez. Para ficar à espreita em um restaurante etíope e ver seu eu de vinte e oito anos.

Liguei para Lena. Nenhuma resposta.

Enquanto aguardava a volta de Milo, as luzes diminuíram, houve um estampido e Lena surgiu aos meus pés, deitada de bruços no chão, com um iPhone na mão. Ela tossiu e se esforçou para ficar de pé. Vi que ela estava chorando, que seu rosto estava vermelho e inchado.

– Lena. – Eu me abaixei para levantá-la, mas nossas mãos não se tocaram. Tentei segurá-la outra vez, mas não consegui. Ela estava em um nível diferente. Um nível diferente no presente.

– Karl. Estou tentando. Preciso... – Então houve outro estampido, e tentei agarrá-la, mas ela desapareceu.

Um ou dois minutos se passaram, então o estampido voltou, assim como Lena, ou pelo menos a imagem de Lena, ainda intocável, ainda chorando.

– Karl. Estou no nível errado. Estou em uma fenda. Estou tentando... – A voz dela soou abafada e distante, como se estivesse do outro lado de uma sala barulhenta. – Não consigo...

Tentei segurar sua mão quando ela a estendeu para mim, mas não consegui. Era impossível segurar sua mão. Então ela tornou a desaparecer.

Olhei para a tela do laptop. Ela tinha se apagado depois que eu enviara Milo. Será que enviar Milo tinha atrapalhado o que quer que Lena estivesse fazendo? Eu me assegurei de que todos os cabos estavam onde deveriam estar. O laptop emitiu um bipe rouco antes de piscar e apagar, e, por mais que eu espancasse as teclas, ele não voltou a funcionar. Então Lena reapareceu, só por alguns segundos, com o iPhone na mão, gritando meu nome antes de desaparecer como uma televisão desligada.

– Lena? – Peguei meu telefone e enviei uma mensagem para ela: *ONDE ESTÁ VOCÊ?*

1996. A NOITE EM QUE FUI

Apertei outra vez o botão para ligar o laptop e a tela ficou branca e emitiu um bipe com sonoridade um tanto doentia.

Consegui rodar o programa por tempo suficiente para ver as coordenadas dela.

– Merda.

Outro bipe repugnante, depois a resposta piscou na tela. A última transmissão: 15 de dezembro de 1996. São Francisco, Califórnia.

Então eu soube aonde Lena tinha ido. Ela estava de volta à noite sobre a qual nunca queria falar, e algo que eu disse uma vez para Wayne surgiu em minha cabeça: *"Você quer ser um super-herói? Vista sua capa e voe."*

Só que eu não sabia onde estava minha capa nem como vesti-la. O sistema de computador do buraco de minhoca apagou.

15

VI QUE LENA tinha me mandado um e-mail quatro horas antes:

DE: Lena G. l.diggy@hmail.com
PARA: Karl dickbartender@hmail.com
ASSUNTO: E-mail de término
DATA: 28 de agosto de 2010, 07:04 Horário de verão em Chicago

Karl,

Sei que é feio terminar por e-mail, mas não tenho tempo para um telefonema nem estômago para uma discussão. Então lá vai: acabou. Adeus. Fim. Terminou. Até logo.

Podemos fazer uma rápida entrevista de despedida antes que eu vá? Que diabos você viu em mim? Você vai ao menos me conceder isso, apertar o botão de resposta e me dizer por que quis sair comigo? Você na verdade nem me azarou nem correu atrás. Você só meio que veio para cima cheio de disposição, como se me tomar como sua namorada fosse uma conclusão prévia (com a tatuagem de Elliott e tudo, eu acho). Pensei que pessoas decentes, e basicamente livres de babaquice se interessam por mim uma vez a cada quinhentos anos, por isso eu bem que podia ir em frente com aquilo. Estou acostumada com os homens não gostarem de mim assim. Eles têm que estar em paz com a gordura, e muitos homens estão, mas quando descobrem minha cabeça, fim de papo. Ser ao mesmo tempo gorda e inteligente, e também mulher, é algo desencorajado em nossa cultura, mesmo nos departamentos de física de nossas universidades que valorizam os melhores cérebros, onde homens superam as mulheres na razão de dez para uma. É de se pensar que ter uma boceta e ser capaz de discutir as últimas descobertas sobre o Bóson de Higgs seria um *plus*, mas não é. Adicione trauma e perda, e você pode ver por que prefiro a vida de um robô.

Você me mandou voltar e mudar a coisa que me permitiria continuar na pós-graduação. Você até sugeriu que eu assassinasse Justin Cobb, o que provavelmente foi a coisa mais legal que alguém já disse para mim. Sabia que além de ser estuprada aos dezoito anos ao som da música "Fade Into You" tocada ao vivo, o homem extremamente excelente que me atacou bateu minha cabeça no chão e me provocou uma concussão? E por mais que eu tentasse ficar em Stanford, a perda residual de memória e as convulsões ocasionais basicamente impediram que eu fizesse os trabalhos da escola de qualquer maneira relevante. Então eu fui para casa em Butte e me arranjaram um emprego em meio expediente no escritório da assessoria financeira MT Tech, processando burocracia. Também entrei em uma aula de dança para me ajudar a recuperar o senso de equilíbrio. O estado de Montana tirou minha carteira de motorista depois que entrei com o Volvo do meu pai na cabine telefônica de um Wendy's durante um apagão. Treze anos atrás – nunca tentei recuperar minha carteira.

Então, não, não posso matar ninguém, tendo eu mesma quase sido assassinada (como uma lâmpada quebrando). Vou continuar a cuidar da minha vida, ser o equivalente humano de um vaso sanitário para vermes com excesso de confiança e sem talento como Justin Cobb. Essa é minha vida. Cansei de lutar.

Tenha isso em mente, Karl: eu podia ter salvado minha pele na pós-graduação contando a eles sobre o buraco de minhoca. Na verdade, eles meio que já sabiam da existência de uma ponte de Einstein-Rosen em funcionamento em algum lugar. Se eu tivesse contado a eles, não só o departamento teria sido inundado de dólares por inúmeras entidades governamentais e privadas, mas a questão Geduldig *vs.* Cobb teria sido decidida em meu favor. Eu ainda teria terminado com você, mas não por causa de sentimentos nem porque sou constitucionalmente uma mulher com quem é impossível ficar, mas porque estaria até o talo de trabalho e não teria tempo nenhum.

Eu era o caso de caridade deles. Meu pai é ex-aluno da Northwestern, e ele e um amigo da diretoria mexeram uns pauzinhos para compensar meu fraco histórico acadêmico pós-ataque.

O que eu queria realmente fazer era impedir que minha mãe morresse. Mas nem toda viagem no tempo do mundo pode prevenir que células cancerígenas cresçam e se espalhem. O câncer é muito mais forte que um lapso espaço-temporal. E eu não sou doutora. Nenhum tipo de doutora.

Mas há uma coisa em meu passado que posso desfazer, e isso é não ser uma idiota de merda aos dezoito anos. Não ser a garota com o QI de 170 que respondeu a um anúncio pessoal na SF Weekly escrito por um cara à procura de "uma garota jovem e bonita para levar para ver Beck e Mazzy Star no Cow Palace". Eu não era bonita e sabia muitas coisas sobre cálculo e mecânica quântica, mas não sabia que não devia aceitar ingressos grátis de um estranho para shows.

Durante o Mazzy Star, o cara enfiou a cara suja em meu pescoço e começou a me beijar. Em vez de mandar parar, eu disse que precisava ir ao banheiro. Meu plano era me esconder dele até que o show terminasse, depois escapar em um táxi. Ele me seguiu até o banheiro, me arrancou de lá e me acusou de tentar fugir dele.

Eu gritei, mas o Mazzy Star estava tocando no palco, e "Fade Into You" sugou todo o som do espaço. Não consigo ouvir essa música. Os anos 1990 acabaram há muito tempo, e você ainda a escuta em todo café de Chicago. É por isso que fico muito em casa.

Tudo de que me lembro é dele batendo com minha cabeça contra uma parede e me dizendo que eu era feia demais para estuprar, mas que ele ia fazer isso mesmo assim, e que eu devia ficar agradecida por algum homem querer foder alguma coisa tão gorda e horrível como eu.

Um casal muito simpático que tinha saído para fumar maconha me encontrou com a cabeça toda ensanguentada e a saia rasgada e chamou a polícia.

Tem essa parte de mim, um pedaço bem grande, na verdade, que não quer ser um robô, que quer fazer coisas milagrosas como ter um relacionamento saudável e uma carreira satisfatória. Mas sempre que sofro um revés, olho para minhas opções e elas são me matar ou voltar para Butte e viver com papai, Judy e seu cavalo novo. Aí eu conheci você. Aí aconteceu o buraco de minhoca. E agora tenho uma terceira (e melhor) opção.

Deletar, deletar, deletar.

Vou usar o buraco de minhoca pela última vez. Aí vou destruí-lo, para grande horror do pobre Sahlil (eu passei a sentir muito por ele – ele não é mau, só precisa sair do armário e fazer terapia). Não posso impedir que o câncer colonize minha mãe, mas posso desfazer a noite em que fui estuprada. Posso deletar a noite que me transformou na Lena que você diz amar.

Obrigada por tudo, prometo que não vou entregar seu buraco de minhoca para os federais da física.

L.G.

Eu fiz uma gambiarra com os controles no computador bichado e aterrissei no térreo do Cow Palace em dezembro de 1996, uma multidão de corpos em movimento de camiseta preta. Eu vi aquele "cara", e vi Lena – a cinco metros e corpos demais à minha frente –, parado com ela, e ele está com as mãos baixas demais em suas costas, e Hope Sandoval está no palco em uma nuvem de luz roxa, e ela está aproximadamente do tamanho de uma borracha de lápis, então vi esse cara levando Lena pela mão. Abri caminho em meio à multidão, o amontoado denso de corpos. Não mantinha o olho em ninguém além de Lena. Lena, aos dezoito anos, e Lena, aos trinta e um. Ela era apenas uma menina que queria ver o Mazzy Star e talvez o Beck, e então de repente, sem aviso, enquanto a voz lúgubre de Hope jorrava dos alto-falantes, o babaca quebrou os óculos de Lena, seu histórico acadêmico impecável, as características essenciais de Lena, que já estava a meio caminho de ser a mulher dura de olhos tristes que eu conhecia e amava tanto. Eu também estava ali, e assisti à mulher que amo, Lena, aos trinta e um anos, conhecer sua força e usar o buraco de minhoca para o bem enquanto Hope Sandoval terminava os acordes finais de "Blue Light".

Lena me contou uma vez que desejava poder ser fraca. Ela não é fraca, e isso é o que ela tem que me faz feliz. Ela é forte, mesmo que isso doa. Observei quando ela, com meia vida acumulada de raiva e resolução, surgiu naquela noite escura e tentou com todas as forças recuperar o que tinha sido tirado dela. Quando Lena, aos trinta e um, me viu abrindo caminho pela multidão, ela gritou:

– Não! Não! Volte! Não quero sua ajuda! – Ela me empurrou com força no peito, tão forte que caí para trás. – Karl, não! – gritou, toda cicatrizes e lágrimas. – Tenho que fazer isso sozinha!

Ela tremeluziu, e eu inverti minha tração e voltei para o apartamento em 2010 para ver se ela estava lá, mas não estava. Eu me lancei de volta a 1996, ajustando os controles para aterrissar no Cow Palace duas horas antes, por volta de quando, eu achava, ela e o cara teriam chegado. Caminhei pelos corredores do estacionamento na esperança de vê-la, na esperança de encontrar um meio de ajudá-la, ou pelo menos deixá-la saber que eu estava ali por ela, mas não consegui encontrá-la.

Caminhei pela multidão à procura de Lena, sabendo exatamente onde e quando na pista eu ia encontrá-la. Ela fez contato visual comigo e gritou:

– Karl, vá embora! – Então eu vi o que ela fez. Ela não era

nada fraca. A Lena mais velha correu até as costas do cara, puxou bruscamente seu pescoço para trás até que ele caiu no chão como um saco de farinha. Ela o chutou na cabeça, embora não houvesse espaço suficiente para seu pé recuar o bastante para fazer com que os chutes contassem. Aí ela fez contato visual com seu eu de dezoito anos e gritou com ela, não devido à violência que infligira para se salvar, mas porque, naquele momento, olhando nos olhos assustados da menina que tinha a sujeira e a dor daquela noite queimadas nela, as duas Lenas separadas em vez de uma, Lena – a que eu amo, a mais velha, a ferida, a linda – evaporava.

– Vá embora! Você é muito estúpida! Corra! Você é muito estúpida! – gritou ela na cara de seu eu de dezoito anos, embora ela não fosse tão estúpida. Ela nunca foi. Mas eu falo assim pejorativamente comigo mesmo, e ela faz isso, e todos nós fazemos, e é por isso que olhamos para trás no tempo e sofremos.

Observei Lena desaparecer. Lena, aos trinta e um anos. Ela se transformou em bolhas, como o topo de um sal de frutas recém--derramado na água.

A Lena de dezoito anos abriu caminho entre o público enquanto alguns caras tentavam segurá-la e a segurança abria caminho em sua direção, e eu fiquei ali enquanto o Mazzy Star enchia aquele grande estádio com a canção que você odeia. A canção tocava e ela se afastava, na direção das saídas, seguida pela segurança, desaparecendo em si mesma, sumindo. Ela não teria que deixar Stanford, e sua vida seria mais fácil, e eu a observei, sabendo que quando eu chegasse em casa não haveria a Lena Geduldig que eu conhecia, mas talvez uma mais saudável. Eu podia viver com as mudanças. Eu queria.

Eu queria ser o responsável por salvá-la. Correr até aquele babaca e chutá-lo e matá-lo e ser seu super-herói. Mas eu entendi que, aqui, ela precisava ser sua própria super-heroína. Desfazer aquilo era algo que cabia a Lena, e só a Lena. Tentei entender o que "Não perca Lena" significava, se perder Lena era a melhor coisa no mundo para ela. Eu era o perdedor, ali, o maior perdedor, porque eu a perdi, e me disseram muitas vezes para não fazer isso.

LENA SE FOI AGORA. Seu número de telefone pertence a uma loja de bebidas em Skokie. A foto que me ajudou a encontrá-la não está mais no site do Departamento de Física da Northwestern. Ela não vive em Chicago. Nunca viveu. Ela é dra. Lena Geduldig, Ph.D.

16

DA PÁGINA DE casamentos e celebrações do *New York Times*, 3 de maio de 2009.

Lena Geduldig e Derrick Park

A dra. Lena Rose Geduldig e o dr. Derrick Yoon Park vão se casar esta noite no Cassiopeia, um espaço de eventos em Gloucester, Massachusetts. O rabino Tamar Sandel, diretor do Jewish Women's Resource Center de Boston e amigo da noiva vai celebrar a cerimônia.

O casal se conheceu no Massachusetts Institute of Technology em 2004, onde os dois obtiveram doutorado em física.

A noiva, 30, vai ser bolsista de pós-doutorado em astrofísica na Universidade de Washington em Seattle no outono. Ela é formada pela Universidade de Stanford.

O noivo, 32, também será bolsista de pós-doutorado em astrofísica na Universidade de Washington. Ele é formado pela Universidade de Columbia.

Ela é filha do dr. David Geduldig de Butte, Montana, e da falecida Gloria Schiller. O pai da noiva é professor de ciências geológicas da Montana Tech.

Ele é filho do dr. Sang Hoon Park e da dra. Emily Kim Park de Verona, N. J., os dois pais do noivo são cirurgiões-dentistas com consultórios particulares.

apartmentsinlove.com: A lua e as estrelas
Lena Geduldig e Derrick Park, astrofísicos (eles são o casal mais inteligente que já perfilamos) dividem juntos essa residência estilosa no coração da região de Ballard, em Seattle.

A SUPERFÍCIE DA ÚLTIMA DISPERSÃO:
O blog de aventura de L. R. Geduldig, garota e física, 20 de março de 2010

Bom, minha nossa! A aluna da UW Hannah Ashford-Clark escreveu um artigo sobre mim no site do Comitê de Mulheres em CTEM (Ciência, Tecnologia, Engenharia e Matemática) me chamando de "Cientista Bad-Ass do Mês". Isso é uma grande honra. Trabalhei com o Comitê de Mulheres em CTEM desde que cheguei à UW no último outono, e gostei de conhecer as muitas mulheres aqui que se dedicam ao avanço do papel feminino nas ciências e na matemática. Eu não sabia que Hannah me admirava tanto, vendo que ela está se formando em química e não teve nenhuma aula comigo, mas aparentemente a história que contei no almoço do encontro de Mulheres em CTEM no mês passado sobre lidar com dois de meus colegas homens mais nojentos no MIT teve realmente uma reação positiva. Tenho recebido muito mais convites para encontros no almoço. Nunca fui popular, antes, então isso é estranho, mas eu amo as Mulheres em CTEM, por isso vou aceitar.

Estou muito orgulhosa de a srta. Ashford-Clark ter escolhido escrever sobre mim, mas como acho que nós todas, como uma comunidade de mulheres cientistas, nos beneficiamos quando apontamos nossa própria opressão institucional (pronto, falei), vou dizer uma coisa, e espero que não magoe você, Hannah (e se isso ocorrer, por favor, passe em meu escritório no horário do expediente e converse comigo...). Se clicar no link, vai ver que, em seu artigo, Hannah dedica um parágrafo a meu trabalho sobre emaranhamento de quarks e aceleração relacionados à ponte de Einstein-Rosen e três parágrafos a meu casamento com o galã do Departamento de Física da UW Derrick Park.

Em um mundo perfeito, destacar meu trabalho seria mais importante que destacar quem se casou comigo, mas o mundo não é perfeito. Ensinam às mulheres que seu valor aumenta dependendo dos homens que as escolhem como parceiras. Quem somos nós sem amor? (Resposta: a mesma pessoa.) Se você examinar tudo o que já foi escrito sobre o dr. Park e seu trabalho, meu nome aparece exatamente zero vez.

Acho que é legal ser parte de um casal de físicos, e meu marido e eu às vezes colaboramos em nossa pesquisa. Se olhar para a trajetória de nossas carreiras, foi muito mais fácil para Derrick, coisa que ele prontamente admite. Temos muita sorte por termos obtido pós-doutorados na mesma instituição e agradecemos por não ter que viver separados para aprimorar nossas carreiras com igualdade. Mas quando eu oriento jovens mulheres nas ciências, quero falar sobre ciência, quero falar sobre nosso progresso, quero falar sobre os desafios que vêm com ser física e ao mesmo tempo ser mulher, porque há muitos. Sou bem-sucedida porque trabalho duro, porque me esforcei muito mesmo enquanto as vozes que me diziam que eu não era boa o bastante gritavam em meu ouvido, porque passei muitas noites chorando no chão do escritório por me sentir burra e sem esperança e querendo desistir. Mas felizmente encontrei minha saída disso por meio de muito amor, sorte e fingimento escancarado até conseguir.

Se isso é questão de se inspirar porque uma garota de ciências gordinha e nerd de Montana encontrou o amor verdadeiro, entendo, mas prefiro me concentrar no trabalho. Muitas de nós temos uma longa estrada à frente quando começamos nossas carreiras. Estamos aqui para fazer o trabalho. Estamos aqui para apoiar umas às outras, assegurar que mais mulheres possam obter sucesso, e não desistir quando desistir parece ser a escolha que todos à nossa volta querem que faça-

mos. Vamos manter isso em mente. E embora eu esteja realmente honrada, e talvez um pouco confusa, pela atenção que tenho recebido recentemente, eu sem dúvida NÃO quero que ninguém me admire por nenhuma razão que não minha pesquisa e o que contribuo para nossa comunidade de mulheres estudantes de ciências, não porque sou casada com o cara que dá aulas de Introdução à Física Quântica de jaqueta de couro bonita.

Um parceiro que a apoie em sua carreira é provavelmente a coisa mais valiosa que você pode ter à medida que avança e, infelizmente, a mais rara. Não se conforme, é isso o que estou dizendo.

Aqui está o link para meu último trabalho publicado, "Distúrbio de ondas gravitacionais no espaço e no tempo e modelos inflacionários de cosmologia".

Aqui está o vídeo de minha palestra em conferência do Congresso Internacional de Cosmologistas em Antuérpia, no verão passado.

E aqui está a foto do gorro de inverno com chifres de alce que tricotei para meu pai.

DEPOIS DE HORAS de pesquisa furiosa no Google, depois de horas de esperança de encontrar o que eu tinha perdido, fechei o laptop e preparei meu corpo para chorar. Tirei a camiseta, deitei no sofá do escritório, berrei, solucei, apertei a camiseta contra o rosto, e contemplei ligar para Brookie e lhe contar tudo, porque ela agora era a última pessoa na face da Terra que ligava a mínima para mim.

Quando terminei de chorar, fiz uma pausa para olhar para meu bar vazio, a luz avermelhada dos néons mantendo tudo com aparência triste, um sonho turvo. Sentei no bar, no lugar favorito de Wayne.

– Wayne – disse para ninguém, captando um vislumbre de minha cara estúpida no espelho atrás do bar. – Nada em minha vida, neste momento, pode ser consertado voltando no tempo para ver um show de rock. E agora?

Eu precisava do meu próprio *bartender*.

POR QUE EU ME LEMBRO DE LENA, MAS LENA NÃO SE LEMBRA DE MIM?

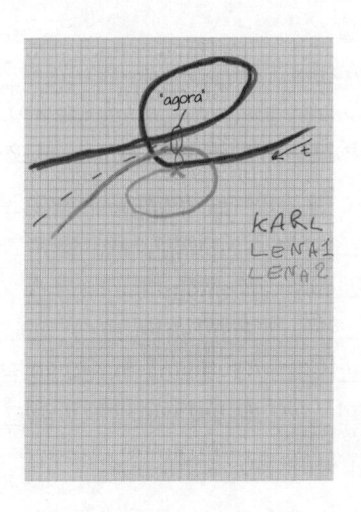

Sentei à minha mesa com alguns lápis de cor e o bloco de papel quadriculado que a própria Lena deixara em meu apartamento (eu nunca comprei papel quadriculado na vida, e *apesar disso havia papel quadriculado no apartamento, hello!*) e tracei as trilhas lineares de tempo de nossas vidas. Meu desenho pode ser um fracasso. Não confio em minha habilidade de usar física aplicada, de solucionar problemas nem de desenhar linhas com lápis de cor, mas pareceu plausível quando desenhei, embora meus amigos com mente científica Wayne e Lena estivessem inalcançáveis devido ao próprio conceito de viagem no tempo. Então que diabos eu sei sobre qualquer coisa?

Lena e eu estávamos na mesma trajetória de tempo linear (junto com o resto do mundo), mas aí, quando ela conseguiu reverter sua agressão no Cow Palace, Lena desviou para uma realidade diferente, fazendo assim com que a Lena 1 desaparecesse, e deixando que a Lena 2 existisse como a única manifestação física de Lena Rose Geduldig – a que nunca tinha me conhecido. Depois de evitar a experiência que a afastou de Stanford em minha direção, ela seguiu por um caminho diferente, como se tivesse saído da frente de um caminhão em movimento. Lena mudou a própria vida.

Por que eu sou o único idiota no mundo que se lembra de Lena como ela era?

O coração tem uma memória longa. Ou, pelo menos, o meu tem. (Exemplo A: Meredith.) Talvez o amor seja ciência, e a ciência, amor. Talvez fosse meu destino ser aquele cara que ama mulheres que não o amam, ou simplesmente sequer se lembram dele. Ou talvez Lena estivesse certa, embora isso fosse tão pouco científico que ela não queria que fosse verdade: o amor foi o que manteve Wayne em 980, e o que compeliu Sahlil de volta a 2010 sem usar os controles do buraco de minhoca. O amor, em seu poder infinito, tinha algo a ver com o funcionamento do buraco de minhoca. Lena odiava isso, mas era a única explicação que fazia sentido para mim.

Ciência e amor. Um é maior que o outro. Agora me arrependo de não ter tido essa conversa com Lena quando tive a chance.

17

PERDI LENA, e tirei um dia de folga para me envolver em buscas sadomasoquistas na internet, mas, droga, o Axis mandou nosso primeiro show de reunião bem no horário.

Os babacas na *Pitchfork* consideraram nosso show em Chicago "sem brilho devido ao obviamente preocupado Kildare e seu guitarrista de aspecto igualmente atônito, Karl Bender". Milo estava exausto da situação com o bebê e também de sua viagem a Portland, 1998, onde viu como ele e Jodie pareciam não ter os fardos da vida: bem descansados, vestidos em roupas arrumadas, cheios da esperança da juventude e da energia de um novo amor.

– Agora simplesmente parecemos e nos sentimos como merda – disse Milo. – Eu procuro não me sentir triste por isso.

Minha desculpa? Eu tinha perdido uma pessoa amada. A *Pitchfork* não ia amar ter acesso a meu buraco de minhoca? Minha relação com ele era tão descoladamente indie que nem a *Pitchfork* tinha ouvido falar de mim nem do meu portal. Comportamento típico de Karl: ficar puto por causa de uma crítica ruim em vez de me concentrar em consertar o grande abismo de perda e tristeza em minha vida. Eu não gostava de ser o Homem Triste e Solitário. Tinha minha saúde, eu perdera dois amigos, mas não estava em risco de perder um filho. Ainda assim, havia aquela pequena parte de mim que ainda queria que Lena me visse tocar "Pin Cushion". Ver até onde eu conseguira abraçar a obra-prima de

Milo. Em Chicago, eu me postei ao lado dele e toquei essa música com grande dedicação e reverência. Tinha até escrito "Lena" no pulso direito, abaixo da tatuagem de crocodilo, de modo que ela também estivesse ali no palco comigo de um jeito simbólico.

A vida dela estava melhor sem mim. Ela tinha um marido e uma filha e um emprego melhor. Quem não deseja coisas boas para as pessoas amadas? O mundo estava livre de um estupro hediondo e de uma madrasta horrível. Danos colaterais: Rachel Geduldig, o Departamento de Física de Northwestern e eu.

Outra bebida, *bartender*.

Declan, o filho de Milo, morreu em sua incubadora dois dias depois de tocarmos nosso primeiro show de reunião, em Chicago. Nós quatro – Clyde, Eve Showalter, Milo e eu – estávamos a caminho de Nova York em nossa van alugada para a turnê quando Jodie ligou, e depois de pararmos em um posto de gasolina para que Milo pudesse chutar as rodas da van e gritar tão alto que o gerente do posto pediu que nos retirássemos, nós fomos direto para o aeroporto mais próximo, que por acaso era Pittsburgh. Dividimos por três o preço de sua passagem cara de última hora e esperamos com ele até anunciarem seu voo, momento em que cancelamos todos os shows da Costa Leste e viramos a van outra vez para Chicago.

Eu me dei conta de que Milo tinha algo pelo que viver. Ele tinha Jodie e sua família. Eu disse isso em voz alta em algum lugar durante a terceira hora de silêncio da viagem – exceto pelo equipamento de som – através de quilômetros de fazendas sem graça de Ohio. Eve, que estava na casa dos cinquenta, decidiu ignorar minha proclamação. Eve passava o tempo na van falando sobre a parceira e seu filho adolescente, que estava reconstruindo a própria Kombi, o galinheiro e a casa com telhado ecológico. Ela também tinha coisas pelas quais viver. Em vez de se dirigir a mim e às minhas inseguranças do banco do motorista da van, ela pedia a atenção do jovem Clyde e lhe oferecia sabedoria genérica sobre a vida.

– Não tenha medo de fazer o que ama, e não tenha medo de continuar a fazer o que ama, mesmo que não saia como você queria que saísse. Não tenha medo de amar ninguém porque acha que a sociedade vai rir de você. Não tenha medo de chorar nem deixe que outras pessoas definam para você o que é ser homem. Sempre ame e proteja seus amigos. Muita gente acha que Milo Kildare é um egomaníaco ou um mala, mas ele é o melhor exemplo de como viver que conheço.

Clyde assentiu. Ele não olhou em minha direção, embora eu continuasse olhando para seu rosto, na esperança de apenas ser reconhecido como uma pessoa mais velha com algo de valor a oferecer.

Voltei a trabalhar no bar e à depressão induzida por viagens no tempo. Vontades de ligar para Lena eram reprimidas batendo a cabeça no balcão. Isso não é um bom comportamento para um *bartender*. Um bom barman tem sempre que exibir um toque de autocontenção. Eu me ressentia do relógio e seus movimentos glaciais à frente.

Fechei o buraco de minhoca. Algumas pessoas entraram em contato comigo sobre ele – amigos de Clyde do indie rock, de boa aparência, e Sahlil, que estava ardendo em 2010 com um buraco em forma de Freddie no coração, tentando voltar aos anos 1970. Eu não tinha ninguém com quem conversar sobre o buraco de minhoca, exceto Sahlil. Por essa razão, fiquei inusitadamente feliz ao saber dele quando me ligou uma tarde enquanto eu estava no bar servindo cerveja para universitários que tiveram a coragem de me perguntar por que não havia uma TV passando esportes.

– O que aconteceu com Lena? – questionou ele. Ouvi barulho na rua e sirenes ao fundo. O número de onde ele ligou apareceu em meu telefone como desconhecido. – Tentei ligar e mandar um e-mail, e nada. Ela está com raiva de mim?

Sahlil. Eu senti um calafrio.

– Você se lembra de Lena?

– Claro. Onde ela está? Preciso do seu buraco de minhoca. Tenho dinheiro.

– Ela voltou no tempo e mudou uma coisa em seu passado – disse eu. – Uma coisa muito ruim. Agora que isso sumiu de seu passado, tudo está diferente para ela. Ela está em Seattle, casada com outro cara, um professor muito pomposo e... estou feliz por ela.

– Eu gostaria de voltar no tempo. Mas não muito. Só de volta ao dia em que pedi a vocês para me mandarem para Freddie Mercury. Eu queria nunca tê-lo conhecido. Voltar para vê-lo foi um erro. Você pode fazer isso por mim, amigo?

– Cara, acabei de dizer que Lena alterou completamente o curso de sua vida e tudo sobre o que você quer falar é você mesmo? – Senti meus punhos cerrarem. – Lena foi estuprada, seu babaca egoísta!

Sahlil limpou a garganta.

– Obrigado, Karl, por me fazer observar isso. Freddie me disse que eu deveria ser uma pessoa mais compassiva. Sinto muito por Lena.

– O que mais Freddie disse a você? – perguntei. – Por que Freddie nem sequer gostou de você? Eu não entendo essa parte.

– Nada que eu queira contar. Mas vou dizer que viajar no tempo para conhecer o homem que eu idolatrava desde a infância arruinou com tudo o que tenho. Dinheiro, minha mulher maravilhosa, minha família. Só de me sentar ao lado dele e ouvi-lo falar. Suas ideias eram como uma chuva de rubis. Verdadeiras dádivas. Nunca tinha sentido um amor como aquele antes, e não é real, e vá se foder, Karl, por arruinar minha vida. Minha vida agora é uma merda.

Sahlil parecia estranhamente calmo enquanto me contava que eu havia arruinado sua vida, e embora eu não acreditasse realmente que sua vida estivesse arruinada, eu estava penosamente consciente de que Sahlil era a única pessoa que eu conhecia que estava no mesmo ponto que eu: sofrendo por dor de cotovelo e perdas relacionadas a viagens no tempo.

– Eu não queria arruinar sua vida. Era você que estava ameaçando vender o prédio, lembra?

– Bem, você fez isso. Ou eu fiz. Ou o tempo fez. Nascer na época errada e no lugar errado impede que você consiga o que quer. Eu devia ter vendido o prédio, mas Freddie significava mais para mim que dinheiro. Você me ajuda a desfazer isso?

– Você era amigo de Lena? – perguntei, querendo que Sahlil desse uma resposta afirmativa, querendo algum sinal de que Lena afetou a vida de outra pessoa. – Fale-me sobre ela.

– Lena não falava comigo de nada além de negócios. Mas pelo que conheço do amor, se ela amasse você, não teria desaparecido.

– Tecnicamente, Lena e eu nunca nos conhecemos. Esse é o problema. Por isso fico aqui sentado de cueca com o coração partido. Mas você se lembra dela? Isso é uma ótima notícia. Ei, Sahlil? Sei que vou parecer uma garota adolescente ao perguntar isso, mas alguma vez ela falou algo de mim para você?

Ele ficou quieto por um instante.

– Você pode me mandar de volta no tempo e desfazer isso? Por favor? Estou sofrendo muito, aqui. Tenho cerca de mil dólares em dinheiro. Posso conseguir mais quando for desfeito. As coisas estão muito ruins, Karl.

Pensei em ajudar Sahlil. Mas já havia dano suficiente.

– Não, cara. O buraco de minhoca acabou. Não tem mais viagens no tempo. Não quero seu dinheiro.

A ligação foi cortada, e quando tentei ligar de volta, ele não atendeu. Tentei outra vez, na esperança de que entrasse em contato comigo ou aparecesse no Dictator's Club para que eu pudesse conversar com ele, embora soubesse que conversar não ia ajudar.

Com isso, eram três pessoas perdidas para o buraco de minhoca.

Dois meses depois, tive notícias de Milo. Com o apoio de Jodie, dos amigos e do terapeuta, ele tinha decidido remarcar os shows de Portland e Seattle. Queria reunir a banda para sentir alguma coisa além de dor. Eu devia voar até Seattle para me encontrar com ele, Eve e Trina na semana anterior ao Dia de Ação de Graças e fui convidado a passar o Dia do Peru em Portland com Milo, Jodie, seus filhos e amigos.

– A procura parece estar alta pelos shows – disse ele. – Quero fazer isso na época de Ação de Graças porque sou grato pelo que tenho, que são uma esposa maravilhosa e pessoas que dão alguma importância ao que faço. – A voz dele parecia estar a um milhão de quilômetros de distância de sua personalidade opressora.

Além disso, Seattle. *Seattle*. Onde por acaso vivia a Lena nova e melhorada. Derrick Park, também. Então recebi essa mensagem de Glory:

SIM, O PAPAI ADORA O AXIS. ELE GOSTA MUITO DE MÚSICA. TEM UMA TATUAGEM DO DEPECHE MODE. EMBARAÇOSA. NA VERDADE, VOCÊS DOIS HOJE SÃO MEIO QUE AMIGOS. VOCÊ MANDOU PARA ELE ALGUMAS DEMOS ANTIGAS DO AXIS E ELE FICOU WATTS POR ELAS.

EM RELAÇÃO À SUA PERGUNTA. ELES SE DIVORCIARAM EM 2022. 2022 PROVAVELMENTE NÃO É A MELHOR ÉPOCA PARA ENTRAR EM CONTATO COM MAMÃE. ELA ESTAVA EXTREMAMENTE

DEPRIMIDA E TAMBÉM TRABALHANDO EM ALGUMA COISA TÉCNICA DE ALTO NÍVEL SOBRE AS VIAGENS QUE, NO FIM, ACABARAM FORMANDO AS EMPRESAS GLOWORM. ACHO QUE SE VOCÊ APARECESSE, ENTÃO, SERIA DESPREZADO POR ELA OU TALVEZ ATÉ A IMPEDISSE DE TRABALHAR NO MÓDULO DE DILATAÇÃO DA FALA, A TECNOLOGIA QUE PERMITE QUE EU ENVIE MENSAGENS ATRAVÉS DO TEMPO. NÓS NÃO QUEREMOS MEXER COM A DILATAÇÃO DA FALA. ISSO SERIA UM PROBLEMA, CERTO?

EU STALKEIO VOCÊ TAMBÉM. EM SEU BAR. VI EDDIE KILDARE COMO MENININHO LÁ, UMA VEZ. TENHO UMA QUEDA POR ELE, MAS ELE TEM DUAS NAMORADAS AO MESMO TEMPO E É FAMOSO. NÃO FIQUE COM RAIVA POR EU ESTAR FAZENDO ISSO, É JUSTO.

NÃO ESTOU COM RAIVA, GLORY. MAS SÉRIO, EU AMO SUA MÃE.

VOCÊ NA VERDADE NÃO A CONHECE, BUNDÃO. VOCÊ ESTÁ INVENTANDO COISAS SOBRE ELA, AGORA MESMO. ELA NÃO É QUEM VOCÊ PENSA QUE É.

ESTOU DISPOSTO A CORRER O RISCO. ELA FICOU COM O CORAÇÃO PARTIDO. ISSO É TUDO QUE PRECISO SABER PARA QUERER ESTAR COM ELA.

ESTÁ BEM, MAS ELA MEIO QUE NÃO É MUITO DIVERTIDA. É TOTALMENTE DEDICADA AO TRABALHO, MESMO ANTES DO A. ELA NÃO ME DEIXA FAZER NADA ALÉM DE IR PARA A ESCOLA E PARA A DIVISÃO ADOLESCENTE, QUE SÃO OBRIGATÓRIOS PELO GOVERNO DUH LENA. ELA TAMBÉM ME BOTOU EM RESTRIÇÃO DE VIAGENS, COMO SE PUDESSE, PORÉM, ME IMPEDIR. QUALQUER UM PODE HACKEAR SEUS PROGRAMAS, NÃO FAZ DIFERENÇA, MÃE.

TENHO CERTEZA DE QUE AOS SESSENTA, EU NÃO SOU A PESSOA MAIS DIVERTIDA DO MUNDO.

VOCÊ MEIO QUE CHEIRA MAL, MAS TUDO CHEIRA MAL AQUI, ENTÃO NÃO IMPORTA. ALÉM DISSO, SEUS PÉS SÃO MUITO NOJENTOS. PROMETA-ME QUE QUANDO CHEGAR AQUI VAI USAR SAPATOS O TEMPO TODO. ESTOU LHE CONTANDO ISSO AGORA PARA QUE QUANDO EU CHEGUE EM CASA À NOITE SEUS PÉS ESTEJAM COBERTOS. SÉRIO. SUAS UNHAS SÃO AMARELAS.

GAROTA, SEUS DENTES SÃO MARRONS!

CARINHA TRISTE. ANTES DO ASTEROIDE, NÃO ERAM. OS DENTES DE TODO MUNDO SÃO RUINS, AGORA. NÃO SEJA MAU.

DESCULPE.

QUEM É O ADOLESCENTE, AQUI?

EU PEDI DESCULPAS.

VOU CONTAR A LENA QUE VOCÊ ESTÁ DANDO DESCARGA NA PRIVADA EM DIAS DE NÃO DAR DESCARGA.

FRIA E GELADA, G.

Eu amava tanto essa garota.

Pedi a Glory que perguntasse à mãe se ela tinha ido ver o Axis tocar no Showbox, na sexta antes do Dia de Ação de Graças, em 2010.

MAMÃE DIZ QUE SIM, ELA E PAPAI FORAM A ESSE SHOW.

Perguntei se ela lembrava de me conhecer, lá.

MAMÃE DIZ QUE NÃO. ODEIO AQUELA MÚSICA "PIN CUSHION" É MUITO IDIOTA. MAMÃE A TOCA MUITO. ESPERE AÍ. ELA DIZ PARA PARAR DE ME USAR PARA CONSEGUIR INFORMAÇÃO PESSOAL. GOSTO DE CONVERSAR COM VOCÊ. QUAL A VANTAGEM DAS VIAGENS NO TEMPO SE VOCÊ NÃO PODE CONVERSAR COM AS PESSOAS NO PASSADO? TIPO, QUEM TEM AS MELHORES HISTÓRIAS? PRECISO IR. A DIVISÃO ADOLESCENTE TEM UMA FESTA ESTA NOITE. ATÉ LOGO!

PEGUEI UM AVIÃO para Seattle para tocar no show de reunião do Axis remarcado. Minha cabeça e meu coração não estavam em lugar nenhum. Fiz o que sempre fazia, desejei uma garota que não podia ter, o que me levou a pensar na ideia de ver a Lena 2.0, exclusivamente com a intenção de que íamos nos encontrar, e eu não ia sentir nada, e ela não ia sentir nada, e que eu poderia ir para casa em Chicago e não sentir nada até que a próxima destruidora de corações entrasse em minha vida. Minha esperança era essa: que sua nova trajetória de vida a tivesse deixado contente, mas complacente – dada a objetivos de vida socialmente aceitos, móveis da rede Crate and Barrel, compras no shopping e conversas sobre o carro – ou tão mergulhada na ciência que nós dois não teríamos nada sobre o que conversar, enquanto fórmulas saíam retumbantes e corriqueiramente de sua boca, resultado de ter passado os anos em Stanford sem ser DJ da rádio universitária e sem se sentir uma excluída, tornando-a careta demais para sair com um cara tão descolado quanto Karl Bender.

E se seu coração não estivesse mais machucado? O que significaria amar uma pessoa que fosse inteira?

EU ME PERMITI buscar mais informação sobre ela na internet. A dra. Lena Geduldig, professora-assistente de física na Universidade de Washington, ainda era membro de uma organização de tricô de riot grrrls. Havia fotos reluzentes do apartamento estiloso dela e de Derrick com temas astronômicos, completo com mural das constelações no teto, em alguns sites de design de interiores. Ela atuava como assessora da Divisão das Mulheres em CTEM da Universidade de Washington, uma organização estudantil para alunas universitárias de ciências. Encontrei até outras fotos de casamento – minha garota de vestido branco, o colo explodindo acima do decote de um vestido de renda antigo, de mãos dadas com Derrick Park em seu terno cinza de risca de giz e cartola, ou parada entre o pai e a madrasta, Judy, sorrindo, parecendo realmente em paz. Cliquei rapidamente para sair dessas. Então tirei a sorte grande: Lena estava marcada para fazer uma apresentação intitulada "Pegada: A física das cordas de guitarra" em um evento no qual pessoas inteligentes ficam bêbadas chamado Discussões em Alto Grau, realizado no subsolo de um bar caro em Capitol Hill, na noite anterior à que os velhos do Axis iam tocar no Showbox, como nos velhos tempos.

Do site das Discussões em Alto Grau: "Lena Geduldig tem Ph.D. em física pelo MIT e atualmente é professora-assistente na UW. Ela também é uma grande fã de música e pode discorrer sobre bandas indie dos anos 1990, do Sebadoh ao Sleater-Kinney e ao Axis. Lena explica – com ciência! – como o tamanho, a forma, a afinação e o tamanho de certas cordas de guitarra produzem tons específicos, e como esses tons dão forma aos vários subgêneros que ela identifica através do panteão indie."

Eu era o guitarrista de uma das bandas listadas. Será que Lena podia estar falando de mim e das cordas da minha guitarra? Realizando coisas científicas em gravações antigas de minha guitarra? Pensando em mim de um jeito vago? Com ciência? Eu era arrogante o suficiente para pensar nisso?

Precisei lembrar a mim mesmo que aquela Lena não dava a mínima para mim, que eu estava acalentando um desejo idiota por uma estranha que era casada com outra pessoa – mas que vai me amar e se casar comigo, só que não hoje, não no ano que vem, não por um bom tempo. *Reencontro* não era a palavra certa para descrever ver Lena em Seattle. Do ponto de vista dela, nós estaríamos nos encontrando pela primeira vez.

O DISCUSSÕES EM ALTO GRAU revelou-se um evento mais popular do que eu pensei que seria. Achei que ia entrar no bar em meu jeans skinny, pedir uma cerveja e arrumar um lugar para sentar, mas o lugar estava lotado até a tampa de corpos vestidos de veludo e tweed, e o ar no bar estava quente e abafado, cheirando levemente a picles. Todo mundo permanecia de casaco enquanto se envolvia em conversas que exigiam gestos amplos com as mãos que não seguravam copos de bebida. Eu me enfiei entre dois caras fortes com bonés de montaria apoiados contra uma parede lateral, que passaram os momentos pré-show furiosamente perdendo tempo em seus celulares.

Quis lhes passar um sermão sobre viver no presente, mas ia ser o sujo falando do mal lavado.

Bebi a cerveja e aguardei que Lena subisse ao palco pequeno, que era um praticável de compensado iluminado por um abajur de pé. Eu esperei. Então Lena, usando jeans com as bainhas dobradas e uma camiseta preta apertada que fazia seus peitos parecerem enormes, surgiu atrás do microfone. Essa Lena possuía a graça e a efervescência das pessoas satisfeitas com a vida: uma abordagem confiante ao microfone, cabelo cortado na altura razoável dos ombros, com um pouco de *frizz* e em um castanho natural com alguns fios sedosos cinza surgindo em torno da linha do cabelo, iluminado pelo abajur. Aquela era uma Lena diferente, uma mulher sem fantasmas, com uma madrasta que não a arruinou, uma carreira que tinha funcionado e um marido físico com cabelo idiota de mechas descoloridas que possivelmente a amava por todas as razões certas.

– Olá, Seattle – disse ela com um sorriso. Eu me perguntei se a Lena que eu conhecia teria feito, por livre e espontânea vontade, e sorridente, uma palestra por diversão em um porão, alegre por estar ali, até mesmo eufórica. Eu achava que não, mas essa Lena estava atraindo a atenção. – Obrigada por virem esta noite, especialmente meus alunos, que acham que vão ganhar pontos extras por virem a um bar. Eu sou Lena. Sou uma física que nunca na vida parou de ser uma DJ de rádio universitária. Um exemplo de como misturo essas paixões gêmeas é que eu me divirto adivinhando a grossura das cordas e as afinações usadas por minhas bandas favoritas. Essa é uma das minhas músicas favoritas.

Os improvisos familiares de "Pin Cushion" vieram pelos alto-falantes, e eu quase derreti em uma poça de amor. Foi a primeira vez que me senti nostálgico em relação a "Pin Cushion", vendo-a não como um réquiem para o pênis de Milo, mas como uma música apreciada por uma amiga perdida e amada.

A inteligência interminável de Lena assumira uma qualidade bem-humorada. Ela articulou com a boca sem emitir som a letra de "Pin Cushion", imitando um grito alegre em "This is the start of a revolution". O fato de ela ainda amar o Axis me deixou muito feliz.

– Lembram dessa música? – disse Lena, apontando para cima, para a música. – Se você fosse uma universitária acima do peso e de óculos, por volta de 1999, "Pin Cushion" provavelmente seria seu grito de guerra. Com certeza era o meu. Mas deixando de lado toda a política, essas primeiras notas tocadas com força (*dah nah nah nah*) fornecem bom exemplo para uma discussão prolongada sobre velocidade de onda em uma corda de aço. Alguns fatores relacionados à tonalidade audível incluem comprimento e tensão, o que leva à minha longa palestra sobre o significado da afinação, e como cada uma dessas notas faz com que uma nerd da física como eu queira calcular a tensão, a massa e o comprimento de cada corda. Agora, "Pin Cushion" utiliza um esquema de afinação de guitarra fora do padrão...

– É em Open D – gritei. Eu me senti um pouco envergonhado por gritar com ela em um bar que tinha temporariamente se convertido em um templo sagrado de celebração de conhecimento arcano. Eu não queria ser confundido com um chato. Estava animado por ela estar falando de mim, e por eu existir em seu novo mundo.

– Sim, é Open D. Como sabe disso, Senhor Cara que Perturba Físicas em Bares? – Ela apertou os olhos e os protegeu com o lado da mão para poder dar uma boa olhada no idiota que tinha gritado "Open D" como um palhaço grosseiro. Ela moveu o suporte da lâmpada do abajur de pé para iluminar meu rosto, e, enquanto eu apertava os olhos e ficava cego como tanto merecia, Lena de repente ficou pasma. A oradora animada tinha desaparecido. Parecia que ela ia vomitar na frente de todos.

Ela engasgou em seco e levou a mão à boca, uma expressão de horror encobrindo seu rosto. Comecei a me sentir mal por interrompê-la.

– Ah, meu Deus – disse ela. – É você.

A plateia virou e olhou em minha direção, e supus que todo mundo no salão esperasse ver Milo Kildare e não o guitarrista grosseiro do Axis.

— Desculpe — gritei para o palco, me sentindo um babaca de primeira. — Não queria interromper. Eu não sou Milo, a propósito. Só o guitarrista.

— Sei que você não é Milo. Sei quem você é. — Eu não esperava que a Nova Lena fosse minha fã. Ela tinha tamanho desejo por Milo quando eu a conheci, que não me ocorreu que ela teria qualquer opinião sobre meu velho eu feio. Mas ali estava ela, respirando pesadamente, limpando o suor da linha do cabelo, parecendo para todo mundo como se estivesse prestes a perder o controle na frente do público.

— Você é o cara do hospital quando minha mãe morreu... — Ela agarrou o abajur para se levantar. Lena cambaleou. — Desculpas. Desculpas a todos. Preciso de um minuto. — As duas mulheres que organizavam o evento correram até seu lado. Uma lhe entregou uma garrafa d'água, e a outra perguntou se ela queria continuar. Ela apontou em minha direção. Eu era o cara do hospital, e ela estava no palco, chorando, olhando em minha direção através dos óculos molhados pelas lágrimas, até que a mais alta das duas organizadoras passou o braço em torno dos ombros de Lena e a conduziu para fora do palco.

As luzes acenderam e disseram à plateia que haveria um intervalo de vinte minutos. Mal tive tempo de desgrudar meu eu perturbado e envergonhado da parede do bar antes que a organizadora mais baixa me abordasse.

— A dra. Geduldig quer falar com você — disse ela, e eu a segui escada acima até a parte principal do bar, que era mais escura e silenciosa. Lena estava sentada em um reservado de madeira com o rosto vermelho e em frangalhos e bebendo um drinque cor de ginger ale.

— Oi — disse eu, acomodando-me no assento à sua frente.

Ela olhou para mim como se eu fosse um fantasma assustador.

– Você é o cara do hospital em Butte, em 1993, quando minha mãe morreu – disse ela, com a voz entrecortada.

– Sim. Esse era eu. Eu sinto muito mesmo por assustá-la. Posso explicar.

Ela sacudiu a cabeça de um lado para outro e então, mais para a mesa que para mim, murmurou:

– Tenho esperado você. Todos esses anos. Que você me encontrasse.

Eu tinha que jogar minhas cartas corretamente. Estendi a mão sobre a mesa e peguei a mão de Lena. Ainda era uma mão gordinha, mas tinha unhas pintadas de vermelho e bem-feitas em vez de negras e roídas. Não havia tatuagem de arabescos vermelhos e pretos no ombro nem bilhetes escritos para si mesma na palma da mão. Apenas uma aliança de ouro com um pequeno diamante redondo em seu dedo, tão ridiculamente simples e tão diferente da aliança ornamentada ou de aspecto antigo que imaginei que Lena teria escolhido para si mesma que me deu vontade de arrancá-la e jogá-la na rua.

Ela me deixou segurar sua mão, apertando meus dedos com os dela em resposta.

– Você mudou minha vida. – Ela cobriu minha mão com a dela. – Depois que você desapareceu da sala de espera, fui ao quarto de minha mãe para ter o que acabou sendo nossa última conversa. Falei com ela sobre você. E o que você disse para mim.

– Você fez isso? Por quê?

– Porque você estava lá. Porque eu tinha quatorze anos, e minha mãe estava morrendo, e você foi a primeira pessoa que foi legal comigo e conversou comigo como uma pessoa normal em muito tempo. Minha mãe me olhou nos olhos e disse: "Lena, você vai se casar com esse homem, um dia."

A notícia da profecia da mãe de Lena me deu um calafrio. Minha própria mãe, que morreu um mês antes da de Lena, não fez tais proclamações quando estava prestes a deixar sua existência neste mundo. Ela apenas pediu desculpas. Aí morreu, e as enfermeiras entraram e Brookie e eu fomos varridos do quarto para nossas vidas tristes e separadas. Desejei ter uma mãe que quisesse conversar sobre minha vida depois, o que ela via, o que esperava para mim.

– Você se casou com outra pessoa – disse eu.

– Eu sei. Por todas as razões boas e lógicas. Mas minha mãe não disse: "Você vai se casar com o rapaz fã do Depeche Mode de Nova Jersey em seu laboratório no MIT." Mesmo que estivesse tendo uma visão quimioterápica naquele momento, aquela foi a última coisa que disse para mim. Claro que eu queria que fosse verdade. Eu queria muito que fosse verdade.

– Você nunca me contou isso. Antes de desaparecer. Quando eu a conheci.

Lena soltou minha mão, debruçou-se sobre a mesa e chorou, suas costas se sacudindo a cada soluço por ar. Eu não sabia ao certo o que dizer a ela. Que havia duas versões de sua vida, que as duas a levavam a mim?

Pus a mão em sua nuca e acariciei seus cachos castanhos.

– Lena, você é bonita. Você é brilhante. Podemos conversar sobre viagens no tempo um dia desses, e como você tem o que é preciso para desenvolver tecnologia de buracos de minhoca para as massas.

– Quem é você? – ela quis saber.

– Karl Bender, do Axis.

Ela deu um riso baixo.

– Certo. Se eu tivesse apenas me dado ao trabalho de olhar para o rosto do guitarrista. Todos esses anos.

– Você me viu aos quarenta anos no hospital. Minha idade, agora. Então você não teria me reconhecido nos anos 1990. Virei um gordo grisalho e intratável depois que a banda terminou.

Lena enxugou o rosto com o buquê de guardanapo, esfregando parte da aparência de preocupação.
– Então, quando vamos nos casar? – perguntou ela.
"*Bem agora*", quis dizer. Ou: "*Em um futuro distante, segundo sua filha que ainda não nasceu.*"
– Lena.
– Estou brincando. Está bem, na verdade, estou meio que falando sério – disse ela.
– Algum problema com Derrick?
Lena sacudiu a cabeça com ar maníaco e esgotado, como se estivesse acordando de um pesadelo.
– Como você sabe o nome dele?
– Glory me contou – disse eu.
– Quem é Glory? – perguntou ela, e imediatamente me arrependi de dizer o nome dela. Senti no fundo do estômago o erro que tinha cometido. – Você vai me dizer quem é Glory?
– Ninguém.
Meu telefone tocou com uma mensagem de Glory: MAS QUE DROGA VOCÊ ESTÁ FAZENDO? NÃO DIGA A ELA MEU NOME!
Meu corpo ficou frio. Glory podia me espionar?
– Ninguém – disse eu outra vez.
Glory mandou outra mensagem: *ODEIO VOCÊ. COMO OUSA FAZER ISSO?*
Lena segurou minha mão e tornou a fazer a pergunta, apertando para extrair a resposta de mim. Meu telefone tocou outra vez.
– Pode me dar um minuto? Preciso atender isso. – Eu me levantei e caminhei até a frente do bar, perto da porta. Lena mantinha os olhos apontados para mim enquanto eu estava de pé e digitava para sua filha que ainda ia nascer.
VOCÊ ESTÁ TENTANDO ME MATAR.

VOCÊ ESTÁ ME ESPIONANDO, GLOR?

Nenhuma resposta.

GLORY, AONDE VOCÊ FOI?

As mensagens de Glory sempre chegavam imediatamente. A dobra no tempo significava que a transmissão não tinha diferença de tempo.

GLORY, POR FAVOR, ME DIGA QUE VOCÊ ESTÁ BEM.

GLORY?

Voltei para o bar e me sentei em frente a Lena.
– Quem é Glory?
– Como eu disse a você: ninguém.
Lena, de repente, pareceu ficar irritada.
– Não esconda coisas de mim, também. Não venha aqui todo querendo me ver e depois minta para mim quando lhe faço uma pergunta importante.
– Por que eu esconderia qualquer coisa de você? Eu mal a conheço.
– Glory. Não nascida ainda, tecnicamente? Ela é meio judia, meio coreana? Uma garota de aparência oriental com meu nariz judeu gigante? Derrick e eu brincamos com isso o tempo todo.
– Lena.
– É no que estou trabalhando atualmente. Telefonia com dilatação de tempo. Ela pode falar com você, não pode? Funciona? Alguém ainda não nascida pode se comunicar com você? Vinte anos no futuro?
Eu limpei a garganta.

– Tudo tem sua estação certa. Vamos respeitar a estação.

Ela fez uma expressão de escárnio, a mesma expressão de escárnio esnobe que eu lembrava de quando encontrei Lena pela primeira vez no Dictator's Club.

– Deixe-me contar uma coisa a você: odeio as estações.

Ah, Lena, como não amar você?

Eu sabia que precisava ficar calado em relação a Glory, e que não estava fazendo um trabalho muito bom com isso. Parecia estranho que eu soubesse mais que uma Ph.D. do MIT sobre viagens no tempo, mas ali estava.

Lena afastou seu copo do caminho. Ele deslizou pela mesa de madeira, deixando uma trilha molhada de condensação. Com um olhar para o lado, o que me fez pela primeira vez perceber os traços prateados de sombra passados em suas pálpebras, ela debruçou para a frente e disse:

– Tenho uma proposta. Eu paro de fazer perguntas sobre tudo isso se você vier para minha casa comigo.

Eu estremeci e disse:

– A Lena que eu conheci nunca teria pedido isso.

Lena recuou. Eu queria limpar toda aquela sombra de olho estúpida.

– Derrick não está na cidade. Eu tenho passe livre.

– Sério?

Ela balançou a cabeça de um jeito sedutor que também era meio nerd e um pouco corta onda.

Fiquei feliz por ela, agora, ser o tipo de mulher que botava seus desejos na mesa, e, para começar, que tinha desejos sexuais. Fiquei feliz até por ela ter o que talvez fosse um casamento aberto e muito comunicativo que a permitia ir para a cama com o eventual astro do rock/viajante do tempo quando era conveniente fazer isso. A minha Lena nunca teria usado uma expressão atrevida no rosto, sabendo com intuição e clareza como provocar um homem, inclinando-se para a frente para tocar minha mão. Minha Lena me empurrava e me afastava dela, vestia as roupas depressa antes que eu terminasse, dizia-me que sentia muito e voltava para sua ciência sempre prometendo se esforçar mais para gostar daquilo da próxima vez. Uma pontada de culpa por querer de volta uma pessoa em pedaços, que tomava tantos comprimidos a ponto de não conseguir sentir de verdade o sexo, passou pelo meu corpo.

– Acho excelente você poder pedir coisas assim. – Minha voz vacilou, eu parecia um professor orgulhoso de um aluno que ele não achava que fosse se sair bem, mas que na verdade se saiu bem. – E estou lisonjeado.

Ela pareceu desapontada.

– Está bem. Considere isso um elogio. Gosto de você. Gostei de você por anos. E quero conversar com você sobre dilatação do tempo.

Eu segurei suas mãos.

– Não posso ir para casa com você. Quer dizer, fico feliz por você. Mas você era mais, eu acho, *minha* quando era punk e cheia de raiva. Você é casada, confiante e bem-sucedida. – Isso era uma coisa cruel de se dizer. Ela não me devia nada, muito menos uma vida que a deixava frustrada.

– Bom, acho que sou bem punk. Casamentos abertos são punk. E em relação ao que estou vestindo, vim direto do trabalho, e geralmente não saio com minha camiseta dos Melvins quando dou aula de cosmologia para alunos da graduação. E por que diabos você ia querer alguém que não fosse confiante e bem-sucedida?

– Desculpe. É só... surpreendente ver você assim. Você não precisa de mim. Você precisou de mim antes?

– Precisar? No hospital quando eu tinha quatorze anos? Você pulou fora. Isso me magoou, mas tenho certeza de que você não queria que te vissem parecendo ser inapropriado com uma adolescente. Eu não entendi isso, na época.

Debati em minha mente quanta informação dispor a seus pés. Lena estava agitada, de um jeito que me deixou aliviado; a oferta de passar uma única noite juntos tinha sido descartada.

– Não. Antes de você voltar no tempo e mudar sua vida inteira. Você morava em Chicago. Nós tínhamos juntos um negócio de viagens no tempo. Sei que você não se lembra.

Ela se animou.

– Então é possível? Viajar no tempo?

– É.

– Então o trabalho que estou fazendo, e que está sendo visto como piada no Departamento de Física, não é por nada?

Nem uma piada nem desperdício de dinheiro, mas um brinquedo perigoso com o qual mesmo eu, um cara reservado e basicamente responsável, não consegui evitar partir seu coração.

– Não. Bom, sim. Talvez.

– Você estava viajando no tempo quando nos conhecemos em 1993?

– Estava.

Ela respirou fundo.

– Boa notícia, no que se refere a meu projeto.

– Na verdade, não. Espero que você saiba no que está se metendo.

– Acho que sei – disse ela, extremamente confiante e radiante.

– Havia uma outra versão de você, Lena. Na qual você tinha uma madrasta diferente e havia sido estuprada, em que você foi para a Northwestern e teve sua pesquisa roubada. Meu melhor amigo, Wayne, viajou para o ano de 980. Eu me perguntei por que não voltei no tempo e mudei alguma coisa em meu passado para tornar meu presente melhor. Então me dei conta de que o que tornava minha vida melhor não eram as viagens no tempo.

– Não diga isso – disse ela.

– Foi o dia em que você entrou no meu bar e se tornou minha amiga. E, depois, minha namorada. Sinto sua falta.

– Não quero ouvir falar sobre uma "outra eu". Estou satisfeita com minha vida.

– A questão é que em qualquer versão de sua vida você descobriu as viagens no tempo e me encontrou. Isso me conforta. Significa que a tatuagem em minha mão não é uma bobagem completa. – Eu ergui as mãos. *AMOR FATI*.

– É muito amável de sua parte dizer isso – disse Lena. Ela me deixou segurar sua mão.

– Desperdicei uma década e meia de minha vida olhando para trás, esperando que o passado voltasse para mim. E ele voltou. E, por algum tempo, me fez feliz, mas aí eu perdi as duas pessoas de quem eu mais gostava por causa disso. E essas duas pessoas estão em paz, e eu, não. Eu não estou bem. O buraco de minhoca levou meu melhor amigo e minha namorada.

Lena puxou a mão. Procurei em seu rosto um mapa do caminho de volta para onde eu queria estar. Ela levou a mão ao interior da bolsa e pegou o telefone.

– Quer ir para casa comigo, ou não? Se a resposta for sim, preciso mandar uma mensagem para Derrick.

A situação era essa. Redutiva. Nada romântica. Eu queria um momento de conexão, e ela o estava transformando em uma transa fortuita/sessão de exploração de informações sobre buracos de minhoca. Ela não me conhecia nem ligava para mim. Só queria ir para a cama comigo e depois contar a Derrick tudo sobre trepar com o guitarrista do Axis – e, por falar nisso, viagens no tempo são possíveis; vamos lá conseguir uma verba de financiamento. Talvez ela não estivesse me usando, mas eu queria Lena por inteiro, mesmo em seu novo estado mais alegre. Se eu fosse para casa com Lena, transasse com ela e lhe contasse tudo o que sua versão anterior me contou sobre a ciência das viagens no tempo, ela e Derrick celebrariam com champanhe, cheques de muitos dólares de financiamento de pesquisa científica, e uma transa que, no fim, levaria ao nascimento de Glory Rhiannon Park. Aquela Lena tinha tudo de que precisava, e quase tudo o que queria, e eu não estava em nenhuma das duas listas.

– Eu amo você, por isso não posso.

Lena olhou para mim como se eu fosse maluco.

– Se você acha que vale a pena me amar, por que não vale a pena transar comigo?

– Você é muito preciosa, Lena. Mais do que se dá conta. Apesar de sermos estranhos, e provavelmente seremos por mais alguns anos, vim até aqui só para ver você. E vejo que não sou necessário. Quando eu era um homem mais jovem, isso teria me magoado, mas, agora, ver aquilo em que você se tornou me deixa feliz. Você pode se orgulhar de ser independente. Ou ficar com Derrick que, tenho certeza, é um homem melhor que eu.

Ela olhou para a parede, para uma foto emoldurada de Kurt Cobain que a gerência do bar achou ser uma boa ideia pendurar.

– Na verdade, isso nada tem a ver com ser um homem melhor – disse ela, sem olhar para mim.

– Sua mãe estaria muito orgulhosa de você.

As mãos de Lena começaram a tremer. Ela largou o telefone na bolsa, levou a mão em seu interior e sacou um tubo verde de creme para os lábios, que passou na boca.

– Você me arranja outra bebida, por favor? Um uísque com ginger ale? – Ela chacoalhou o copo de modo que os cubos de gelo que restaram chacoalharam ruidosamente contra o vidro.

Eu me levantei para fazer o que ela me pediu. Uma última cortesia antes de ir embora, deixá-la, e ir para casa me lamentar. No bar, de costas para ela, ouvi Lena gritar:

– Desculpe. Recebi uma mensagem de texto muito perturbadora e preciso ir.

Ela saiu correndo pela porta do bar.

Fui atrás dela. Lá fora, alguns metros rua abaixo, estava escuro e molhado. Toda água nas ruas de Seattle estava brilhando com a cor de luzes de néon. Os sapatos de Lena cederam, e ela escorregou em uma poça iluminada de cor-de-rosa por um letreiro em néon de orgulho gay de um bar no outro lado da rua. Ela gritou de dor e eu a vi olhar à sua volta, me procurando. Ela havia deixado cair o telefone e ele deslizou pela calçada até meus pés. Eu o peguei e li a mensagem: MÃE? É GLORY, SUA FILHA. VOCÊ TEM UMA FILHA EM 6 DE AGOSTO DE 2013. O TELEFONE DE DILATAÇÃO DE TEMPO FUNCIONA. O QUE MAIS VOCÊ QUER SABER SOBRE SUA VIDA? AFASTE-SE DE KARL, E EU CONTO A VOCÊ.

Mas antes que eu conseguisse chegar para ajudá-la a se levantar, meu telefone tocou. Levei a mão ao bolso. Assim que olhei para baixo vi que, de algum modo, o aplicativo de viagem de Wayne tinha sido ativado e eu estava no túnel. Uma tração inesperada e indesejada me sugou dali. Fui deglutido através do tempo com força enorme, assim que estava prestes a estender a mão e ajudar a mulher que eu já amara a fazer essa conexão que eu ainda desejava, e contar a ela sobre a garota que lhe mandara aquela mensagem.

QUANDO ATERRISSEI com um baque surdo, a primeira coisa que vi contra o céu mais estrelado e límpido que eu já vira na vida foi um par de olhos azuis dos quais não tinha esquecido lutando com o céu pelo direito de ser chamado de o mais brilhante.

– Amigo.

Wayne se abaixou e me ajudou a ficar de pé, sobre a terra encharcada e enlameada da ilha de Mannahatta, por volta de 980 d.C. Ele me apertou em um grande abraço de urso, dando-me tapinhas nas costas e me dizendo o quanto estava feliz por me ver. Senti um grande sopro de seu odor pré-colombiano, como kebab de cordeiro assado, e da fogueira do acampamento queimando madeira de pinho de aroma doce atrás dele, e o cheiro de minha própria ansiedade. Uma lágrima gigante rolou por meu rosto. Wayne a esfregou com a mão suja e calejada. Ele estava vestido de peles, mas ainda calçava seu velho Adidas imundo que usava no dia em que desapareceu. Com meias até os joelhos cheias de furos.

– Você está morto – disse eu, esquivando-me de seu abraço amoroso. Meu punho direito se fechou e eu estava prestes a socar o cara no estômago, porque ele tinha partido a droga do meu coração, me trouxera minha garota, mas me fizera perdê-la. Mas aí eu vi o rosto de Wayne, que parecia mais velho e com uma sabedoria de mago, todo cheio de rugas e inocência. – Sabe o quanto é horrível ver alguém vivo outra vez quando você já tinha aceitado estar morto? Alguém por quem você ficou de luto e chorou? Ah, meu Deus. Você me mandou ficar de luto, e eu fiquei. – Tinha vontade de socá-lo e abraçá-lo mais um pouco. Maluco egoísta. Mago sábio. Wayne.

Meu peito estava apertado, como se meu coração estivesse prestes a explodir. Eu queria arrancar minha pele. Mas havia aquele céu gigante, uma caixa de luzes cósmicas impressionante, cem bilhões de estrelas como pequenas bundas de vaga-lumes tecendo um cobertor de estrelas no céu. Eu não conseguia odiar ninguém. Não com aqueles cheiros, o verde psicodélico nas árvores. Nada de carros, nada de poluição, apenas Wayne alegre, feliz de tornar a me ver.

– Estamos todos mortos, se você pensar nisso por tempo o bastante – disse Wayne. – A única pessoa no ano 980 que sente sua falta sou eu, certo? E isso é só a merda da ingenuidade humana. Quer peixe? Estamos comendo uma truta grande e carnuda. Eu e meus companheiros de viagem, quero dizer. Siga-me até a fogueira. – Wayne deixou um bosque cerrado de árvores altas. Logo depois, eu podia ouvir os sons de ondas quebrando na terra, e sentir o cheiro puro de sal do que um dia seria chamado de rio Hudson.

Sentados em torno de um fogo crepitante em uma clareira de árvores havia um grupo de jovens de jaquetas brancas, garotas de rabo de cavalo e garotos com chapéus brancos de papel. Eu os reconheci imediatamente como trabalhadores da era de 2030 da Divisão Adolescente do Pós-A. Adolescentes do futuro viajando no tempo. Os colegas de Glory. Eles pareciam vigorosos e tranquilos em relação àquilo, e achei que viajar para 980 para encontrar Wayne era seu equivalente de ficar de bobeira em frente a uma loja de conveniência.

– Olhe, todo mundo – disse Wayne. – Meu melhor amigo, Karl Bender, de Chicago, veio nos visitar. Srta. Park, se não me engano, foi você quem dobrou o buraco para trazê-lo aqui?

Glory me olhou com escárnio – não daquele jeito cheio de desdém adolescente, mas com desprezo verdadeiro e ardente que me rasgou o coração. Foi a primeira vez que eu senti aquele ódio especial que os filhos de quem se casa outra vez possuem em relação ao novo amor dos pais. Eu nunca precisara ver isso, mas Lena sim, e mesmo que ela não odiasse Judy, a Madrasta Boa, ela provavelmente teve seus momentos de raiva "você não é minha mãe".

– Sim, fui eu – disse Glory. – Eu simplesmente entrei em seu celular vagabundo de 2010 e o hackeei. Você está trabalhando com tecnologia tão antiga que é surpreendente que ninguém o tenha dobrado contra sua vontade. Qualquer um que entenda o mínimo de viagens pode fazer isso. A tecnologia da GloWorm nunca permitiria a dobra de um buraco como a que eu acabei de fazer. Seu equipamento é todo com segurança anterior às viagens. Você não entraria em um carro sem cintos de segurança, entraria? Além disso, as ruas de Seattle estão, tipo, *puf!*. Molezeira.

Quis corrigi-la e dizer "moleza", mas em 2031 talvez a expressão tivesse mudado para "molezeira". Acabei me acostumando ao advérbio de intensidade de 2031 watts, que não fazia absolutamente sentido nenhum para mim.

Fui até onde estava Glory e me agachei para olhá-la nos olhos. O capim abaixo estava molhado e quente sob as palmas das minhas mãos quando as pressionei sobre a terra antiga e macia. Glory estava tirando carne de peixe da espinha, seus dedos sujos de terra entrando por baixo da pele do peixe e jogando pedaços oleosos dele na boca.

– Glory, você me raptou no tempo? Achei que éramos amigos.

Ela engoliu o peixe.

– Achei que éramos amigos também, Karl. Então não sei por que você estava em Seattle nesse instante mexendo com Lena, tentando me matar.

– Foi você que a assustou mandando a mensagem de texto. Foi por isso que ela saiu correndo de mim – disse eu, parecendo mais repreensivo do que queria. – Olhe, não era minha intenção fazê-la chorar.

Ignorando minha pergunta, ela disse:

– Você também não quis mexer com minha vida, claro.

– Espere, o quê?

– Minha mãe nunca me contou sobre toda aquela coisa da sala de espera do hospital. E como isso é importante para ela. Até agora. Você ia fazer com que eu não nascesse. Desaparecesse. Isso acontece o tempo todo. De onde eu venho, pais voltam no tempo e abortam os filhos depois do fato. Ela vai deixar meu pai por você, antes do meu nascimento, por causa de alguma coisa idiota que a vovó Gloria disse a ela antes de morrer. Mas você não sabia disso. Você só estava sendo idiota e tentando comer minha mãe. O casamento de Lena e Derrick começou a ir ladeira abaixo quando ela começou a ser mais bem-sucedida do que ele por causa dessa história toda da telefonia com dilatação de tempo. E eu sei quando isso aconteceu. Antes de eu nascer.

Glory estava watts puta, mesmo sob o cobertor celestial cintilante. Como alguém podia ficar puto sob *aquele céu*, que era prateado, rosa, brilhante e irreal, ia além da minha compreensão.

– Ei, veja – disse eu, apontando para as luzes. – Duas luas. – Os orbes gêmeos estavam suspensos assustadoramente próximos da Terra, como se estivessem pendurados por fio do teto de um quarto.

Glory disse:

– Não são duas luas, seu idiota. Isso é uma lua e o asteroide de 2029.

– Estamos tentando descobrir como evitar que o asteroide acerte a Terra – disse uma garota de olhos verdes com uma jaqueta da Divisão Adolescente. – Viajando para o passado, acabamos de encontrar Wayne. Ele é um cara legal.

Wayne sorriu.

– Sou só um cara com uma vida simples. Não sei se isso é legal ou não.

– Você vai me mandar de volta para 2010? – perguntei a Glory. – Não vou fazer com que você desapareça.

– Eu podia fazer você desaparecer, sabia? Sei mais sobre dobrar o tempo que você, Bender. Bender vai ser dobrado. – Eu não ouvia uma piada com o significado de Bender desde o ensino médio, e esperava continuar assim.

– Glory, achei que fôssemos amigos.

– Olhe. Ela vai procurar você. Ela vai atrás do que ela quer. As coisas são assim com a dra. Lena. Ela faz o que quer. Meu pai, também. É fácil para eles. Depois de todo o sofrimento que seus módulos de viagem no tempo trouxeram ao mundo, eles usam toda a tecnologia para impedir coisas desagradáveis nas próprias vidas, como pais mortos e corações partidos.

Glory devia saber que algo no casamento dos pais estava condenado desde o princípio. Quis saber mais sobre o que ela queria dizer com isso, como Lena e Derrick evitaram o sofrimento com viagens no tempo. As viagens no tempo não tinham feito nada além de me causar sofrimento.

– Eu vou adiá-la até você nascer. Prometo.

Tentei pôr a mão nas costas de Glory, mas ela a afastou.

– Não. Você estragou tudo. Ela viu você. Isso não era parte do plano, cara. Ela nunca tinha visto você entre 1993 e a Grande Noite, até você começar a mexer com viagens ao futuro. E agora ela sabe, e não tem como deixar de saber. Ela quer fazer com que a profecia da mãe se cumpra. Essa profecia é muito importante para ela. Agora preciso ligar para a vovó Gloria e lhe dizer para não falar isso. Desfazer, desfazer, desfazer. Minha vida inteira é desfazer. Já ligou para uma avó morta? É assustador.

– Ela se lembra de mim em 2010, em Chicago? Você parece saber sobre isso. Bisbilhotando meu bar. Espionando o pequeno Eddie Kildare e a mim e a sua mãe. Você viu a grande tatuagem com arabescos vermelhos e pretos em seu ombro? A Lena que você conhece nunca fez essa tatuagem ou a removeu. Aposto que foi o primeiro caso.

– Ela tem uma tatuagem. Nas costas, em cima da bunda. Um verso de uma música. "The Moon is a Light Bulb Breaking."*

– É mesmo? – disse eu, e apertei as palmas das mãos úmidas sobre os olhos, porque chorar diante de uma adolescente, não importa em que ano fosse, era um perigo.

Senti o velho cobertor familiar de desejar uma mulher que não podia ter. Que diabos havia de errado comigo? O fato de a Lena número 2 ainda ter feito a tatuagem do Elliott Smith devia significar alguma coisa.

Eu disse para Glory:

– Não consigo continuar a mudar o passado.

---

* A lua é uma lâmpada quebrando. (N. do T.)

— Minha sobrevivência está dependendo de revisões, Karl, e é tudo culpa sua — disse ela. Então, passando os dedos pelo aparelho de pulso, ela desapareceu.

Seus amigos pós-A deram tapinhas amigáveis nas costas do colete de couro de Wayne, se despediram e também desapareceram.

Comecei a chorar. Tinha ajudado a dificultar as coisas para toda uma geração de jovens. Por acidente.

Wayne ficou ali parado e me observou chorar. Tentei aproveitar a bondade de vegetação farta e ar adocicado de 980, mas desejava o conforto de escapamento de carros, a dor fácil da existência como eu conhecia em minha vida no bar. Se eu soubesse que tinha provocado dor em alguém, pelo menos eu sabia que teria essa dor devolvida a mim se eu estivesse em casa, na cidade, em 2010, aos quarenta anos, com meus anos bons para trás. Eu seria agredido. Ia decepcionar meu auxiliar no bar/baixista de vinte e um anos. Meu coração ia sofrer por causa de uma física. Nada na ilha utópica de Wayne conseguia me tocar, e eu não aguentava isso. O que isso dizia sobre Wayne, que ele precisava de uma vida sem solavancos? Você não pode compor música em uma vida dessas. Você não precisa de música. Eu precisava estar onde meu coração pudesse sofrer.

Wayne, sorrindo como seu velho eu vendedor de carros, me deu tapinhas na cabeça.

— Meu amigo, vou lhe dizer uma coisa. Vamos dormir sob essas estrelas magníficas. De manhã, vamos fazer você ser mandado de volta a 2010.

Eu me permiti chorar. Se havia alguém que não ia me julgar por isso, esse alguém era Wayne.

— Eu amo Glory de verdade. De um jeito estranho e paternal. Nunca quis filhos, mas uma garota valente que pode viajar pelo tempo? Eu não queria dificultar a vida de ninguém — disse eu. —

Eu só queria ver alguns shows de rock no passado. Droga, eu sinto mesmo muita falta da minha mãe. Glory tem uma tecnologia por meio da qual posso ligar para minha mãe e conversar com ela. Mas não sei se quero.

– Eu também sinto falta da minha mãe.

– Será que todos estamos apenas à procura de uma vida mais fácil?

Wayne assentiu, respirando profundamente e avaliando o ar doce de pinho, a abóbada de estrelas, a fogueira.

– De quanto de nosso eu verdadeiro precisamos abrir mão só para sobreviver um dia. A questão é: nós contamos com outras pessoas para a felicidade, e vocês, pessoas de 2010, precisam parar de fingir que estão bem sozinhas, comendo salada de um saco em frente a seu computador, quando o que você quer é uma família, pessoas amadas e que consigam ver dentro de seu coração.

– Você tem razão. Mas poderia ter tido isso em Chicago.

Um animal parecido com um cervo se aproximou de Wayne, esfregando o focinho compacto contra a coxa dele. Ele estendeu a mão para acariciá-lo.

– Você já falou com Glory sobre a Divisão Adolescente Pós-A?

Eu não tinha nem pensado em perguntar o que ela fazia o dia inteiro em seu casaco branco. Tudo o que eu sabia era que tinha a ver com paredes-secas.

– Não.

– Esses garotos de 2030 reclamam muito sobre o asteroide. Eles não têm escolha sobre o que fazer na vida. Glory conseguiu ir para a faculdade porque seus pais são quem são, mas a maioria de seus amigos vai passar a vida inteira trabalhando em projetos de reconstrução do governo, por basicamente salário nenhum. Eles não podem ter sonhos ou liberdade como nós tínhamos. Com a gente era: "Vá descobrir o que quer fazer e tenha certeza de que isso pague muito dinheiro." Glory e os amigos não têm isso. Mas eles têm uns aos outros. Eles são um grupinho bem unido. Perguntei a Glory quem eram os garotos populares em sua escola, e ela me perguntou o que isso significava.

– O que significa "popular"?

Wayne assentiu.

– Karlito, foi preciso um asteroide para acabar com a popularidade no ensino médio. – Wayne, já bem avançado na vida adulta, mesmo em 980 d.C. sem popularidade, ainda carregava as feridas da falta de popularidade na escola. Maconha e não dar a mínima de algum modo apagaram tudo isso para mim, mas não para Wayne.

– Wayne, eu quero ir para casa.

Ele assentiu, então pegou uma vara no chão e começou a mastigá-la.

– Casa é um conceito esquivo. Aquilo pelo que ansiamos costuma não ser do que realmente precisamos. Tenho tudo de que preciso aqui. Amor do tipo incondicional. Não tenho burritos nem linguagem escrita nem ursinhos *gummy* nem você, mas gosto da minha vida de pesca, de trabalho em madeira e de dormir na pilha grande ao lado do fogo. E todas essas estrelas lá em cima. Nada aqui dói, exceto a dor física.

Wayne passou o braço ao meu redor e me puxou para junto de si para beijar minha testa.

– Odeio ser eu a lembrá-lo disso, mas você tem acesso a um buraco de minhoca que vai para a frente assim como para trás.

– Não há eletricidade – disse eu. Eu queria que ele consertasse aquilo. Fizesse algo por mim, uma última vez.

Wayne bocejou sem cobrir a boca, exalando uma torrente de hálito quente e com cheiro de peixe em meu rosto. Seus dentes, muito como os de Glory, pareciam rachados e enferrujados.

– Bom, vamos dormir, parceiro. Você devia mesmo experimentar o peixe enquanto está aqui. Amanhã vamos pegar minha canoa de madeira e ir pescar. E conversar mais sobre seus problemas. Agora está escuro, e precisam de mim na pilha. Boa noite, amigo.

Wayne virou e saiu andando, sem casaco, faca, nada.

– Espere, você está me deixando aqui? Sozinho? Wayne! – gritei atrás do meu amigo.

Mas Wayne já tinha desaparecido em um ponto denso e escuro da mata, e embora o brilho de tantas estrelas iluminasse seu rosto com a luz branca mais delicada quando ele estava parado à minha frente, as estrelas de 980 não eram suficientes para me permitir ver nem para segui-lo pela floresta, onde ele vivia com sua família.

Eu sentei e escutei o assovio do vento, o barulho delicado das ondas ao longe na escuridão. A calma devia ter me atingido – tudo ao meu redor naquela ilha intocada, puro, inocente e pronto para me alimentar como tinha feito com meu amigo babaca que havia acabado de me abandonar.

Wayne me deixou sozinho em uma floresta. Como se eu fosse uma criança em um conto de fadas dos Grimm.

Gatilho de abandono parental ativado.

As estrelas e o vento não me acalmaram. Senti todas as coisas feias em meu interior borbulharem, até minha superfície, especialmente minha saudade de Lena.

Eu podia sentir o cheiro da terra e da fumaça das brasas que morriam na fogueira dos lenapes. A ilha inteira estava dormindo, até os animais de quatro patas e cascos, as aves com pernas de graveto, os insetos e as pessoas. E eu não conseguia ficar parado. Como Wayne podia deixar o caos de Chicago, a esperança entorpecida do meu bar, o enigma de sua existência, por aquele estranho vazio verde estava além de minha compreensão. Eu sentia saudade de casa, e finalmente descobri onde era isso.

Pensei na habilidade de Sahlil de driblar o programa e voltar para casa sem que nós lhe disséssemos como, e como ele disse que tinha sido o amor que o levara para casa. Na época, eu desconsiderei isso por ser piegas, e Lena desconsiderou isso por não ser científico. Mas, abandonado como eu estava, e sem encontrar socorro em minha solidão, largado para dormir no chão frio e macio sem cobertores (ele nem me ofereceu uma pele de animal ou uma ajuda para fazer uma fogueira), comecei a reconsiderar. Peguei meu celular, olhei fixamente para a luz e me senti um idiota, porque eu estava sob tanto brilho antigo no céu. Tirei uma foto do cobertor de diamantes de estrelas de 980 no firmamento, sabendo que nunca mais veria um céu tão lindamente irreal outra vez na vida. Tirei a foto porque sabia que Lena tinha tirado uma foto desse céu quando viemos juntos a 980. Eu queria mostrar a Lena uma foto desse céu perfeito.

Lena.

Se o tempo é uma única linha comprida, então em algum lugar dessa linha Lena me ama. Em minha linha do tempo, eu a amo por mais tempo, mas nós nos sobrepomos em algum momento, o que significava que a Lena número 2, a com mais sorte, me amava, em algum ponto. Sua filha tinha me contado isso. Antes de me dobrar para 980 para me sacanear.

Garota esperta.

Puxei o cadarço vermelho de uma de minhas botas, tirei-a do pé, e a joguei em um arbusto de frutas vermelhas.

Eu podia desejar voltar para casa, para minha mãe e West Hartford, ou podia desejar voltar para a casa de minha escolha, para a pessoa que ia escolher viver com um cara do indie rock de rosto de buldogue e acabado e chamar esse cara de lar.

Casa. Querer com vontade suficiente. Wayne sabia que eu só precisava querer com vontade suficiente. Eu quis muito.

Esperei, desejei e me assustei, e finalmente o buraco surgiu para mim, sugou-me para seu interior, e eu caí de volta. Aterrissei em Seattle, em 2010, naquela rua molhada em frente ao bar no Capitol Hill, logo após o tombo de Lena.
— De quem era essa mensagem?
— Que mensagem?
— A mensagem que fez você surtar e sair correndo do bar?
— Não recebi mensagem — disse ela. — Achei que você estivesse me acompanhando até meu carro.
— Não. Você está bem? — perguntei.
— Não — disse ela. — Caí de bunda, e está doendo, e eu acabei de fazer uma tatuagem ontem, a área está sensível.
— Você fez uma tatuagem ontem?
— É. Na bunda.
— Posso perguntar o que você fez?
— Se você me ajudar a levantar, posso fazer melhor.
O público das Discussões em Alto Grau estava começando a sair do bar.
— Uhm, está bem. Se você quiser me mostrar a bunda na rua de uma cidade com um monte de gente, não vou impedi-la.
Lena me tomou pela mão e me levou para trás de um Honda Accord estacionado junto de um prédio. Ela abaixou a calcinha e expôs a bunda rechonchuda para mim, com a tatuagem em seu lado direito ainda com um halo vermelho.
— É uma alfineteira, em homenagem à música.
Uma alfineteira vermelha, estilo tomate, cheia de alfinetes, estava gravada permanentemente na bunda dela. A pessoa que a tatuou fez um belo trabalho. Essa Lena ainda tinha bom gosto musical.
— Vem para casa comigo? — perguntou ela, puxando a saia de volta para cima. Captei um vislumbre do "The Moon is a Light Bulb Breaking" em suas costas, escrito em letra cursiva em vez das

letras de forma que a Lena 1.0 tinha. Talvez essa Lena não fosse tão diferente da que eu conhecia. A mesma, mas mudada apenas o suficiente para escolher uma fonte diferente para sua tatuagem do Elliott Smith.

Lena olhou para mim, esperando um sim.

Meu coração estava doendo. Eu não podia, porém, ferir o futuro.

– Ah, Lena, eu quero ser o cara para quem você volta para casa, não o cara com quem você transa e depois chuta.

– Você se dá conta de que a maioria dos homens não diz coisas assim? A maioria dos homens quer o contrário.

Uma de suas sandálias tinha voado para a rua. Esperei que alguns carros passassem antes de correr até lá e pegá-la para ela.

– Não sou como a maioria dos caras. Sou grudento, carente e esquisito.

– Derrick está trepando com alguma poetisa em Ann Arbor enquanto falamos. Ele volta amanhã de manhã. Não quer perder o show do Axis.

– Fiquei sentimental com a velhice. Sou um grande romântico meloso. Desculpe.

Ela pareceu decepcionada.

– Está certo. Bom, obrigada por ser honesto.

– Talvez eu veja você no show do Axis amanhã à noite – disse eu. – Milo Kildare ia amar se você lhe mostrasse sua alfineteira.

Eu esperava que, se ela fosse ao show, então isso significasse alguma coisa. Que ela estaria comigo algum dia no futuro, quando poderíamos ser uma família. Depois de seu divórcio, quando ela estivesse um pouco mais esgotada, ela e eu poderíamos nos agarrar um ao outro como a boias de piscina para atravessar nossos anos de velhice com algum conforto.

– Não vou mostrar minha bunda para Milo Kildare. Aquele cara? Você está brincando comigo?

O AXIS SUBIU ao palco do Showbox, em Seattle, uma casa onde costumávamos tocar com frequência, e grande o suficiente para dar um toque de classe a nosso show de reunião, mas eu podia sentir que o público estava apenas pela metade. Tentei não me incomodar com isso. O Axis estava fazendo uns shows bastante bons, apesar do fantasma magro e branco que era Milo, e da razão original por estarmos tocando outra vez. Havia Trina atrás de seu velho baixo azul-marinho, Eve na bateria e Milo possuído por seu duende do indie rock, de pé em cima dos retornos, abrindo sua camisa rosa de botões e babados, gritando "I Believe!" no microfone. Eu toquei muito no show de Seattle, tomando cuidado especial em "Pin Cushion". No segundo em que ela terminou, deixei minha guitarra em um acorde dissonante e examinei a plateia em busca de Lena, chamando seu nome, procurando por ela, na esperança de que eu a pudesse ver parada ao lado de Derrick, feliz de algum jeito que não me envolvia, exceto que sim.

Sequei minhas lágrimas idiotas de homem na manga, então vi Lena e Derrick. Eles estavam parados no meio do público e eram difíceis de não ver. Lena era praticamente duas vezes seu tamanho (ele tinha, talvez, 1,60m e era magro como um palito – eles pareciam uma versão gótica de Milo e Jodie), e o dr. Derrick tinha aquela faixa descolorida idiota no cabelo e usava a jaqueta de couro idiota com *spikes* como se fosse 1985. Uma faixa descolorida idiota, uma jaqueta exagerada e minha garota. Eu tinha que estar feliz por eles para que ficassem juntos pelos doze anos seguintes e fizessem Glory, que então ia me dizer exatamente quando eu devia aparecer e ser o segundo marido de Lena. A Lena de cinquenta e dois anos era a garota para mim.

Da van, quando estávamos voltando para Portland depois do show, mandei uma mensagem de texto para Glory pedindo desculpas por quase estragar seu nascimento. Rezei pelo melhor – que ela ainda fosse uma especialista adolescente em paredes-secas sem problemas de popularidade nos anos 2030. Só por garantia, deixei uma mensagem de voz no número do trabalho da dra. Lena, dizendo a ela para se assegurar de ter filho em 2013, que o futuro da humanidade dependia disso.

Com grande humildade, ao menos era o que eu pensava, abandonei a expectativa de que a dra. Lena responderia a isso de algum modo, e quando ela não respondeu, eu meramente mantive a mente no bar, com a mão no pano de limpar o balcão, e o foco em minha vida, por menor que eu a houvesse tornado. Ela parecia tão reduzida, sem meus dois melhores amigos, como um suéter que botei sem querer na secadora, como um idiota.

Mensagem de texto de Glory: A PIOR COISA SOBRE SUA GERAÇÃO É COMO VOCÊS SÃO PACIENTES. É COMO SE VOCÊS SE ESQUECESSEM QUE PODEM DOBRAR O TEMPO. ATÉ MAMÃE QUE, TIPO, INVENTOU ISSO. NINGUÉM EM MINHA IDADE ESPERA POR DROGA NENHUMA.

CLYDE COMPROU O BAR. Mandei o dinheiro para Brookie. Meus vinis preciosos e a pilha de revistas *Puncture* foram para meus clientes do bar. O escritório de Sahlil me liberou de meu contrato de aluguel com facilidade demais. Finalmente, não restou nada mais para que eu me apegasse.

18

O ASTEROIDE AEG-13, aquela rocha feroz que tinha sido prevista muito tempo atrás e arruinou a Europa e os sonhos de toda uma geração de jovens americanos, atingiu a cidade de Kansk, na Sibéria, às 23:07, no horário da Costa Oeste dos EUA, no dia 27 de abril de 2029. Foi um evento cataclísmico que alterou o equilíbrio do eixo da Terra, incendiou a Sibéria e afogou a maioria das ilhas do Pacífico, ao ponto de não restar mais Japão e bem pouco Havaí. Naquela noite, a Glory de quinze anos passou a noite em uma festa de rua de fim do mundo em Seattle, onde ela, Lena e os amigos e vizinhos não iam perder a bola incandescente de matéria colidir com a Rússia e queimar, afogar ou transformar em pó milhões de pessoas. Seattle transbordou. O túnel Alaskan Way se encheu de água, em seguida desmoronou. A Agulha Espacial permaneceu fixada ao solo com uma série de âncoras e correntes, mas se inclinou em um charmoso ângulo de cinco graus, como a Torre Inclinada de Pisa. Glory, Lena e o resto da North 49th Street, em Wallingford, nadaram até o teto de suas casas e continuaram com a festa até os telhados começarem a ceder.

Surpresa por não estarem mortos, a maioria dos sobreviventes acabou sendo resgatada e transportada para partes menos afetadas dos EUA continentais. Lena acabou de volta a Butte com a família. Derrick Park, que estava em seu apartamento praticamente incólume em Washington, DC, naquela noite, arranjou para que

Glory fosse enviada para ele, onde ela aturou o que descreveu como "um ano de ensino médio watts estúpido", vivendo com ele e a madrasta, Madison. Lena acabou voltando para Seattle e para seu trabalho de ajudar a projetar e implementar o Projeto Seattle Cidade Flutuante, um esforço para reconstruir Seattle no estilo de uma Veneza moderna, com canais e edifícios embalados em plástico – projeto que acabou interrompido quando o governo americano declarou toda metade oeste do país em estado de emergência, acabou com a própria existência dos estados, rebatizou tudo de Zona – Pós-A – (meus favoritos seriam Zona Batata 1, antigo Idaho, e Zona Gaivota 2, a parte norte do que antes era Utah) e mandou as Forças Armadas para impedir que as pessoas se afogassem por comida e água limpa.

Seattle ficou encharcada e fora da lei, destituída de seu nome, de seu governo e da maior parte de sua personalidade (provavelmente devido à escassez de café e ao fato de que metade de sua população havia se afogado ou se mudado de lá). Depois do asteroide, o mundo pós-A, o movimento pós-A, ou a cena musical pós-punk pós-A geraram uma banda chamada Marshmallow, liderada pelos gêmeos de vinte e poucos anos Eddie e Vi Kildare, que passaram quatro anos da infância vivendo na residência dos Johnston em Macon, Geórgia, antes que Milo e Jodie conseguissem levá-los de volta para Portland, onde Jodie trabalhava como psicoterapeuta, e Milo dava aula de estudos sociais e música no ensino médio. Glory se gabava de ser amiga íntima dos irmãos Kildare, o que, aparentemente, foi algo que eu armei.

– Eles são muito famosos – explicou ela enquanto trabalhávamos em nosso plano: eu avançar dezenove anos para ficar com Lena.

A paciência é uma virtude, mas eu não estava disposto a esperar dezenove anos para estar com minha família. Além disso, por que não ter cinquenta e nove com corpinho de quarenta? Admito que meu corpo de quarenta anos estava em frangalhos com o fígado inchado, tatuagens desbotadas e uma barba ficando grisalha, mas ainda assim. Também havia minha solidão, que levava à impaciência, que me levava a querer fazer coisas corajosas e loucas. Eu podia simplesmente ter começado um perfil em um site de relacionamentos on-line ou levado para a cama uma das mulheres de aparência mediana que iam a meu bar na esperança de ir para a cama com um cara de aparência mediana. Mas eu estava apaixonado por aquela física sexy e inteligente com uma filha adolescente descolada.

Enquanto eu resolvia meus assuntos, Glory me mandou uma mensagem e explicou que ela tinha sido transferida da Divisão Adolescente das paredes-secas para o Projeto de História Oral Adolescente. A primeira pessoa que ela decidiu entrevistar foi ninguém menos que Milo Kildare, aquele velho amigo de seu padrasto, que no passado havia sido o líder de uma banda de indie rock popular da qual sua mãe gostava muito.

ELE ME DISSE EM UMA ENTREVISTA PARA ENCHER MEU CORAÇÃO DE AMOR, QUE VOCÊ PODIA PERDER ALGO QUE AMA E SENTIR COMO SE NÃO MERECESSE ISSO, E QUE EU DEVIA LHE DAR OUTRA CHANCE PORQUE VOCÊ É UM CARA LEGAL. QUE AS PESSOAS VEEM A VIDA COM OLHOS DIFERENTES À MEDIDA QUE ENVELHECEM, E EU AINDA NÃO SEI DISSO, O QUE NÃO É PROBLEMA, MAS QUE EU DEVIA TENTAR ENTENDER DE QUE FORMA A MANEIRA COMO VOCÊ TRATA A VIDA MUDA CONFORME ENVELHECE. O PAI DE EDDIE KILDARE, SEU AMIGO MILO, DISSE ISSO.

Glory me mandou uma foto minha e de Lena que eu tinha visto em minhas viagens para espionar o apartamento pós-A, um close de nossos rostos, nossos lábios grudados, iluminados pelos isqueiros que cada um segurava na mão. Nossos rostos estavam cobertos de terra e suor e outros "ascos", como diria Glory. Mas parecíamos abobadamente felizes, contentes em meio ao caos, conectados, não sozinhos, brilhando naquele amor que você simplesmente não pode fingir.

ESTOU CHORANDO, GLORY.

HA HA! VOCÊS DOIS SE CASARAM NA SALA DE ESPERA DE UM HOSPITAL EM BUTTE UMA SEMANA DEPOIS DO ASTEROIDE. A ENERGIA TINHA CAÍDO, E POR ISSO VOCÊS ESTAVAM COM OS ISQUEIROS. NÃO É PRECISO MUDAR ISSO. EM RELAÇÃO A PADRASTOS, VOCÊ É BOM, POR ISSO SEJA BEM-VINDO. ESSE FOI UM CASAMENTO LINDO! O VOVÔ DAVID E A VOVÓ JUDY TAMBÉM ESTAVAM LÁ.

TRINTA E SEIS ANOS DEPOIS DE QUANDO NOS CONHECEMOS, TECNICAMENTE. NA MESMA SALA.

EU SEI. QUE LOUCURA! DESCULPE POR TENTAR RAPTÁ-LO. EU ÀS VEZES FICO EMOTIVA. NÃO CONTE PARA LENA, ESTÁ BEM?

Fechei meu bar pela última vez. Aí ajustei os controles no velho programa de Wayne e desapareci com um clarão no futuro pós-A.

HORAS ANTES do horário previsto para o choque do asteroide com a Sibéria, o trânsito em Seattle estava caótico. A pane elétrica do colapso municipal iminente fez com que os cidadãos se comportassem de maneira horrível. Era o fim do mundo como o conheciam, e por isso as hordas furiosas incendiaram lojas de discos antigas e aos pedaços que não ganhavam dinheiro, mas existiam com o apoio do amor comunitário, destruíram lojas de burritos decepcionantes (Glory me disse que não haveria mais tomates em 2029; salsa e ketchup, que descansem na paz dos condimentos), e libertaram todos os gatos, cachorros, tartarugas e papagaios dos abrigos de animais locais. Gritos violentos e os ecos de vidro sendo quebrado, muitos de propósito, enchiam os ouvidos de Seattle. Carros (carros muito arredondados aparentemente ainda rodam com motores a gasolina) batiam em outros carros, em árvores, em casas, cercas, e dizimavam lojas de burritos. Lojistas protegeram suas vitrines com tábuas. Havia muitos gritos ininteligíveis em alto-falantes tanto de autoridades quanto de provocadores independentes. Alguns residentes daquela cidade condenada estavam desfrutando calmamente os últimos momentos de suas vidas se divertindo em seus quintais malcuidados. Pessoas usando camisetas muito compridas de cores vibrantes (até os joelhos... sério, 2029?) se reuniam em grupos e se abraçavam. Um velho beijou o topo da cabeça de uma criança pequena, embora a criança estivesse tentando fugir. Um casal idoso distribuía pizza grátis, e ao longo de uma rua com lixo por toda parte, as pessoas tinham levado os sofás para o centro da pista para sentar e comer pizza e ver uma banda de rock tocar o que, em um dia mais seguro e tranquilo, eu teria considerado um *cover* terrível de "Heart-Shaped Box", do Nirvana.

"Heart-Shaped Box". Se estivéssemos em 2010 em vez do 2029 do asteroide, eu teria feito ruídos gorgolejantes e de vômito, movido o indicador para dentro e para fora da boca, xingado aqueles jovens músicos, que ainda levariam muito tempo para nascer quando Kurt encostou aquela arma na cabeça, por achar que tinham o direito – o direito – de tocar Nirvana.

ELES NÃO DIZEM a você como se comportar em uma festa de fim do mundo. Fui tomado por serenidade. Pelo amor e pela necessidade, pelos cheiros de queimado e pela vulnerabilidade humana. Eu também queria matar o idiota que, a algumas ruas de distância, estava disparando uma arma para o ar.

– Vocês não vão todos morrer – disse eu para ninguém em especial, embora minha afirmação tivesse atraído a atenção de um cavalheiro usando uma camiseta comprida demais que estava jogando a metade de uma partida de xadrez em cima de uma mesa de cartas no meio da rua, sentado no que parecia ser uma pilha de pneus. – O asteroide está bem distante, por isso toda a infraestrutura vai desmoronar, e água imunda vai correr pelas ruas pelos próximos três anos, e as coisas vão ficar um pouco pós-apocalípticas por algum tempo, mas vocês não vão todos morrer. Perguntem só à dra. Lena Geduldig.

– Quem é você? – perguntou o homem do xadrez. Ele usava *dreadlocks* e estava vestido com uma camiseta roxa na altura do joelho com todo tipo de bordado prateado na gola. – Profeta filho da puta?

– Eu venho do passado. Eu conheço o futuro. E conheço Lena Geduldig. Este é seu asteroide. Ela o está rastreando há anos.

– É isso o que Lena tem dito – disse o cara, apontando para Lena, cujo rosto mais velho eu conhecia de espionar, mas que, naquele dia, 27 de abril de 2029, parecia vibrante e vital, estava radiante com o cabelo cor de *grapefruit* e, eu esperava, pronta para receber o namorado pós-apocalíptico. A dra. Lena estava sentada em um sofá ao ar livre com o braço em torno de uma mulher mais velha com uma camiseta dos Pixies que comia com uma colher grande a caixa de sorvete que compartilhavam.

Glory, aos quinze anos, alta e esbelta com o cabelo negro amontoado em um coque no alto de sua cabeça, me viu e acenou. Ela parecia feliz e animada, embora o mundo estivesse acabando, e também estava usando uma daquelas camisetas compridas de aparência bizarra, a dela rosa-claro e com mais espirais de fio prateado reflexivo (energia solar para carregar o telefone de pulso?). Ela correu até a mãe e a puxou do sofá, arrastando-a até onde eu estava, ao lado de uma caixa de correio derrubada e de uma mulher com um carrinho de bebê gritando em seu telefone de pulso.

Glory acenou para que eu me aproximasse. Com um buraco no estômago do tamanho de meio asteroide, andei até a mãe e a filha. Meus pés ficaram pesados.

Glory segurou minha mão e a de Lena e pôs as duas juntas.

– Está bem, vocês dois, beijem-se e se casem, tipo, agora mesmo.

Lena, com razão, pareceu assustada. Ninguém devia confiar na filha adolescente como uma casamenteira através do tempo, mas ali estávamos, Lena e eu, olhando fixamente um para o outro como patetas, só sorrisos bobos, eu estudando a idade em seu rosto. Novas linhas, todas elas belas, e os olhos, grandes e castanhos por trás dos óculos, exatamente como me lembrava deles.

– Minha filha me diz que você é o alfinete, e eu sou sua alfineteira – disse ela, então me puxou para um abraço quente e forte. – Passei as duas últimas semanas tomando sorvete.

Eu segurei as lágrimas. Asteroides deixam um cara sentimental por dentro.

– Todos estivemos nos empanturrando – disse ela. – A comida pode ser estranha ou não existente pelos próximos anos, então houve sério consumo de laticínios em nossa casa.

– Você está linda – disse eu.

– Você também – disse ela, sorrindo como uma colegial nervosa tentando dar mole.

– Glory e eu decidimos que este devia ser o dia de nos encontrarmos. Sei que você tem trabalhado muito duro, recentemente, rastreando o asteroide. Acho que chegou o dia, e você está pronta para, uh...

Lena corou. Nossa, que reencontro esquisito. Nem quando nos encontramos pela primeira vez, no Dictator's Club, a sensação foi tão estranha. Ou o encontro que aconteceu depois/antes disso, no hospital em Butte. Lena não parecia estar com raiva por eu tê-la abandonado naquele bar em Seattle em 2010. Talvez sua filha tivesse lhe explicado por quê.

– Ah, sim. Glory está toda interessada em que você e eu fiquemos juntos. Ela me disse para não estragar as coisas. – As bochechas dela ficaram mais vermelhas. – Isso é ridículo, sabia? Conheço você desde sempre, parece, embora eu não conheça você nem um pouco. E meu trabalho com o asteroide acabou. Podíamos ter evacuado, mas não há lugar bom para evacuar, com exceção do meio do Atlântico, por isso, aqui estamos.

Glory passou o braço em torno da mãe. Ela era alguns centímetros mais alta que Lena.

– Filha – disse eu.

Glory fez uma expressão de nojo.

– Talvez ainda não.

– Olhe – disse Lena. Os amplificadores da banda na rua foram desligados abruptamente. Um helicóptero da polícia voava no alto, e alguém em um alto-falante berrou para que terminasse a festa abaixo. – Geralmente, não entro em relacionamentos sérios no primeiro encontro, mas Glory me convenceu a ser corajosa e simplesmente entrar de cabeça. E com o asteroide, bom... vou me esquecer das regras antigas pelo asteroide. Quando o pai dela me deixou há alguns anos por uma de suas alunas, Glory não ficou muito abalada. Quer dizer, ficou, mas me disse que estava tudo bem, que Karl ia aparecer e se casar comigo, e que nós íamos ficar bem.

Eu disse:

– É bom saber que Glory está, sabe, do meu lado. Eu nunca teria feito nada com o buraco de minhoca para fazer com que ela desaparecesse, Lena. É por isso que estou aqui agora e não, bom, mais cedo.

Lena deu um suspiro e apertou a mão sobre o peito, onde antes havia arabescos vermelhos e pretos.

– Estou bem solteira, mas Glory parece achar que você é um cara bom, e que seria legal ter você por perto. Podemos voar na cara da convenção e simplesmente fazer isso. Eu sei que você me conheceu de outro jeito, em outro momento, que você estava quebrando e dobrando o tempo muito antes de nós. Fico lisonjeada por você gostar tanto de mim para saltar para a frente para quando fosse a hora certa para mim, que é exatamente antes do início dos acontecimentos. Aquela é minha casa, por falar nisso. Pelo menos pelas próximas horas. – Ela apontou para uma casa de um andar e aparência simples pintada de azul-escuro com detalhes em branco. A caixa de correspondência estava de pé, mas parecia haver uma orgia em andamento em seu jardim.

– Não sei quem são essas pessoas – disse ela. – Eu não faço uma festa sexual coberta em meu gramado há anos. Não desde que tive Glory, pelo menos. Será que devo fazer com que saiam dali? Eles não vão acreditar em mim se eu disser a eles que nós não vamos todos morrer. Você não quer se juntar a eles, quer?

Eu ri daquela Lena, um pouco diferente da que eu conhecia. Talvez fosse por sua juventude ter se desenrolado de maneira diferente. Talvez fosse por estar na casa dos cinquenta, ser mãe, bem-sucedida, ou mesmo por terem partido seu coração de um jeito diferente. Essa Lena tinha uma sensação de calma. Ela ainda gostava das mesmas bandas, o que, eu esperava, nos ajudaria a seguir em frente diante de algumas dificuldades do casamento, de ter que viver em uma área de desastre aquático, de criar nossa filha, e todas as outras coisas boas pelas quais eu pulara dezenove anos de minha vida.

– Só estou aqui para ficar com você. E Glory...

– Mas, é... onde está você? Quer dizer, se você tem cinquenta e nove... a versão de cinquenta e nove anos de você... se você pulou dezenove anos...

– Acho que ele não existe. Acho que sou só eu, que agora pareço, aos cinquenta e nove anos de idade, um cara acabado de quarenta.

Olhei para a clavícula de Lena, onde eu me lembrava das curvas da tatuagem vermelha e preta, que agora era pele lisa e um pouco ressecada. Seus braços não tinham tatuagens nem cicatrizes. Seu cabelo nunca roxo era de um castanho simples, ficando grisalho. Essa Lena, a mais velha, a mais autocontrolada, a menos frágil, e a meus olhos, bonita, me excitava tanto quanto a Pequena Garota problemática que eu conhecera dezenove verões antes.

Ela olhou em meus olhos, e eu olhei nos dela e não vi tristeza. Tampouco vi fogo. Mas logo teríamos todo fogo e água que pudéssemos aguentar. Juntos, teríamos problemas diferentes, alguns criados por nós mesmos. Peguei sua mão, e ela segurou a minha, e algum amigo dela, um homem com *dreadlocks* na altura da bunda e óculos escuros de cego, gritou:

– Ei, dra. Lena! É a porra do fim do mundo, baby.

Lena sabia, assim como eu, que aquela noite não seria o fim do mundo, mas como é legal uma festa de fim do mundo! Diga e faça qualquer coisa que quiser. Cheirem gasolina, trepem, comam doze pizzas, arrebentem uma caixa de correspondência. Então, nesse espírito, Lena virou e caminhou até aquele cara sem camisa e deficiente visual, bebendo uma garrafa de Jim Beam, e se abaixou, botando a bunda em seu rosto, e soltou um peido um tanto glorioso, cheio de reverberação, a quinze centímetros de seus óculos escuros. E ali estava, o fogo de Lena, um pouco diferente, sacana, boba, maliciosa, renascida. Todo mundo que viu aquela memorável aplicação de gases intestinais aplaudiu como se ela tivesse acabado de fazer a maior apresentação na vida de um virtuose. Lena fez uma reverência e acenou. O homem sem camisa se levantou e lhe deu um abraço.

Ela voltou em minha direção com o rosto inebriado de alegria e sussurrou em meu ouvido:

– Espero que isso tenha excitado você.
– Maluca – disse eu, me inclinando para beijá-la.

Aí, quase me derrubando no chão, ela me agarrou e apertou os lábios contra os meus de modo que pudesse me beijar primeiro, ao som de aplausos e gritos retumbantes.

– U-huu! Vai, Lena! É!
– Quem é esse cara?
– Todas as orações serão atendidas na ordem em que forem recebidas.

Eu fiquei sem ar. Lena não parava de me beijar diante de toda Seattle.

– Lena, você tem um buraco de minhoca, né?

Lena riu, depois retornou a algum nível de seriedade. Ela se sentou e montou em mim em cima de minha barriga.

– De certa forma. Acho que uma hora devia lhe contar tudo o que aconteceu envolvendo regulamentações do governo em relação ao buraco de minhoca, mas talvez não esta noite. Esta noite vamos encarar isso juntos, como uma comunidade. – Eu não tinha certeza do que ela tinha em mente em termos de "comunidade". Ela estava sentada em cima de minha virilha.

– Você acha que nós devíamos... nós três... sair daqui? Saltar para a frente? Ou para trás? Estou com meu telefone. E meu buraco de minhoca meio que viaja comigo. Pareço não conseguir me livrar dele.

Lena, ainda sentada em cima de mim, sacudiu a cabeça. Um não veemente. Ela segurou o próprio pulso com a mão e se inclinou para sussurrar em meu ouvido:

– Não. Estou feliz. Tenho minha filha e todas essas pessoas, esses vizinhos que são como família desde que começamos a nos preparar para o asteroide. Veja como todo mundo está junto. Eu mal conhecia meus vizinhos até um ano atrás, e aí espalhou-se a notícia de que eu era a cientista do asteroide, e começamos a fazer reuniões e festas na rua, e Glory descobriu que havia três outras garotas de quinze anos na rua. Tivemos um show de variedades ontem à noite. Eu fiz malabarismo! Foi ridículo. Até meu ex-marido diz que o asteroide uniu sua comunidade em DC. Para o que, além da velha e constante segurança física, nós estaríamos nos dirigindo? O passado? O negócio de viagens no tempo é tão fortemente regulado pelo governo que é principalmente uma função dos militares e um brinquedo turístico dos extremamente ricos. Além disso, nem faço mais parte da equipe de pesquisa da GloWorm. Fui muito bem paga, e tenho quase certeza de que o FBI rastreia cada palavra que sai de minha boca. Meu celular de pulso é rastreado. Eles saberiam se eu viajasse. – Ela descobriu o pulso e sorriu para mim. – Estou tão feliz que você esteja aqui. Eu vou me casar com o cara da minha banda favorita! Me dê um beijo outra vez.

Lena, Glory e eu ficamos sentados ali fora com os vizinhos por horas, em cadeiras de plástico de jardim que logo iam derreter. Deixamos o céu enegrecer, seguramos as mãos uns dos outros e esperamos e festejamos e bebemos com toda essa gente do futuro, os bons cidadãos de Seattle antes do asteroide. Sentia falta do meu bar. Ah, que templo eu podia ter erguido em uma noite como esta.

Na hora anterior ao impacto do asteroide, eu peguei meu telefone.

WAYNE?, escrevi em mensagem para ele. SAUDAÇÕES DE 2029. O CÉU PARECE UMA FOLHA DE PAPEL BRANCO, E AS ÁRVORES ESTÃO MORTAS, E AS RUAS ESTÃO CALÇADAS DE LIXO. MAS EU ENTENDI. VOCÊ E SEU 980. AMOR E COMUNIDADE. PAZ, AMOR E COMPREENSÃO. MAS SEM PEIXE. NUNCA MAIS. ELES ESTÃO TODOS MORTOS.

Beijei Lena. Ela me beijou. Ela era uma beijadora de primeira.

Glory devorava chocolate de 2010. Eu tinha que dar o braço a torcer à garota: o mundo estava prestes a ficar assustador, e ela parecia calma. Dobradores do tempo adolescentes conheciam o fim de todas as histórias.

– Duas luas – disse Lena, apontou para o céu e se virou para a filha, na frente de quem estávamos totalmente nos agarrando (desculpe, Glor).

– Olhe para elas, Glory. Igual a 980.

– Uma delas não é uma lua – disse Glory, e passou o braço ao redor da mãe.

Eu estava pronto para ter um episódio de emoção extrema com minha suposta enteada – aquela liberação, a sensação suada de, finalmente, finalmente obter o desejo de seu coração –, mas ela não queria nada disso. Glory não me deixou nem mesmo lhe dar um abraço.

– Sem choro, Karl. De nada. Nossa, eu tenho que fazer tudo por você, e sou só uma criança.

Depois dos abraços, beijos e apresentações aos vizinhos de Lena como seu "namorado sexy e gostoso", chegou o momento pelo qual todos estávamos esperando. O clarão – tudo ficou branco. E quando nossa visão voltou, o céu estava rosa. Eu podia sentir na pele que a temperatura na Terra havia subido pelo menos trinta graus. O chão a nossos pés cedeu mais de um metro. Telhas das casas vizinhas soltavam-se dos telhados como pele morta. Gritos ecoavam dos desfiladeiros recém-abertos, e o grande ronco da corrente de água encheu nossos ouvidos.

– Está todo mundo bem? – gritou Lena, à medida que as ruas começavam a se encher com uma água quente e acinzentada. – Glory?

– Estou bem. Você está bem, Karl?

– Estou mais do que bem. Este é o dia mais feliz de minha vida.

Lena riu de mim.

– Este é o pior desastre natural de todos os tempos, Karl.

— Mas nós vamos viver. Esta é a primeira vez que eu amei o futuro. Amo o futuro porque amo você.

— Você é muito carinhoso, mas olhe ao redor. Puta merda.

Nossas calças estavam encharcadas com água imunda, e logo estávamos nadando até o telhado. O céu tinha ficado rosa como algodão-doce, ao mesmo tempo agourento e delicioso. O ar cheirava a aparelhos eletrônicos queimados, e fumaça se acumulava onde costumavam ficar os topos das árvores. A luz do clarão se misturava com a fumaça e criava um véu diáfano sobre o céu da noite.

A segunda lua de Wayne tinha voltado. E era como eu me sentia naquele momento. Como o céu escolhido de Wayne, perfeito, intocado e cheio de centelhas e promessas. Aquela era a coisa estranha no buraco de minhoca. Você podia, se quisesse, ir a um lugar onde o céu era completamente diferente. Podia escolher a cor, textura e quantidade de luas em seu céu. Podia escolher sua família, seu 980, seu lar.

Meu telefone tocou, embora estivesse encharcado de água.

MUITO RUIM ISSO DOS PEIXES, PARCEIRO. VOCÊ PRECISA TER ALGUMA COISA EM SUA VIDA, COMO OS PEIXES. OS PEIXES SÃO A MELHOR PARTE.

Glory e Lena eram meus peixes, minha melhor parte. Eu tinha encontrado meu 980, meu 980 era essa cidade em ruínas, o céu encoberto e a água cinza, e as cabeças de minha família boiando acima da superfície, respirando, e eu me agarrando a elas para que não flutuassem para longe.

Agradecimentos

Meus mais profundos agradecimentos vão para Eileen Pollack, Michael Byers, V. V. Ganeshananthan e Nicholas Delbanco, com todo o amor sentimental, respeito louco e impressionante admiração que eu consigo demonstrar. E muito obrigada do fundo do coração a Helen Zell, Andrea Beauchamp e ao Programa Hopwood da Universidade de Michigan (um tratamento anterior do livro ganhou um Hopwood Award em 2012), e meus brilhantes companheiros de ficção de Michigan: Rachel, Nina, Amielle, Gina, Sheerah, Eric, James, Jide, Henry e os dois Dans. Vocês conseguiram criar o Paraíso do Escritor na Terra em Ann Harbor, e sou muito grata por ter sido parte disso.

Obrigada, Jenni Ferrari-Adler por sua fé e sabedoria, e a Brenda Copeland e Laura Chasen na St. Martin's por sua inteligência, bom gosto em literatura e e-mails redigidos impecavelmente.

Obrigada a meu quadro de primeiros leitores: Cortney Philip, Wayne Alan Brenner, Katherine Kiger, Sarah Wilkes e os colegas escritores no Vermont Studio Center e na Comunidade de Escritores de Squaw Valley.

Obrigada aos físicos da vida real que me ajudaram a fazer com que Lena parecesse saber do que está falando: a dra. Cindy Keeler e o dr. R. Jeffrey Wilkes.

Obrigada, Bob Apthorpe, por anos de apoio e estímulo, e por descobrir como Karl conhece Lena, mas Lena não conhece Karl (em papel quadriculado, como um cientista de verdade!).

Obrigada, Julie Gillis, Heather Black, Cassi Nesmith e Abe Louise Young pelo presente de sua amizade.

Obrigada a Austin, Texas, a cidade que me alimentou por tanto tempo. Gritos especiais para os cafés amigáveis e modernos que me deixavam ficar sentada escrevendo por horas: o Bouldin Creek Café, o Bennu, o Cenote e o Thunderbird on Koenig. Obrigada, também, a essas instituições locais importantes: o Hideout Theater, a série de leituras *Bedpost Confessions* e a livraria BookPeople.

Obrigada à revista *Sassy* (RIP) pela influência cultural adolescente, cuja longevidade continua a me impressionar duas décadas depois, e a Lou Barlow por gostar do título deste livro.

Obrigada, acima de tudo, à minha mãe, Christine, pelas máquinas de escrever, passeios para comprar livros na B. Dalton, em Fresno, pela paciência, pelo amor e pela compreensão da infância. Levei trinta anos para conseguir, mas aqui está meu livro, como eu prometi.